Über dieses Buch

Die Ermordung Caesars bedeutete das Ende der politischen Laufbahn seines Parteigängers C. Sallustius Crispus (86–34 v. Chr.), der fortan sein Leben der Geschichtsschreibung widmete. Damit begann die zweite, ungleich berühmtere Karriere des Sallust, die ihm den ehrenvollen Beinamen des «römischen Thukydides» eintrug. Seine Schriften, etwa die ‹Verschwörung Catilinas› oder der ‹Krieg mit Iugurtha›, stehen denn auch unverkennbar in der Nachfolge des großen griechischen Geschichtsschreibers. Berühmt sind die darin enthaltenen Charakterbilder, die jedoch nicht nur Porträts bedeutender Persönlichkeiten, sondern Verdichtungen des Zeitgeistes sein wollen, exempla des moralischen Verfalls, in dem Sallust den Niedergang Roms begründet sah. Mit scharfen Ausfällen gegen Habgier und Eigennutz – sein eigener Lebenswandel hätte hierfür allerdings auch ein Beispiel gegeben – klagt er die alten Tugenden ein, durch die Rom einmal emporgekommen war. Dabei bedient er sich einer Sprache von höchster Kunst, einem Talent für den kurzen, geschliffenen Ausdruck, von dem Nietzsche sagte: «Mein Sinn für Stil, für das Epigramm als Stil erwachte fast augenblicklich bei der Berührung mit Sallust.»

Literatur · Philosophie · Wissenschaft

Bibliothek der Antike
Herausgegeben von Manfred Fuhrmann

Sallust

Historische Schriften

Catilina · Iugurtha
Fragmente aus den Historien

Übersetzt von André Lambert
Mit einer Einführung von Ernst Howald

Bibliothek der Antike
Deutscher Taschenbuch Verlag
Artemis Verlag

Vollständige Ausgabe.
Als Einführung wurde das Kapitel «Sallust» aus:
Ernst Howald, ‹Vom Geist antiker Geschichtsschreibung›,
Verlag R. Oldenbourg, München und Berlin,
mit freundlicher Genehmigung des Verlages übernommen.
Aufbauschemata und Zeittafeln entstammen der Sallust-
Ausgabe von Werner Eisenhut und Josef Lindauer:
Sallust, Werke, erschienen in der Reihe Tusculum des
Artemis Verlages.

Mai 1991
Deutscher Taschenbuch Verlag GmbH & Co. KG,
München

Umschlaggestaltung: Celestino Piatti
Gesamtherstellung: C. H. Beck'sche Buchdruckerei,
Nördlingen
Printed in Germany · ISBN 3-423-02261-2

«Im Grunde ist es eine ganz kleine Anzahl antiker Bücher, die in meinem Leben mitzählen; die berühmtesten sind nicht darunter. Mein Sinn für Stil, für das Epigramm als Stil erwachte fast augenblicklich bei der Berührung mit Sallust – ich war mit Einem Schlage fertig. Gedrängt, streng, mit so viel Substanz als möglich auf dem Grunde, eine kalte Bosheit gegen das ‹schöne Wort›, auch das ‹schöne Gefühl› – daran erriet ich mich.»

(Friedrich Nietzsche, «Was ich den Alten verdanke»)

EINFÜHRUNG

C. Sallustius Crispus (86–34 v. Chr.) aus Amiternum (etwa 90 km nordöstlich von Rom im Sabinerland). 52 war er Volkstribun und bekämpfte als Parteigänger des ermordeten Clodius Milo und dessen Anwalt Cicero. 50 als Anhänger der Volkspartei aus dem Senat ausgestoßen, kämpfte er im Bürgerkrieg auf Caesars Seite, ohne sich auszuzeichnen, erhielt aber 48 die Quästur und damit die Rehabilitierung. 47 wurde er in Campanien fast von meuternden Truppen erschlagen. 46 von Caesar zum Prätor und Statthalter der Provinz Afrika gemacht, bereicherte sich Sallust in unüblichem Ausmaß; nach seiner Rückkehr legte er auf dem Pincio die berühmten Horti Sallustiani an. Die Ermordung Caesars bedeutete das Ende seiner politischen Laufbahn; den Rest seines Lebens widmete er der Geschichtsschreibung.

Das Werk Sallusts, das uns erhalten ist, ist klein an Umfang. Das letzte und umfangreichste Buch, die Historien, ist verloren und mit seinen zahlreichen Fragmenten und dank seiner Nachwirkung wohl als historische Quelle weitgehend zu rekonstruieren, aber als Gesamtwerk nur sehr im groben, als Kunstwerk überhaupt nicht zu erfassen. So ist es begreiflich, daß in diesem Fall Widersprüche innerhalb der schriftstellerischen Leistung nicht oder nur in geringem Maße auftauchen: die weltanschauliche, politische, stilistische Haltung ist im Iugurtha gleich wie im Catilina. Trotzdem entwickelte sich ein Sallust-Problem und begann sein Bild zu schwanken, diesmal aber, weil sich eine unüberbrückbare Diskrepanz zwischen Sallusts Leben und Sallusts Schreiben aufzutun schien. So ist es in diesem Fall einmal am Platz, einen Blick auf die Biographie des Mannes zu werfen. Sie zeigt ihn uns als ein typisches Zeitprodukt, auch wenn wir die übelriechenden Nachrichten, die ein offenbar lange nach seinem Tode verfaßtes Pamphlet vor uns ausbreitet, mit größter Vorsicht anfassen. Auf jeden Fall steht ein leidenschaftlicher Parteimann vor uns, der die regierende Clique mit bitteren Anklagen verfolgt, sich aber in nichts von ihr unterscheidet, so daß sein skandalöser Lebenswandel zur Ausstoßung aus dem Senat durch die Censoren Anlaß gab. Sollte man geneigt sein, ihn in dieser Hinsicht als ein Opfer gegnerischer Intrigen zu betrachten, so lassen sich doch die ungeheuren Reichtümer, die er sich während des Bürgerkrieges zu erraffen verstand und die ihm erlaubten, die nach ihm benannten märchenhaften Gärten auf dem Monte Pincio anzulegen, nicht aus der Welt schaffen. Aus dem Munde eines solchen Römers tönen – das läßt sich kaum leugnen – die unerschöpflichen Ausfälle seiner historischen Schriften gegen den Sittenzerfall der Nobilität sehr seltsam, die *notiones censoriae*, wie sein Zeitgenosse Varro sie nennt (Gellius XVII, 18), dem der Widerspruch von Wort und Leben des Sallust auch zu denken gab, das lärmende Eifern besonders gegen das Laster der *avaritia*, der Habsucht, die er als das Krebsübel seiner Zeit bezeichnet. Der leidenschaftliche Verzweiflungsschrei über den Niedergang des römischen Staates, der «aus dem herrlichsten und besten zum schlechtesten und verbrecherischsten wurde» (Cat. 5), paßt schlecht in den Mund eines skrupellosen Nutznießers dieses gleichen Regierungssystems, das er in solcher Weise angreift. Gibt er auch in der Einleitung seines Catilina zu, daß in früheren Jahren sein Ruf nicht besser war als der der anderen Politiker, so will er in sich doch nur ein Opfer jugendlichen Ehrgeizes sehen, eines Ehrgeizes, der eine Zeitlang stärker war als die abstoßenden Eindrücke, die er vom politischen Leben empfing (Cat. 3). Ohne Zweifel ist dieses

Selbstporträt stark retouchiert und entspricht das Bild von dem nach jenen jugendlichen Verirrungen zur inneren Ruhe gelangten, nur noch mit geistigen Dingen beschäftigten Weisen kaum der Wirklichkeit. Man glaubte, diesen Widerspruch erklären und damit aus der Welt schaffen zu können, indem man die historischen Schriften als Partei-, Propaganda- und Rechtfertigungsschriften deutete. Aus dieser Absicht heraus deckte man zahlreiche historische Fehler und Unrichtigkeiten auf, besonders im Catilina; im Iugurtha deshalb weniger, weil hier eine so genaue Kontrolle, wie sie im Catilina die Reden Ciceros erlauben, nicht möglich ist. Diese Verstöße gegen die historische Wahrheit wurden als bewußte Fälschungen erklärt zum Zwecke der Verschleierung dessen, was wirklich vorgefallen war, und zwar im Interesse der Caesarischen Partei. Im Grunde genommen sind aber diese Versehen relativ harmlos und sind vor allem nicht in der Lage, irgend etwas wirklich zu verbergen; es handelt sich meistens um chronologische Verschiebungen, die am Wesen der erzählten Ereignisse nichts ändern. Es war jene Generation am Ende des letzten und zu Beginn des jetzigen Jahrhunderts, die solche nach jetzigem Empfinden allzu deutliche Tendenz zu benötigen glaubte, um vergangener Literatur Leben einzuflößen. Der Widerspruch gegen diese Hineindeutung verstummte freilich nie ganz; jetzt ist sie endgültig überwunden. An ihre Stelle traten nach dem Ersten Weltkrieg neue Sallust-Bilder. Zuerst wollte man an Stelle des Pamphletärs Sallust wiederum den großen Historiker Sallust propagieren und in ihm den Schöpfer einer großartigen Geschichtskonzeption sehen. Doch ist es nicht leicht, diese deutlich zu machen und allgemeines Verständnis für ihre behauptete Bedeutung zu gewinnen, ganz abgesehen davon, daß ihre Grundlage bald in griechischem Denken, bald in urrömischem Geiste gesucht wurde und wird. Außerdem verstimmten immer wieder die nicht wegzuleugnende Unsorgfältigkeit des Details und die Ungenauigkeit der zeitlichen Angaben. So kam als erlösender Ausweg das Schlagwort vom Künstler Sallust auf, dem man manche Verdrehung des Tatsächlichen zugunsten dramatischer Steigerung, schärferer Profilierung und überhaupt deutlicherer Gruppierung nachzusehen bereit war. Ohne allen Zweifel ließ sich mit dieser Arbeitshypothese vieles deutlich machen und wurde mancherlei Erkenntnis zum Verständnis des Sallustischen Werkes gewonnen. Notwendig ist aber, daß man den Begriff Kunstwerk nicht zu eng fasse und nicht nur kompositionelle Gesichtspunkte daraus herleite, sondern sich bewußt sei, daß der künstlerischen Mittel gar viele sein können.

Versuchen wir einmal, uns darüber klar zu werden, worin die gemeinsame Wirkung der beiden Monographien liegt, und zwar wollen und müssen wir die Frage darnach als Laien stellen, als historisch gebildete und historisch interessierte Laien, aber nicht als Historiker, für die Sallust gar leicht einfach Quelle wird. Bei solcher Voraussetzung lesen wir ihn wie das Publikum, für das er schrieb; das dürfen wir so sagen, weil sich ja die Vorstellung, als ob er direkte propagandistische Ziele verfolge, als unwahrscheinlich und unfruchtbar erwies. Noch jetzt wird der Leser einer der beiden Sallustischen Schriften durch diese Lektüre in seiner seelischen Struktur für eine gewisse Zeit verwandelt; er wird nicht nur erschüttert, das ist zu wenig gesagt, er wird durch und durch beeinflußt; er kann die Welt und die Menschen nicht mehr gleich ansehen wie vorher; er ist wie eine Art vergiftet oder verzaubert. Nominell gilt diese Erschütterung der Erkenntnis über den Zustand des römischen Staates, für den keine Rettung mehr möglich ist, da seine Zersetzung bereits auf die lebenswichtigen Organe übergegriffen hat, und über die Verruchtheit derer, in deren Hand die Leitung dieses Staates liegt, der römischen Nobilität. Tatsächlich aber ist uns dies alles nur Symbol; unsere Verzweiflung geht tiefer; es ist eine Verzweiflung an jeder sozialen Gemeinschaft, ja an der Menschheit selber. Kein Zweifel, daß Sallust diese furchtbare seelische Wirkung hat erzielen *wollen;* die Wahl seiner Stoffe kann nur in diesem Sinne gedeutet werden. Beide behandeln Episoden der römischen Geschichte, die an und für sich jeglicher Größe entbehren, die aber symptomatisch sind für den Zustand Roms, das der Herr der Welt ist. Durch nichts kann es eindrücklicher gemacht werden als durch die Catilinarische Verschwörung, in der es einer kleinen Schar von Verbrechern und Abenteurern beinahe gelingt, dieses Imperium in Frage zu stellen, da seine Existenz das Maximum von Hilflosigkeit erreicht hat (Cat. 36). Das Thema des Iugurthinischen Krieges aber erklärt Sallust selber (Iug. 5) darum gewählt zu haben (abgesehen von der Vielseitigkeit der in ihm enthaltenen Ereignisse), weil damals zum erstenmal dem Übermut der Nobilität entgegengetreten wurde, das heißt anders ausgedrückt, weil dieser Krieg blitzartig die schon lange vorhandene, aber verborgene Krankheit des römischen Reiches enthüllte. Sallust schreibt also ganz von seinem politischen, von seinem Parteistandpunkt aus; deshalb ist aber, was er schreibt, noch lange keine Parteischrift. Die Dinge, von denen er schreibt, liegen weit zurück; die Zeit geht damals schnell, so daß auch die Catilinarische Verschwörung, wiewohl erst fünfundzwanzig Jahre seither vergangen sind, jeden Aktualitätsreiz verloren hat, ist doch unterdessen Caesars Alleinherrschaft gekommen und sein Tod – die Welt sieht zwar nicht besser, aber doch ganz anders aus. Sallust sieht aber das politische Geschehen der Vergangenheit durch die Brille, durch die er, solange er aktive Politik trieb, die Gegenwart ansah; er will nichts behaupten oder vertuschen, beschönigen oder verteidigen; er will Geschichte schreiben und mit dieser seiner Geschichte uns packen und erschüttern, wie er selber erschüttert ist. Das schließt nicht aus, daß er den Willen zur Objektivität hat: sein Standort im Bürgerkrieg, so verspricht er in den Historien (I 6), soll ihn nicht von der Wahrheit ablenken. Seine Befangenheit liegt viel tiefer. Sie liegt in einem inneren Erlebnis, das von seinem äußeren Leben gänzlich unabhängig ist, auf alle Fälle nicht zu ihm parallel gehen muß. Dieses Erlebnis weiß er uns zu vermitteln; durch die Lektüre seiner beiden Monographien wird es unser eigenes Erlebnis. Darum muß es unsere Aufgabe sein, herauszubringen, mit welchen Mitteln dies erreicht wird.

Es ist zuerst einmal einfacher, mit dem Ausschließungsverfahren zu arbeiten, das heißt zu sagen, worum es sich dabei nicht handeln kann. Sicherlich liegt keine faszinierende *gedankliche* Leistung vor. Wir empfangen von Sallust keine bedeutenden geschichtsphilosophischen Gesichtspunkte und erleben bei seiner Lektüre keinen denkerischen Prozeß mit, der uns wesentlich fördern könnte. Was Sallust an Ideen zu bieten hat, ist an der Grenze der Primitivität und Banalität. Das zeigt sich vor allem in den Einleitungen, die mit geschichtsphilosophischen Ansprüchen auftreten. Man tut ihnen aber zu viel Ehre an, wenn man in ihnen eine Weiterführung von Gedanken des Polybios oder eine Auseinandersetzung mit der Ideenwelt des Poseidonios sieht; andere wiederum wollten Platonische Gedankengänge darin erkennen. Das ist insofern richtig, als die Sallustischen Vorstellungen aus jenem großen Mischmasch stammen, das in der Nachfolge des Platonischen Denkens im hellenistischen Griechenland jedem großen oder kleinen Schriftsteller zur freien Verfügung stand. Es ist auf jeden Fall griechisches Geistesgut; durch die pointierte Zuspitzung und durch die Verkleidung mit altlateinischen Sprachformen darf man sich daran nicht irre machen lassen. Es hat eigentlich nur *eine* gedanklich interessante Partie; das ist ein Exkurs über die verhängnisvolle Rolle des Volkstribunates: da die Übernahme dieses mit so gewaltigen Machtmitteln ausgestatteten

Amtes an kein Alter gebunden ist (im Gegensatz zu den anderen wichtigen Magistraturen), so gibt es unreifen Elementen die Möglichkeit zu hemmungs- und bedenkenloser Politik in die Hand. Aber auch diese aufschlußreichen Ausführungen sind in ein moraltheoretisches Kapitel über den Übermut der Plebs eingebettet, das durchaus unrealen, schematischen Charakter hat.

Das Wort schematisch charakterisiert überhaupt nicht nur die Ideenwelt Sallusts, sondern seine gesamte Darstellung. Und zwar durchaus in negativem, ungünstigem Sinn. Er arbeitet mit Schemen; kriegerische Ereignisse, Volksszenen, Versammlungen und Zusammenkünfte, menschliche Charaktere, alles wird in seiner Behandlung unreal; es hat weder den Reiz des Einmaligen noch die Überlegenheit einer typischen, paradigmatischen Schilderung, wie wir sie bei Livius kennenlernen werden. Es ist Literatur, es steht auf dem Papier. Trotz aller letzten sprachlichen Vollkommenheit ist seine Darstellung nicht imstande, uns Bilder vor die Augen zu zaubern. Wir sehen die Dinge und die Menschen nicht, die Sallust beschreibt. Das will nicht heißen, daß er banal sei: er ist durchaus kein Rhetor; es will auch nicht heißen, daß er nicht eindrücklich sei; das Gegenteil ist, wie wir wissen, der Fall. Aber er formt nicht, er gestaltet nicht; schon weil er kein Maß kennt und hemmungslos übertreibt. Und doch zwingt er den Leser zu leidenschaftlicher Reaktion. Das geschieht nicht sofort, sondern tritt erst im Laufe der Lektüre ein. Das Detail, aus dem Zusammenhang gerissen, wird man fast immer ablehnen; man wird es als blaß und unwirklich taxieren. Wie schematisch erscheinen doch in der Isolierung die geschichtlichen Überblicke, wie zum Beispiel seine Vorgeschichte Roms (Cat. 6ff.): die Römer, die mehr durch Geben als durch Empfangen von Wohltaten sich Freundschaften verschaffen; der Senat Männer, deren Körper infolge des Alters schwach, deren Geist aber infolge ihrer Weisheit stark war; die Jungmannschaft, die ihre Lust mehr in schmucken Waffen und Pferden fand als bei Dirnen und in Gelagen. Es war darum solchen Männern keine Strapaze ungewohnt, kein Gelände zu unwegsam oder zu steil, kein Feind erregte ihre Furcht, die Tapferkeit war Herr über alles. Aber die entscheidendsten Kämpfe, die nämlich um den Ruhm, fanden zwischen ihnen selber statt; jeder drängte sich dazu, auf den Feind loszuschlagen, die Mauern zu ersteigen, gesehen zu werden bei einer solchen Tat; das hielten sie für Reichtum, das für Ruhm und Adel usw. Nicht minder naiv erscheinen uns, losgelöst aus ihrer Umgebung, Sallusts Anschauungen über politische Entwicklungsprozesse, etwa der Exkurs über das Parteiunwesen in Rom (Iug. 41). Das gleiche gilt für seine geschichtlichen Einzelschilderungen, auch sie sind unwirklich. Niemand wird ernsthaft glauben, daß sich in der Realität ein Vorgang tatsächlich so abspielen kann oder konnte, wie Sallust es darstellt. Es sind Aneinanderreihungen von abgegriffenen Bestandteilen; die lehrhafte Eindeutigkeit scheint jede psychologische Vertiefung auszuschließen. Die reichen römischen Kameraden, die dem Iugurtha im Feldlager vor Numantia den Kopf verdrehen (Iug. 8), sind ebenso unwirklich wie die Beratung der feindlichen Brüder nach dem Tode des Micipsa (Iug. 11); die Bestechungen des Iugurtha in Rom wirken mit einer so lächerlichen Promptheit und Sichtbarkeit, daß man an ein Märchenbuch erinnert wird: Plötzlich wendete sich die Sache, und Iugurtha erfreute sich auf einmal, anstatt wie bisher allgemein verhaßt zu sein, der größten Sympathie der Nobilität: *ex maxima invidia in gratiam et favorem nobilitatis venit* (Iug. 13). Wie schablonenhaft ist die Schilderung der Stimmung in Rom, nachdem die Gefahr, die von seiten der Catilinarier drohte, ins allgemeine Bewußtsein getreten war (Cat. 31): «Davon war die Bürgerschaft beeindruckt und das Aussehen der Stadt verändert worden. Nach größter Fröhlichkeit und Ausgelassenheit, bewirkt durch eine lange Ruhe, griff plötzlich bei allen Niedergeschlagenheit um sich: sie waren unruhig, ängstlich, hatten weder zu einem Ort noch einem Menschen rechtes Zutrauen, führten weder Krieg noch hatten sie Frieden, jeder maß die Gefahren an seiner eigenen Angst. Und die Frauen, welche eine bei der Größe des Reichs ungewohnte Kriegsfurcht befallen hatte, schlugen sich die Brust, streckten die Hände flehend zum Himmel, jammerten um ihre kleinen Kinder, fragten nach allem, schraken bei jedem Gerücht zusammen, rafften alles an sich und vergaßen Hochmut und Bequemlichkeit, verloren das Vertrauen in sich und das Vaterland.»

Nicht anders steht es mit der Charakteristik der einzelnen handelnden Personen. Keine von ihnen steht lebendig vor einem, wie dies bei den Taciteischen Figuren der Fall sein wird, ja sogar bei Livius, weder Catilina, noch Iugurtha, noch Marius oder Sulla, Caesar oder Cato, trotz allem Aufwand an charakterisierenden Worten. Sie bleiben Zusammensetzungen aus einzelnen Zügen und Merkmalen; sie werden kein Ganzes, nehmen nicht Fleisch und Blut an. Auch sie sind Schemen. Nehmen wir als Beispiel eine Nebenfigur, die Sempronia aus der Catilinarischen Verschwörung (Cat. 25), «die oft viele Verbrechen, die männliche Verwegenheit erforderten, begangen hatte. Diese Frau war durch ihre Abstammung und Schönheit, außerdem durch Mann und Kinder vom Glück recht begünstigt; sie war in griechischer und lateinischer Literatur bewandert, konnte musizieren und eleganter tanzen, als nötig ist für eine anständige Frau, und vieles andere, was zum Wohlleben gehört. Aber ihr war immer alles lieber gewesen als Anstand und Schamhaftigkeit; ob sie ihr Geld oder ihren Ruf weniger schonte, hätte man nicht leicht entscheiden können; ihre Leidenschaft war so hemmungslos, daß sie öfter Männer begehrte, als daß sie begehrt wurde. Aber sie hatte schon oft vorher ihr Wort gebrochen, anvertrautes Gut abgeschworen, war Mitwisserin bei Mord gewesen, durch Wohlleben und Mangel auf die schiefe Bahn geraten. Freilich ihr Verstand war nicht unbedeutend: sie konnte Verse machen, hatte lustige Einfälle, war im Gespräch bescheiden oder anzüglich oder vorlaut; kurz, viel Witz, viel Charme besaß sie.» Man fühlt die große Anstrengung; sie führt aber eigentlich nur zu Wiederholungen. Der Begriff der eleganten Verbrecherin wird abgewandelt ohne irgendeinen individuellen Beisatz. Man merkt es, daß dem Sallust komplizierte Charaktere nicht liegen. Er hat sie gern eindeutig, da er sie nur als Farbtöne im Gesamtbild seines Buches sieht und gestaltet. Daß er ein paarmal in überraschender Wendung die Gradlinigkeit eines solchen Porträts bricht, ist eine Sache für sich, von der wir noch zu sprechen haben werden. Aber im großen und ganzen kennt er nur affektbetonte, von Sympathie oder in der überwiegenden Zahl der Fälle von Antipathie geleitete und gleiche Stimmung auslösende Charakteristiken. Die letzteren überwiegen durchaus. Ihr Meistervertreter ist Catilina. Mutet es nicht leicht kindlich an, daß diesem großen Revolutionär das böse Gewissen über die Ermordung seines Stiefsohnes den Geist zerrüttet haben soll, so daß er nicht schlafen kann und darum auf so üble Gedanken wie eine Verschwörung kommt (Cat. 15)? Komplizierten Erscheinungen, wie etwa dem großen Vertreter der Nobilität, dem *princeps senatus* Aemilius Scaurus, ist Sallust vollends nicht gewachsen: daß der sittenstrenge Mann sich doch der Bestechung zugänglich erwiesen haben soll, bleibt völlig unverständlich. Die Vereinigung zweier Charaktere in einem Menschen, die Sallust gerne glaubwürdig machen würde, kann er nicht anders darstellen, als daß er ihn aus Schlauheit sein wahres Wesen verbergen und aus Schlauheit sich von Begierden fernhalten läßt (Iug. 15 und 29).

Es ist fast selbstverständlich, daß solcher Schematismus und solch mangelndes Realitätsgefühl auch geneigt sind, die historische Wahrheit zu vergewaltigen. Und in der Tat hat Sallust kein Organ für die Exaktheit, die einmaliges historisches Geschehen erfordert. Darum fehlt auch jede kritische Einstellung zur Tradition und zu den Quellen. Einmal polemisiert er gegen das Sulla-Bild eines anderen Historikers (Sisenna), das er als politisch befangen ablehnt (Iug. 95), einmal zitiert er das Werk eines Numidiers über Afrika. Sonst weist er auf die Überlieferung nur hin, wenn sie psychologisch Unwahrscheinliches berichtet, um der Verantwortung für die Nachricht enthoben zu sein. Wie früher bei Herodot und später bei Tacitus hat man bei ihm den Eindruck, daß es ihm wichtiger ist, die Sache gesagt als ihre Unsicherheit festgestellt zu haben. So, wenn er über Crassus' Beteiligung an der Verschwörung spricht (Cat. 17) oder von einer Intrige Ciceros gegen Crassus, die er auf eigene Aussagen des Crassus in seiner, Sallusts, Gegenwart basiert (Cat. 48). Differenzen der Tradition werden sonst kaum erwähnt. Nur einmal wird von verschiedenen Deutungen gesprochen, die das Verhalten des Metellus gefunden habe, als er die Nachricht empfängt, daß sein Untergebener Marius, den er als politischen Gegner nicht ernst nehmen wollte, Consul und sein Nachfolger im Oberkommando gegen Iugurtha geworden sei (Iug. 82).

Diese Feststellungen reihen Sallust mit seiner geschichtlichen Darstellungsform in die Linie der griechischen Historiker ein. Er ist nur insoweit Historiker, als sie es sind – natürlich immer von Polybios abgesehen. Das ist nun aber von höchster Wichtigkeit; es ist entscheidender als alle gedankliche Abhängigkeit von Griechen oder Römern. Sein Wille und sein Ziel lassen sich nur innerhalb der Traditionen der griechischen Historiographie verstehen; darin liegt seine Gebundenheit, aber auch innerhalb der Gebundenheit wiederum seine individuelle Leistung. In dieser Richtung liegt auch seine ausschlaggebende, führende Rolle für die römische Geschichtsschreibung. Aber es ist kein geschichtsphilosophisches Programm, überhaupt nichts rational von ihm Erfaßtes und für uns deshalb rational Erfaßbares, das er übernahm, verarbeitete und wirkend weiterleitete; es ist ein künstlerischer Wille, gebannt in die Dynamik eines Geschichtswerkes.

Wir werden uns darum nicht wundern, wenn wir die äußerlichen Eigentümlichkeiten der griechischen Historiographie bei ihm vollzählig wiederfinden. Sallust ist, um das Wichtigste zu nennen, obgleich es begreiflicherweise nicht in den Monographien, sondern nur in den Historien in Erscheinung tritt, Annalist wie Thukydides, Livius, Tacitus. Er fügt seinem Werk erfundene Reden und Briefe ein; sogar aus den Historien sind davon eine Anzahl, losgelöst aus dem Zusammenhang und als selbständige literarische Schöpfungen empfunden, uns erhalten geblieben. Als Erbe der herodoteischen Tradition fehlen auch die Exkurse nicht; Exkurse geographischer Natur über Sizilien, über Sardinien, über den Pontus besitzen wir in Spuren aus den Historien; ähnlich sind die über Afrika im Iugurtha (17) und über den Grenzstreit zwischen Karthago und Kyrene (79), mit der Einleitung: «Aber da wir wegen der Ereignisse bei den Leptitanern auf diese Landschaft zu sprechen gekommen sind, scheint es nicht unpassend, der einzigartigen und wunderbaren Tat zweier Karthager zu gedenken» und mit dem Schluß: «Jetzt kehre ich wieder zu meinem Gegenstand zurück.»

Das spezielle griechische Vorbild des Sallust ist aber ohne allen Zweifel Thukydides. Man kann diese Nachfolge, wie wir gleich sehen werden, nicht ernst genug nehmen; sie drängt sich aber auch schon bei oberflächlicher Betrachtung auf. Abgesehen davon, daß alle oben angeführten historiographischen Eigentümlichkeiten mit der Thukydideischen Art ihrer Handhabung identisch sind, so ist auch Sallusts Stil im engeren Sinn eine Imitation des Thukydideischen. Seine pointierte, mit allen rhetorischen Klang- und Spielmitteln arbeitende und dabei sie doch immer wieder aufhebende und preisgebende Manier erhebt den Anspruch, dem Stil des Thukydides zu entsprechen; und in der Tat ist auch, soweit dies mit ganz anderen sprachlichen Voraussetzungen möglich ist, dessen gequälte Künstlichkeit getroffen und damit eine Ausdrucksform für die lateinische Geschichtsschreibung inauguriert, die in Tacitus weitergeführt wird und sich in ihm vollendet. Sallust hat sich freilich nach römischen Stilvorbildern umgesehen, die ihm die Mittel zu diesem stilistischen Unternehmen liefern sollen; er findet sie in der Sprache des älteren Cato, den er den beredtesten aller Römer nennt und wegen seiner Prägnanz bewundert, wenn er auch gegen seine Glaubwürdigkeit mißtrauisch ist. Auf den ersten Blick mag dies erstaunen, daß man Thukydides mit der sprachlichen Hilfe des Cato nachahmen kann, aber es läßt sich nicht leugnen, daß die lateinische Diktion des zweiten Jahrhunderts v. Chr. der Stilrichtung der griechischen Sophisten und speziell des Thukydides näher steht als das klassische Latein: Sallust verläßt also bewußt, um sein Nachahmungsziel zu erreichen, die Stiltendenzen seiner Zeit, zum Beispiel des Cicero, aber auch der jüngeren Generation, seiner eigentlichen Altersgenossen. Darum der leichte archaische Schimmer, der stärker auffällt, als er es zu tun verdient, da er im Dienste einer höheren Absicht steht.

Die Hauptsache ist eben die Thukydides-Nachahmung, und diese wiederum beschränkt sich nicht auf den Stil im engeren Sinn; für Sallust ist dieser nur Mittel und Ausdruck eines viel tiefergehenden Vorganges. Eines der Mittel neben anderen. Ein anderes ist die ohne Unterlaß zur Schau getragene Neutralität des historischen Standpunktes. Wir wissen, wie zentral diese Objektivität für Thukydides ist, aber auch mit welchen inneren Schmerzen sie erkämpft sein muß und wie die Schmerzhaftigkeit dieses Vorganges sich in jeder Faser seines Werkes ausdrückt; wie sie von innen her seine Form, seinen Stil, seine Unruhe bestimmt und wie seine Wirkung und seine Größe auf diesem Kampfe beruhen. Dieses Erlebnis ahmt nun Sallust nach, ohne es selber erlebt und durchgemacht zu haben. Ihm ist es nur Stilmittel, nur Werkzeug künstlerischer Wirkung. Er ist nichts weniger als frei von politischer Leidenschaft und von der Einseitigkeit und der Borniertheit des Parteimannes; im Gegenteil: er ist in gewisser Hinsicht so vollständig von ihr ausgebrannt, daß es, wie wir noch erkennen werden, an die Grenze eines pathologischen Zustandes geht. Aber er verbirgt diese seine leidenschaftliche Voreingenommenheit. Er tut das aber nicht um der wissenschaftlichen Objektivität willen, noch weniger freilich, weil er verborgene Propaganda machen will und weil er sich gleichsam unter falscher Fahne in das Vertrauen seines Lesers einschleichen möchte. Er tut es ausschließlich um der künstlerischen Wirkung willen: die politische Neutralität ist ihm Stil. Die Verzweiflung des Thukydides wird von Sallust zu ästhetischen Zwecken mißbraucht und verliert auch jetzt ihre Ansteckungskraft nicht. Oder gewinnt gerade durch den immanenten Widerspruch zwischen psychischer Grundlage und stilistischem Mittel eine neue Wirkung. Gerade weil das Wesen des Schreibers und die Ansprüche seines Stils – das Wort nun im weitesten Sinn genommen – auseinanderklaffen und doch gewaltsam zusammengeschweißt sind, entsteht ein unheimliches Ganzes; es wird aus dem geschichtlichen Stoff ein Erlebnis geschaffen, dem sich kein Leser entziehen kann, ohne es in irgendeiner Weise nachzuerleben.

Dieses Erlebnis ist pathologisch, und damit ist die Lektüre des Sallust sicherlich immer qualvoll; viel qualvoller als diejenige des Thukydides, hinter der auch ein großes Leiden steht, aber eines, mit dem der Schriftsteller fertig wurde. Bei ihm erfüllt uns letzte Bewunderung für die Größe und Reinheit seines inneren Kampfes; bei Sallust werden wir zwischen Bewunderung und Grauen hin- und hergerissen, weil wir den Riß, der durch das Erlebnis des Schriftstellers geht, nie auch nur einen Augenblick vergessen können. Wir haben nie den rechten Glauben an ihn; aber er läßt uns doch nicht los; immer interessiert er uns wieder, fasziniert er uns von neuem. Trotz allem unserem Widerstand verfallen wir ihm und werden wir gezwungen, die Geschichte und die Welt mit seinen kranken Augen anzusehen, weil das künstlerische Erlebnis, das er uns vermittelt, stärker ist als alles, was uns abstoßen könnte.

Psychologisch betrachtet sieht das Erlebnis des Sallust-Lesers folgendermaßen aus: er wird durch die intensive Darstellung in einer ganz bestimmten Richtung mit aller seiner Sympathie und Antipathie gedrängt; er schwingt mit einer Partei oder einer Figur in steigender Neigung mit; dann aber, in einem bestimmten Augenblick, wird er durch plötzlich gewechselte Stellungnahme oder unerwartete Kälte, Unfreundlichkeit, Kritik vollständig überrascht, in der Gradlinigkeit seiner Gefühle verstört und unsicher gemacht; gleichsam als einfältig Gläubiger bloßgestellt und ausgelacht. Diese Technik beherrscht manchmal größere Einheiten, manchmal auch schon den Kleinraum eines Kapitels: die Technik des Ganzen wiederholt sich in seinen Teilen. Namentlich im Iugurtha werden wir durch den ersten Teil, die Charakterisierung des Iugurtha, seiner Energie und Genügsamkeit, durch das Unrecht, das ihm unverkennbar von den Brüdern angetan wird, auf ihn als Helden eingestellt; wir fühlen aus der Darstellung heraus – und fühlen es mit Grund –, daß sein Kampf gegen die römische Nobilität, in dem diese so jämmerlich versagt, die ganze Sympathie des Schriftstellers für sich hat, daß dieser Kampf ein Symbol für den gerechten und siegessicheren

Kampf der Opposition in Rom, zu der auch Sallust gehört, gegen die regierende Kaste ist. Auf einmal aber, nachdem man gefühlsmäßig weit in dieser Richtung vorgestoßen ist, ändert sich das Bild des Iugurtha; er erscheint als skrupelloser, verlogener, schamloser Schurke. Nicht anders, nur mit umgekehrter Tendenz, geht es mit den inneren Angelegenheiten Roms. Unsere Empörung über die Korruption der führenden Kreise wird systematisch bis zur Siedehitze gesteigert; als dann durch das Vorgehen des Volkstribunen Mamilius Limetanus eine Strafuntersuchung gegen diese niederträchtigen Verräter eingeleitet wird und wir darüber aufatmen zu dürfen glauben, daß endlich etwas geschieht, wie dann auch die Plebs diese Strafverfolgung mit höchster Freude begrüßt, fährt der Schriftsteller fort: «Das geschah mehr aus Haß auf den Adel als aus Sorge um den Staat: so groß war die Leidenschaft der Parteien», und etwas später äußert er sich weiter in diesem Sinne: «wie schon oft der Adel, so nutzte zu dieser Zeit das Volk seinen Sieg maßlos aus» (Iug. 40). Als weiteres Beispiel für diese Verblüffungstechnik sei der Abschluß des Kampfes gegen Iugurtha, das zweitletzte Kapitel der Monographie, angeführt: als die doch mit größter Spannung seit langem erwartete Gefangennahme des Iugurtha endlich gelingt, wird, was nun folgt, in einem einzigen kurzen Sätzchen erzählt, als ob es sich um die letzte Bagatelle handelte: «Alle andern werden niedergemacht, Iugurtha dem Sulla in Fesseln ausgeliefert und von ihm zu Marius gebracht» (Iug. 113).

Im Catilina ist die Bewegung umgekehrt: der absolute Verbrecher, als welcher Catilina nebst der Schar seiner Strauchritter und Helfershelfer im ersten Teil des Werkes erscheint, nimmt mit diesen zusammen in der zweiten Hälfte heldische Züge an; die Treue des Zusammenhaltens, die Tapferkeit und Unerschrockenheit des Widerstandes, der keine Kapitulation kennt, finden warme Anerkennung. Es wäre falsch, darin soziales Verständnis oder wirkliche Sympathie für unglückliche Opfer gesellschaftlicher Zustände zu sehen; es ist ausschließlich ein dynamisches Mittel, um unsere Spannung zu leiten, und zwar so zu leiten, daß wir zu unserer Beschämung und peinlichen Überraschung auf eine kühle, unbeteiligte Neutralität stoßen, nachdem vorher alles getan worden war, uns aufzupeitschen und zu leidenschaftlicher Stellungnahme zu nötigen. Der Wendepunkt sind die Reden Caesars und Catos, denen gegenüber uns Sallust bewußt ohne Führung und Beeinflussung läßt, auf die wir nach dem Vorausgehenden das Recht zu haben glauben.

Dieses Spiel mit unserem Gefühl wiederholt sich häufig auch im kleinen, wie denn die Unstimmigkeit des Satzbaues ihr extremer Reflex im allerkleinsten Raume ist. Es ist jenes Stilmittel historischer Darstellung, das dann Tacitus von Sallust übernimmt und mit größerer Konsequenz und Ausdauer ausbaut. Erst Tacitus erreicht darin die volle Meisterschaft, namentlich in den Charakteristiken einzelner Persönlichkeiten; er erst bringt jenes irritierende Zurückhalten des Lobes oder jene plötzliche Umbrechung der Gefühlsrichtung zur Vollendung; Sallust ist darin noch ein Anfänger. Aber an einzelnen Stellen wie etwa dem Bild des Pompeius in den Historien oder dem des Metellus im Iugurtha hat er damit bereits beträchtlichen Erfolg. Wenn man das bedenkt, so weiß man, daß er das Bild Ciceros im Catilina ganz positiv wertet, von dem viele den Verdacht hatten, es spreche sich darin eine verhaltene Abneigung aus.

Das ist das Thukydideische in Sallust. Aber, wie gesagt, es ist nicht echt; es ist nur aufgesetzt. Es wird von der eigentlichen sallustischen Leidenschaft durchkreuzt; diese Leidenschaft ist nicht überwunden, sondern nur leicht überdeckt. Überall tritt sie durch die Decke heraus; überall spürt man die

Erregung des Parteimannes. Immer von neuem werden wir gegen die regierende Klasse aufgehetzt; aber eigentlich in erster und fast ausschließlicher Weise gegen *eine* Eigenschaft derselben. Diese wird völlig ins Zentrum gerückt und verdrängt alle anderen Verbrechen und Laster der Nobilität: es ist die *avaritia*, die Habsucht, in ihren vielen Erscheinungsformen der Ausbeutung der Untertanen und der schamlosen Bereicherung, oft, aber nicht notwendigerweise verbunden, namentlich im Bild der jüngeren Glieder der herrschenden Klasse, mit *luxuria*, Ausschweifung und sinnlosem Aufwand; *luxuria* und *avaritia* nennt er die schlimmsten Laster (Cat. 5); die von der *avaritia* Befallenen kommen dazu, mit allen ehrenhaften und unehrenhaften Dingen ein Geschäft zu machen: *omnia honesta atque inhonesta vendere*, wie er sich mit der gleichen Formulierung im Catilina (30) und im Iugurtha (80) ausdrückt. Daneben spielt die *ambitio*, der Ehrgeiz, der dann bei Tacitus das alles beherrschende Element ist, das seinem Werk eigentlich den Stempel gibt, eine sehr sekundäre Rolle; sie kann schon deshalb die Konkurrenz mit der Habsucht nicht aufnehmen, «weil dieses Laster doch noch einer Tugend näher steht» (Cat. 11). Durch beide Monographien und offenbar auch die Historien zieht sich das Entsetzen über dieses Laster, das «Treue, Rechtschaffenheit und alle übrigen guten Eigenschaften unterhöhlt und an deren Stelle Hochmut, Grausamkeit, Götterverachtung lehrt und die Bereitschaft, alles zu verkaufen» (Cat. 10). Die römische Jeunesse dorée bringt dem Iugurtha bei, daß in Rom alles zu kaufen sei (Iug. 8); die *avaritia* ist die Ursache aller inneren Wirren Roms (Iug. 41); sie verdirbt zuletzt auch an und für sich rechte Männer wie Aemilius Scaurus oder wie jenen Calpurnius, «denn die vielen guten geistigen und körperlichen Eigenschaften hinderte die Habsucht alle an der Entfaltung» (Iug. 28); sie verdirbt auch die Parteien, deren Ehre um des Gewinnes willen preisgegeben ist; der Historiker deckt sich in diesen Gedanken mit dem Politiker Sallust.

Wie eine Besessenheit geht dieser Verzweiflungsschrei durch das ganze Werk des Sallust; niemand kann deshalb daran gehindert werden, darin einen psychischen Komplex zu sehen, ihn in Zusammenhang zu bringen mit dem, was wir über Sallusts Leben wissen. Die Sünde, die er anklagt, liegt nicht außerhalb, sondern in ihm selber. Er glaubt oder hofft sie zu verdecken mit der von uns geschilderten Objektivität, die ihn zu brutalen Maßregelungen des Lesers führt; das gibt die unheimliche, beunruhigende Wirkung seines Werkes. Sein Stempel, sein Unverkennbares und Individuelles, sein Kunstcharakter liegt in dieser Vereinigung der unvereinbaren Elemente.

Ernst Howald

DIE VERSCHWÖRUNG CATILINAS

(63 v. Chr.)

1. Allen Menschen, die sich bemühen, die übrigen Geschöpfe zu überragen, ziemt es, sich mit größter Kraft anzustrengen, daß sie nicht in Stillschweigen durchs Leben gehen wie das Vieh, das die Natur mit Blick auf den Boden und dem Bauch gehorchend gestaltet hat. Unsere ganze Stärke hingegen beruht auf dem Geist und auf dem Körper: der Geist ist für uns der Herr, der Körper eher der Knecht; der eine ist uns mit den Göttern, der andere mit den Tieren gemein. Um so richtiger scheint es mir, mehr mit Hilfe des Verstandes als der körperlichen Stärke Ruhm zu suchen und, da das Leben selbst, das wir genießen, kurz ist, die Erinnerung an uns möglichst weit auszudehnen. Denn des Reichtums und der Schönheit Ruhm ist vergänglich und zerbrechlich, die Tugend ist ein leuchtender und ewiger Besitz.

Aber lange herrschte unter den Menschen großer Streit, ob durch Körperstärke oder Geisteskraft mehr Erfolg im Krieg erzielt werde. Denn bevor man beginnt, braucht man einen Plan, und wenn man geplant hat, eine rasche Tat. So ist beides für sich genommen bedürftig, und das eine bedarf des andern Hilfe.

2. Also bildeten zu Beginn die Könige – denn dies war auf Erden der erste Name für einen Herrscher –, ganz verschieden, teils den Verstand, andere den Körper aus; damals führten die Menschen auch noch ein Leben ohne Begierde, jedem gefiel und genügte das Seine. Später aber, als in Asien Kyros, in Griechenland die Spartaner und Athener begannen, Städte und Völker zu unterwerfen, Herrschsucht für einen Kriegsgrund zu halten, als größten Ruhm größte Macht zu betrach-

ten, da endlich lernte man in Gefahr und Not, daß im Krieg am meisten der Verstand vermöge. Wenn freilich bei Königen und Herrschern im Frieden die Geisteskraft gleichviel wie im Krieg gelten würde – die menschlichen Verhältnisse wären ausgeglichener und gleichmäßiger, und man würde nicht sehen müssen, wie das eine dahin, das andere dorthin wechselt und alles verändert und durcheinandergebracht wird. Denn Herrschaft wird leicht durch jene Eigenschaften erhalten, durch die sie zu Beginn entstanden ist; wo allerdings an Stelle von Anstrengung Trägheit, von Maß und Gerechtigkeit Gier und Hochmut eingedrungen sind, ändern sich die äußeren Gegebenheiten zusammen mit den Sitten. So geht die Herrschaft immer vom weniger Tüchtigen auf den gerade Tüchtigsten über.

Was die Menschen in Ackerbau, Schiffahrt, Baukunst leisten, gehorcht alles dem Geist. Aber viele Sterbliche, Bauch und Schlaf ergeben, haben ihr Leben unwissend und ungebildet verbracht, wie Fremde auf der Wanderschaft – gewiß solche, denen wider die Natur der Körper zur Lust, die Seele zur Last war. Deren Leben und Tod halte ich für gleich unwichtig, da über beide Schweigen herrscht. Der freilich scheint mir erst zu leben und sein Dasein zu nützen, der, irgendeiner Tätigkeit hingegeben, mit einer hervorragenden Tat oder einer edlen Kunst Ruhm sucht. Aber in der großen Fülle von Möglichkeiten zeigt die Natur dem einen diesen, dem andern jenen Weg.

3. Schön ist es, sich um den Staat verdient zu machen, auch ein verdienstvoller Redner zu sein ist nicht unsinnig; im Frieden oder im Krieg kann man berühmt werden. Viele, die Taten vollbrachten, und viele, die Taten anderer beschrieben haben, werden gelobt. Mir freilich scheint – wenn auch keineswegs gleicher Ruhm dem Schriftsteller und dem Vollbringer der Taten folgt – Geschichte zu schreiben doch besonders

beschwerlich, erstens, weil den Taten mit Worten gleichzukommen ist, dann, weil die meisten glauben, daß das, was du als fehlerhaft getadelt hast, aus Übelwollen und Neid gesagt wurde; wo du aber große Tugend und Ruhm tüchtiger Männer in Erinnerung rufst, glaubt jeder, daß er solches auch leicht hätte vollbringen können, und nimmt es gelassen zur Kenntnis; was darüber hinausgeht, betrachtet er als erfunden und Lüge.

Ich aber wurde als junger Mann zu Beginn, wie die meisten, aus Begeisterung zur Politik hingezogen, und dort war mir vieles widerwärtig. Denn anstelle von Anstand, von Zurückhaltung, von Tüchtigkeit herrschten Frechheit, Bestechung, Habsucht. Wenn ich dies auch, schlimmer Künste ungewohnt, von mir wies, wurde doch unter so viel Lastern meine ungefestigte Jugend von Ehrgeiz verdorben und gepackt; und obschon ich mit den schlimmen Sitten der übrigen nicht einigging, plagte mich nichtsdestoweniger der Drang nach Ehre, der denselben schlechten Ruf und dieselbe Mißgunst zur Folge hatte wie bei den übrigen.

4. Als ich daher nach viel Unbill und Gefahr Ruhe fand und mir vornahm, mein restliches Leben von Politik fernzuhalten, war es nicht meine Absicht, in Trägheit und Faulheit die wertvolle Muße zu vertrödeln noch knechtischen Betätigungen, wie der Landwirtschaft oder Jagd, hingegeben mein Leben zu verbringen; sondern ich kehrte zu eben dem Unterfangen und der Beschäftigung zurück, von der mich schlechter Ehrgeiz abgehalten hatte, und beschloß, eine Geschichte des römischen Volkes in Einzeldarstellungen, je nachdem sie mir der Erinnerung würdig schienen, zu verfassen, und dies um so eher, da ich mich von Hoffnung, Furcht, Parteigeist frei fühlte. Daher will ich über die Verschwörung Catilinas, so wahrheitsgetreu ich kann, in wenigen Worten berichten; denn dieses Ereignis halte ich vor allem für erinnerungswürdig der

Unerhörtheit des Verbrechens und seiner Gefährlichkeit wegen. Über dieses Mannes Charakter ist zuerst einiges wenige zu sagen, bevor ich mit der Erzählung beginne.

5. Lucius Catilina, aus vornehmem Geschlecht, besaß große Geisteskraft und Körperstärke, aber schlimme und verkehrte Charakterzüge. Ihm waren von jung auf Bürgerkriege, Mord, Raub, Zwietracht im Staat willkommen, und darin übte er seine Jugend. Sein Körper konnte Hunger, Kälte, Wachen ertragen, mehr als jemandem glaublich ist. Sein Geist war kühn, hinterlistig, wendig. Er log und trog in allem, war nach fremdem Gut gierig, mit eigenem verschwenderisch, brennend vor Leidenschaften; genügend war seine Beredsamkeit, seine Weisheit zu gering. Sein weitschweifender Geist suchte immer das Unmögliche, Unwahrscheinliche, allzu Hohe. Ihn hatte nach der Herrschaft des Lucius Sulla mächtiges Verlangen gepackt, die Macht im Staat an sich zu reißen, und es kümmerte ihn keinen Deut, auf welche Weise er dies erreichen würde, wenn er nur die Alleinherrschaft erlange. Von Tag zu Tag wurde er mehr und mehr umgetrieben durch seine finanzielle Notlage und das Wissen um seine Vergehen – beides hatte er durch die oben erwähnten Eigenschaften noch vermehrt. Es verleiteten ihn außerdem die verdorbenen Sitten der Bürger, welche die schlimmsten, einander entgegengesetzten Übel, Luxus und Habsucht, heimsuchten.

Die Sache selbst scheint zu fordern, da gerade von den Sitten der Bürger die Rede war, weiter auszuholen und in wenigen Worten die Einrichtungen der Vorfahren im Frieden und im Krieg zu schildern: auf welche Weise sie ihren Staat verwalteten, wie groß sie ihn hinterlassen haben, wie er allmählich sich wandelte und aus dem herrlichsten und besten zum schlechtesten und verbrecherischsten wurde.

6. Die Stadt Rom – wie ich erfahren habe – gründeten und besaßen zu Beginn Trojaner, die unter des Aeneas Führung als

Flüchtlinge mit unbestimmtem Wohnsitz umherschweiften, und mit ihnen zusammen die Aborigines, ein unkultivierter Menschenschlag, ohne Gesetze, ohne Regierung, frei und un gebunden. Nachdem sich diese innerhalb eines Mauerrings vereinigt hatten, von verschiedener Abkunft, ungleicher Sprache, jeder nach anderer Sitte lebend, ist es unglaublich zu berichten, wie leicht sie zusammengewachsen sind; so ward in kurzer Zeit eine zerstreute und umherschweifende Menge durch Eintracht zu einer Bürgerschaft. Aber nachdem ihr Staat, an Bürgern, Gesittung, Ackerland gemehrt, genügend stark und stattlich schien, entstand, so wie sich das meist bei den Menschen verhält, aus Wohlstand Neid. Deshalb begannen die benachbarten Könige und Völker Krieg, wenige von den Freunden halfen; denn der Rest blieb aus Angst den Gefahren fern. Aber die Römer, im Frieden und im Kriege angespannt, setzten ihre Kräfte ein, rüsteten, sprachen einander Mut zu, zogen den Feinden entgegen, schützten Freiheit, Vaterland und Vaterhaus mit Waffen. Später, als sie die Gefahren durch ihre Mannhaftigkeit abgewehrt hatten, brachten sie Bundesgenossen und Freunden Hilfe und erwarben mehr durch Gewährung als durch Annahme von Wohltaten Freundschaften. Sie hatten eine auf Gesetz gegründete Regierung; deren Name war Königsherrschaft. Auserwählte, körperlich durch die Jahre schwach, geistig an Weisheit stark, berieten den Staat; diese wurden, sei es wegen ihres Alters, sei es wegen der Ähnlichkeit ihrer Fürsorge, Väter genannt. Später, als die Königsherrschaft, welche zu Beginn der Bewahrung der Freiheit und der Vergrößerung des Staates gedient hatte, sich in Willkür und Gewaltherrschaft wandelte, änderten sie diese Einrichtung und schufen sich eine jährlich wechselnde Regierung und je zwei Befehlshaber; auf diese Weise, glaubten sie, würde der menschliche Geist am wenigsten durch Ungebundenheit überheblich werden können.

7. Aber zu dieser Zeit begann ein jeder, sich mehr hervorzutun und mehr seine Anlagen zu fördern. Denn den Königen sind Tüchtige verdächtiger als Untüchtige, und immer ist ihnen fremde Mannhaftigkeit ein Schrecken. Aber es ist unglaublich zu berichten, in wie kurzer Zeit nach Erringung der Freiheit die Bürgerschaft erstarkte: ein solches Streben nach Ruhm hatte um sich gegriffen. Schon gleich von Anbeginn lernte die Jugend, sobald sie militärtauglich war, im Feldlager unter Anstrengung den Kriegsdienst, und sie hatten mehr Freude an schmucken Waffen und Dienstpferden als an Dirnen und Festen. Daher war solchen Männern keine Anstrengung ungewohnt, keine Gegend zu rauh oder zu beschwerlich, kein bewaffneter Feind ein Schrecken: Mannhaftigkeit hatte alles bezwungen. Wetteifer um Ruhm aber herrschte unter ihnen selbst am meisten; jeder strengte sich an, den Feind zu treffen, die Mauer zu ersteigen, gesehen zu werden, wenn er eine solche Tat vollbrachte; dies betrachteten sie als Reichtum, dies als guten Ruf und hohen Adel. Nach Lob waren sie gierig, mit Geld freigebig; Ruhm verlangten sie unermeßlichen, Reichtum ehrenhaften. Ich könnte berichten, an welchen Orten das römische Volk größte Massen von Feinden mit kleiner Schar in die Flucht geschlagen, welche natürlich befestigten Städte es im Kampfe eingenommen, wenn nicht dies uns von unserem Vorhaben allzu weit abbringen würde.

8. Aber freilich der Zufall regiert in allem; er verherrlicht und verhüllt alle Dinge eher nach Laune als der Wahrheit entsprechend. Die Geschichte der Athener war, wie ich glaube, recht bedeutend und großartig, allerdings doch ein wenig bescheidener, als sie in der Überlieferung dargestellt wird; aber weil dort große Schriftstellertalente sich zeigten, werden in der ganzen Welt die Taten der Athener als die größten verherrlicht. Daher wird die Mannhaftigkeit derer, welche sie vollbrachten, für so groß gehalten, wie hervorragende Talente

sie mit Worten preisen konnten. Aber dem römischen Volk standen diese niemals zur Verfügung, weil gerade die Klügsten die am meisten Tätigen waren; den Geist pflegte niemand ohne den Körper; gerade die Besten wollten lieber Heldentaten vollbringen als beschreiben, sie von andern loben lassen als selbst die anderer erzählen.

9. Daher wurden im Frieden und im Krieg gute Sitten gepflegt; die Eintracht war sehr groß, sehr klein die Habgier, Recht und Anstand herrschte bei ihnen nicht so sehr auf Grund von Gesetzen als auf Grund ihrer Natur. Hader, Zwietracht, Streitigkeiten trugen sie mit Feinden aus; Bürger wetteiferten mit Bürgern um Mannhaftigkeit. Bei Götterfesten waren sie großzügig, im Hause sparsam, gegen Freunde treu. Mit diesen zwei Eigenschaften: Mut im Krieg und, wenn Friede zustande gekommen war, Gerechtigkeit sorgten sie für sich und den Staat. Dafür habe ich als Hauptbeweise folgende: daß im Krieg öfter gegen solche eingeschritten wurde, die wider den Befehl mit dem Feind gekämpft und zu langsam, obschon zurückbeordert, das Schlachtfeld verlassen hatten, als gegen solche, die gewagt hatten, Feldzeichen im Stich zu lassen oder geschlagen ihre Stellung aufzugeben; im Frieden aber, daß sie Herrschaft mehr mit Wohltaten als mit Schrecken ausübten und trotz empfangenem Unrecht lieber verzeihen als strafen wollten.

10. Aber als durch Anstrengung und Gerechtigkeit der Staat gewachsen, große Könige im Krieg bezwungen, wilde Stämme und riesige Völkerschaften mit Gewalt unterworfen, Karthago, Nebenbuhlerin des römischen Reichs, dem Erdboden gleichgemacht und somit alle Meere und Länder offen waren, begann der Zufall zu wüten und alles durcheinanderzubringen. Diejenigen, welche Anstrengungen, Gefahren, verzweifelte und schwierige Lagen leicht ertragen hatten, denen wurde Muße und Reichtum, sonst wünschenswerte Dinge, zur Last

und zum Unheil. Und so wuchs zuerst die Gier nach Geld, dann die nach Herrschaft; dies war gleichsam der Urgrund aller Übel. Denn die Habsucht unterhöhlte Treue, Ehrlichkeit und die übrigen guten Eigenschaften; an deren Stelle lehrte sie Hochmut, Grausamkeit, die Götter mißachten, alles für käuflich ansehen. Der Ehrgeiz zwang viele Menschen, falsch zu werden, das eine verschlossen im Herzen, das andere vorn auf der Zunge zu tragen, Freundschaften und Feindschaften nicht sachlich, sondern nach dem Nutzen zu beurteilen und eher ein anständiges Äußeres als eine anständige Gesinnung zu haben. Dies verbreitete sich zuerst allmählich, zuweilen wurde auch dagegen eingeschritten; später, als die Anstekkung wie eine Seuche um sich griff, wandelte sich die Bürgerschaft, die Herrschaft wurde aus einer sehr gerechten und guten zu einer grausamen und unerträglichen.

11. Aber zuerst quälte eher Ehrgeiz als Habsucht die Menschen – ein Laster, das doch noch näher bei der Tugend war. Denn Ruhm, Ehre, Herrschaft wünschen sich der Gute und der Untüchtige gleichermaßen; aber jener bemüht sich auf geradem Wege; weil diesem gute Eigenschaften fehlen, sucht er mit List und Trug voranzukommen. Die Habsucht hat das Geld zum Ziel, welches noch kein Weiser begehrt hat; diese, gleichsam mit üblen Giften getränkt, entkräftet Leib und Seele des Mannes, ist immer unbegrenzt, unersättlich, wird weder durch Fülle noch Mangel vermindert.

Aber nachdem Lucius Sulla mit Waffengewalt die Macht im Staat an sich gerissen und nach guten Anfängen ein schlechtes Ende genommen hatte, begannen alle zu rauben, an sich zu reißen, der eine ein Haus, Land ein anderer zu begehren, als Sieger weder Maß noch Ziel zu kennen, schreckliche und grausame Taten gegen Mitbürger zu begehen. Dazu kam, daß Lucius Sulla das Heer, das er in Asien geführt hatte, um es sich ergeben zu machen, gegen die Sitte der Vorfahren verwöhnt und allzu frei gehalten hatte. Die lieblichen, üppigen Gegenden zusammen mit Nichtstun hatten leicht die rauhen Soldaten verweichlicht. Dort gewöhnte sich zum ersten Mal ein Heer des römischen Volkes daran, zu lieben, zu trinken, Statuen, Gemälde, getriebene Gefäße zu bewundern, diese auf eigene Faust und von Staats wegen zu rauben, Heiligtümer zu plündern, alles Geweihte und Ungeweihte zu beschmutzen. Deshalb ließen diese Soldaten, nachdem sie den Sieg errungen hatten, den Besiegten nichts übrig; wenn glückliche Umstände sogar Weise mürbe machen, wie hätten sich jene mit ihren verdorbenen Sitten im Siege mäßigen können?

12. Nachdem man begann, Reichtum als Ehre zu betrachten, und diesem Ruhm, Herrschaft, Macht folgten, stumpfte die Tugend ab, Armut wurde als Schande angesehen, Unbestechlichkeit als böser Wille bezeichnet. Deshalb waren infolge des Reichtums bei der Jugend Wohlleben und Habsucht zusammen mit Hochmut aufgekommen; sie raubten, verbrauchten, achteten ihr Gut gering, begehrten fremdes, Anstand und Schamgefühl, Göttliches und Menschliches galt ihnen unterschiedslos gleich wenig, auch kannten sie kein Maß. Es ist der Mühe wert, wenn man die Häuser und Landgüter kennengelernt hat, die im Umfang von Städten erbaut sind, die Göttertempel zu betrachten, die unsere Vorfahren, sehr fromme Menschen, errichtet haben. Sie schmückten freilich die Heiligtümer der Götter mit Andacht, ihre eigenen Häuser mit Ruhm und raubten den Besiegten nichts außer der Möglichkeit zum Unrechttun. Aber jene, im Gegensatz dazu sehr untüchtige Leute, nahmen in ihrer ruchlosen Gesinnung all dies den Bundesgenossen, was die tapfersten Männer als Sieger ihnen gelassen hatten – wie wenn erst Unrechttun richtig Herrschaft-
13. ausüben bedeutete. Denn was soll ich das erwähnen, was außer denen, die es gesehen haben, niemandem glaubhaft erscheint: daß von manchen Privatleuten Berge abgetragen,

Meere zugedeckt wurden? Die scheinen sich mir über ihren Reichtum lustig gemacht zu haben, da sie ja das, was sie ehrenhaft besitzen konnten, schändlich zu mißbrauchen sich beeilten. Aber die Gier nach Unzucht, Kneipe und sonstigem üppigem Leben hatte sich nicht weniger verbreitet: Männer ließen sich wie Weiber brauchen, Weiber boten ihre Ehre öffentlich feil; um zu essen, wurde zu Wasser und zu Lande alles durchsucht; sie schliefen früher, als sie Lust nach Schlaf hatten, sie warteten nicht Hunger oder Durst, noch Kälte oder Müdigkeit ab, sondern nahmen all dies künstlich vorweg. Das verleitete die Jugend, wenn ihr Privatvermögen aufgebraucht war, zu verbrecherischen Taten. Von bösen Begierden erfüllt, entbehrte sie nicht leicht Genüsse; um so schrankenloser war sie dann mit allen Mitteln Erwerb und Verbrauch hingegeben.

14. In einer so großen und so verdorbenen Bürgerschaft hatte Catilina, was sehr leicht zu bewerkstelligen war, Scharen von Übeltätern und Verbrechern um sich wie eine Leibwache. Denn wer immer als Lüstling, Ehebrecher und in Kneipen mit Hand, Bauch und Glied sein väterliches Gut verschleudert, auch wer mächtig Schulden aufgehäuft hatte, um sich von Übeltat oder Verbrechen loszukaufen; außerdem sämtliche Mörder aus aller Welt, Tempelschänder, gerichtlich Verurteilte oder für ihre Taten ein Gerichtsurteil Fürchtende; dazu diejenigen, die Hand und Zunge mit Meineid oder Bürgerblut ernährte – kurz, alle, welche eine Übeltat, Armut, schlechtes Gewissen umtrieb, die waren Catilinas Vertraute und Bekannte. Wenn auch ein Schuldloser in seinen Freundeskreis geraten war, wurde er leicht durch täglichen Umgang und Verlockungen den andern gleich und ähnlich. Aber am meisten strebte er nach Bekanntschaft mit Jungen; diese, noch von weichem und bildsamem Charakter, wurden durch Listen ohne Schwierigkeit verführt. Denn wonach eines jeden Be-

gehrlichkeit seinem Alter entsprechend entbrannte: er verschaffte den einen Dirnen, den andern kaufte er Hunde und Pferde; kurz, er schonte weder Kosten noch seine eigene Ehre, wenn er jene nur an sich band und sich ergeben machte. Ich weiß, daß es einige Leute gab, die der Ansicht waren, die Jugend, die in Catilinas Haus verkehrte, habe auf ihre Schamhaftigkeit zu wenig geachtet; aber dieses Gerücht beruhte eher auf einer gewissen Wahrscheinlichkeit, als daß dies jemand zuverlässig bekannt geworden wäre.

15. Schon gleich zu Beginn hatte der jugendliche Catilina viel unerhörte Unzucht begangen: mit einer vornehmen Jungfrau, mit einer Vestapriesterin, und anderes dieser Art gegen Recht und Sitte. Zuletzt, als Aurelia Orestilla, bei der außer ihrer Schönheit nie ein anständiger Mensch etwas zu loben fand, aus Angst vor dem erwachsenen Stiefsohn ihn zu heiraten Bedenken trug, soll er – dies wird für sicher gehalten – aus Liebe zu dieser Frau seinen Sohn getötet und das Haus für eine schändliche Hochzeit freigemacht haben. Diese Tat freilich scheint mir vor allem der Grund gewesen zu sein, daß er sein verbrecherisches Unternehmen vorantrieb. Denn sein verruchter Geist, Göttern und Menschen feind, konnte weder im Wachen noch Schlafen Ruhe finden: so wütete das schlechte Gewissen in seinem aufgeschreckten Sinn. Daher seine bleiche Gesichtsfarbe, sein wilder Blick, sein Gang, schnell bald, bald langsam; kurz, in seinem Gebaren und seinem Antlitz zeigte sich der Wahnsinn.

16. Aber die Jugend, die er, wie oben gesagt, angelockt hatte, lehrte er auf viele Arten üble Taten. Aus ihnen stellte er falsche Zeugen und Unterschriftenfälscher; Treue, Vermögen, Prozesse sollten sie für nichtig halten; nachher, wenn er ihnen ihren Ruf und ihre Hemmungen genommen hatte, gab er ihnen andere, größere Aufträge. Wenn ein Grund zu einem Verbrechen im Augenblick nicht gerade vorlag, ließ er nichts-

destoweniger Unschuldige wie Schuldige überfallen und umbringen; offenbar, damit Hand oder Herz nicht in Untätigkeit erlahmten, war er lieber grundlos böse und grausam. Auf diese Freunde und Helfershelfer bauend, zugleich weil die Schuldenlast in allen Ländern ungeheuer war und weil die meisten Soldaten Sullas, die mit ihrem Besitz allzu großzügig umgegangen, in Erinnerung an die Raubzüge und den alten Sieg Bürgerkrieg wünschten, faßte Catilina den Plan, den Staat in seine Gewalt zu bekommen. In Italien stand kein Heer; Gnaeus Pompeius führte in weit entfernten Ländern Krieg; er selbst hegte große Hoffnungen, da er sich ums Konsulat bewarb; der Senat war keineswegs gewappnet; alles sicher und ruhig – aber für Catilina eben günstig.

17. Deshalb begann er ungefähr am 1. Juni des Jahres, da Lucius Caesar und Gaius Figulus Konsuln waren, zuerst einzelne zu sich kommen zu lassen, die einen zu ermuntern, die andern auszufragen, seine Hilfsmittel, die Ahnungslosigkeit der Behörden, die großen Gewinne bei einer Verschwörung darzustellen. Nachdem er genügend erkundet hatte, was er wissen wollte, ruft er alle diejenigen zu einer Versammlung, die in größter Notlage und zugleich am verwegensten waren. Dort trafen sich aus dem Senatorenstand Publius Lentulus Sura, Publius Autronius, Lucius Cassius Longinus, Gaius Cethegus, Publius und Servius Sulla, Söhne des Servius, Lucius Vargunteius, Quintus Annius, Marcus Porcius Laeca, Lucius Bestia, Quintus Curius; außerdem aus dem Ritterstand Marcus Fulvius Nobilior, Lucius Statilius, Publius Gabinius Capito, Gaius Cornelius; dazu viele aus Kolonie- und Landstädten, zu Hause zum Adel gehörig. Es waren außerdem mehrere Adlige auf verstecktere Weise an diesem Unternehmen beteiligt, die eher die Hoffnung auf Herrschaft als Mangel oder eine andere Notlage dazu ermunterte. Ferner war der größte Teil der Jugend, aber vor allem die adlige Jugend, dem Vor-

haben Catilinas gewogen; obschon diese die Möglichkeit hatten, ungestört entweder in Saus und Braus oder doch behaglich zu leben, zogen sie Unsicherheit der Sicherheit, Krieg dem Frieden vor. Es gab zu dieser Zeit auch Leute, die glaubten, daß Marcus Licinius Crassus nicht ohne Wissen um dieses Unternehmen gewesen sei; weil der ihm persönlich verhaßte Gnaeus Pompeius ein großes Heer befehligte, habe er gewünscht, daß sich Kräfte, von welcher Seite sie auch kämen, gegen dessen Macht sammelten; zugleich habe er darauf vertraut, daß, wenn die Verschwörung Erfolg hätte, er leicht bei ihnen die erste Stelle werde einnehmen können.

18. Aber auch schon früher verschworen sich einige wenige gegen den Staat, unter ihnen Catilina; darüber will ich, so wahrheitsgetreu ich kann, berichten. Im Konsulatsjahr von Lucius Tullus und Manius Lepidus waren die fürs nächste Jahr bestimmten Konsuln Publius Autronius und Publius Sulla auf Grund der Gesetze über Amtserschleichung angeklagt und verurteilt worden. Wenig später war Catilina wegen einer Anklage in einem Repetundenprozeß verhindert, sich um das Konsulat zu bewerben, weil er sich nicht innerhalb der gesetzlichen Frist hatte melden können. Zur gleichen Zeit war Gnaeus Piso, ein vornehmer junger Mann von höchster Verwegenheit, arm und parteigebunden, darauf aus, im Staat Unruhe zu stiften; Not und sittliche Verkommenheit trieben ihn dazu. Diesem teilten Catilina und Autronius etwa am 5. Dezember ihren Plan mit und trafen Anstalten, auf dem Kapitol am 1. Januar die Konsuln Lucius Cotta und Lucius Torquatus umzubringen, selbst die Rutenbündel an sich zu reißen und Piso mit einem Heer zur Besetzung der beiden Spanien auszuschicken. Als dies bekannt wurde, hatten sie den Mordplan wieder auf den 5. Februar verschoben. Nunmehr richteten sie ihren Anschlag nicht nur gegen die Konsuln, sondern gegen den größten Teil der Senatoren. Wenn

nicht Catilina vor dem Rathaus seinen Helfershelfern das Zeichen zu früh gegeben hätte, wäre an diesem Tag seit Gründung der Stadt das schlimmste Verbrechen begangen worden. Weil die Bewaffneten noch nicht in genügender Zahl versammelt waren, hat dies den Plan zum Scheitern gebracht.

19. Danach wurde Piso ins diesseitige Spanien als Quästor im Range eines Prätors geschickt mit Unterstützung des Crassus, der ihn als erbitterten Feind des Gnaeus Pompeius kennengelernt hatte. Und dennoch hatte auch der Senat die Provinz nicht ungern gegeben, da er diesen üblen Menschen von der Politik fernhalten wollte und zugleich manche Patrioten in ihm einen Rückhalt sahen, verbreitete doch schon damals die Macht des Pompeius Schrecken. Aber dieser Piso wurde in seiner Provinz von spanischen Reitern, die er in seinem Heer befehligte, auf einem Marsch getötet. Es gibt Leute, die folgendes sagen: seine ungerechte, hochmütige, grausame Statthalterschaft hätten die Barbaren nicht ertragen können; andere aber: jene Reiter, alte und treue Anhänger des Gnaeus Pompeius, hätten Piso mit dessen Einverständnis angegriffen; nie hätten die Spanier übrigens ein solches Verbrechen begangen, sondern sie hätten schon vorher viele schlimme Statthalter ertragen. Wir wollen diese Angelegenheit auf sich beruhen lassen; über die frühere Verschwörung ist damit genug gesagt.

20. Als Catilina sieht, daß die, welche ich gerade vorher erwähnt habe, zusammengekommen sind, hält er es, wenn er auch mit ihnen einzeln viel und oft verhandelt hatte, doch für angebracht, sie in ihrer Gesamtheit anzusprechen und zu ermuntern, zieht sich in einen abgelegenen Teil seines Hauses zurück und richtete dort nach Entfernung aller ungebetenen Zeugen eine Rede folgender Art an sie:

«Wenn mir nicht eure Mannhaftigkeit und Treue schon lang erprobt wäre, wäre mir diese günstige Gelegenheit umsonst zugefallen; große Hoffnung, ja Herrschaft wäre vergebens mit Händen zu greifen gewesen, und ich würde nicht mit Feiglingen oder unzuverlässigen Menschen nach Unsicherem anstelle von Sicherem jagen. Aber da ich in vielen schweren Zeiten euch als tapfer und mir treu erkannt habe, deshalb habe ich es gewagt, diese sehr große und sehr schöne Tat in Angriff zu nehmen, zugleich auch, da ich bemerkt habe, daß für euch dasselbe wie für mich gut und schlecht ist; denn dasselbe wollen und dasselbe nicht wollen, das erst heißt feste Freundschaft.

Was ich freilich bei mir überlegt habe, habt ihr alle schon vorher einzeln gehört. Doch mein Herz ergrimmt Tag für Tag mehr, wenn ich bedenke, unter welcher Bedingung wir leben werden, falls wir uns nicht selbst befreien. Denn nachdem die Gewalt im Staat Recht und Besitz einiger weniger Mächtiger geworden ist, sind immer ihnen Könige und Fürsten steuerpflichtig, zahlen Völker und Nationen ihren Tribut; wir übrigen alle, mögen wir noch so tüchtig und anständig sein, Adlige wie Nichtadlige, wir waren das gemeine Volk, ohne Ansehen, ohne Einfluß, von denen abhängig, welchen wir, wäre der Staat gesund, Schrecken einflößen würden. Und so ist alles Ansehen, alle Macht, alle Ehre, aller Reichtum bei jenen oder dort, wo jene wollen; uns überließen sie Gefahren, Mißerfolge, Prozesse, Armut. Wie lange noch werdet ihr dies dulden, ihr tapfersten Männer? Ist es nicht besser, mannhaft zu sterben, als ein armseliges und unehrenhaftes Leben in Schande zu verlieren, nachdem du fremder Überheblichkeit zum Gespött geworden bist?

Wahrhaftig, bei der Menschen und Götter Gerechtigkeit, der Sieg ist uns in die Hand gegeben, stark ist die Jugend, der Geist gesund; dagegen ist bei jenen alles in Alter und Reichtum erschlafft. Nur der erste Schritt muß gemacht werden; das übrige wird sich von selbst geben. Denn welcher Mensch, der eine männliche Gesinnung hat, kann ertragen, daß jene in Reichtum schwimmen und ihn vergeuden, um aufs Meer hinaus zu bauen und Berge einzuebnen, daß uns aber das Vermögen auch zum Notwendigen fehlt? Daß jene zwei oder mehr Häuser aneinander reihen, wir nirgends ein Heim haben? Wenn sie Gemälde, Statuen, getriebene Gefäße kaufen, Neues niederreißen, anderes dafür bauen, kurz, auf jede Art ihr Geld verschleudern und mißbrauchen, so können sie doch bei aller Gier ihren Reichtum nicht in die Knie zwingen. Aber wir haben zu Hause Mangel, auswärts Schulden, eine trübe Gegenwart, eine noch viel schlimmere Zukunft. Was bleibt uns schließlich übrig außer einem armseligen Leben? Warum erwacht ihr also nicht? Hier ist sie, sie, die ihr oft gewünscht habt, die Freiheit, dazu Reichtum, Glanz, Ruhm, sie liegen vor euren Augen. Das Schicksal hat all dies den Siegern zum Preis bestimmt. Die gegenwärtige Lage, die Umstände, die Gefahren, die Armut, die großartige Kriegsbeute ermuntern euch mehr als meine Rede. Braucht mich entweder als Feldherrn oder als Soldaten; weder mein Verstand noch mein Körper wird sich euch verweigern. All dies will ich, wie ich hoffe, mit euch gemeinsam als Konsul vollbringen – wenn ich mich nicht etwa täusche und ihr eher bereit seid, Sklaven als Herren zu sein.»

21. Nachdem diese Menschen, für die alles mehr als schlecht stand und die weder für die Gegenwart noch Zukunft etwas Gutes erhoffen konnten, das gehört hatten, verlangten doch die meisten, wenn ihnen auch nur schon Unruhe ein großer Gewinn schien, daß er darlege, unter welchen Bedingungen der Krieg geführt werden solle, welche Belohnungen sie sich mit den Waffen verschaffen würden, was sie überall an Hilfe oder Hoffnung hätten. Da versprach Catilina neue Steuerregister, Ächtung der Wohlhabenden, Ämter, Priesterstellen, Raubzüge, alles andere, was Krieg und Willkür der Sieger mit

sich bringt. Außerdem befänden sich im diesseitigen Spanien Piso, in Mauretanien Publius Sittius aus Nuceria mit einem Heer, die in seinen Plan eingeweiht seien; um das Konsulat bewerbe sich Gaius Antonius, dessen Kollege er zu werden hoffe, ein ihm vertrauter und von allen möglichen Schwierigkeiten bedrängter Mann; mit ihm zusammen werde er als Konsul die ersten Schritte unternehmen. Dazu überhäufte er alle Patrioten mit Schmähungen, von den Seinen nannte er einen jeden beim Namen und lobte ihn; den einen erinnerte er an seine Armut, den andern an seine geheimen Wünsche, manche an Gefahr oder Schande, viele an Sullas Sieg und die Beute, die er ihnen gebracht hatte. Nachdem er alle begeistert sieht, forderte er sie auf, seine Bewerbung zu unterstützen, und entließ die Versammlung.

22. Es gab zu jener Zeit Leute, die sagten, daß Catilina nach seiner Rede die Teilnehmer an seiner Schandtat zu einem Schwur aufgefordert und mit Wein gemischtes Menschenblut in Schalen herumgereicht habe; als nach der Verfluchung alle davon gekostet hätten, wie es bei feierlichen Opfern zu geschehen pflegt, habe er seinen Plan eröffnet; und er hätte dies deshalb gemacht, damit sie sich untereinander eher zu Treue verpflichtet fühlten, da einer des andern Mitwisser bei einem solchen Verbrechen wäre. Einige glaubten, dies und noch vieles andere sei von denen erfunden, die den Haß gegen Cicero, der später entstand, zu mildern meinten, indem sie die Scheußlichkeit der Schandtat derjenigen, die bestraft worden waren, steigerten. Uns ist diese Begebenheit, so wichtig sie ist, doch zu wenig verbürgt.

23. Zu dieser Verschwörung gehörte aber Quintus Curius, ein Mann von keineswegs dunkler Abkunft, mit Übeltaten und Verbrechen beladen, den die Censoren wegen seiner Sittenlosigkeit aus dem Senat gestoßen hatten. Dieser Mensch war nicht weniger unzuverlässig als verwegen. Er konnte weder

verschweigen, was er gehört hatte, noch seine eigenen Schandtaten verheimlichen; kurz, er kümmerte sich keinen Deut darum, was er sagte oder machte. Er lebte mit Fulvia, einer vornehmen Frau, seit langem in einem ehebrecherischen Verhältnis; als er bei ihr weniger genehm war, weil er wegen seiner Notlage weniger ausgeben konnte, begann er plötzlich, sich aufzuspielen, Meere und Berge zu versprechen und zuweilen mit dem Schwert zu drohen, wenn sie ihm nicht zu Willen sein sollte; überhaupt führte er sich rücksichtsloser auf als gewohnt. Aber Fulvia, welche den Grund für des Curius auffallendes Verhalten erfahren hatte, hielt eine solche dem Staat drohende Gefahr nicht geheim, sondern erzählte verschiedenenorts, ohne ihren Gewährsmann zu nennen, was sie jeweils von der Verschwörung Catilinas gehört hatte.

Diese Enthüllung vor allem bewog die Leute, Marcus Tullius Cicero das Konsulat anzuvertrauen. Denn vorher wußte sich der Großteil des Adels vor Mißgunst kaum zu halten, und sie glaubten, das Konsulat würde gleichsam beschmutzt, wenn es ein Homo novus, mochte er noch so hervorragend sein, erhalte. Aber als die Gefahr da war, standen Mißgunst
24. und Hochmut zurück. Deshalb werden an der Wahlversammlung Marcus Tullius und Gaius Antonius zu Konsuln bestimmt. Dieses Ereignis hatte zuerst die Teilnehmer an der Verschwörung erschüttert; doch die Verbissenheit Catilinas verminderte sich nicht, sondern Tag für Tag unternahm er mehr: er ließ Waffenlager in Italien an günstigen Orten anlegen, das in seinem oder seiner Freunde Namen aufgenommene Geld nach Fiesole zu einem gewissen Manlius bringen, der später als erster mit dem Krieg begann. Zu dieser Zeit soll er sehr viele Menschen aller Art an sich gezogen haben, auch einige Frauen, die zuerst ihren ungeheuren Aufwand mit Unzuchtserlös bestritten, als aber das Alter nur ihrem Erwerb, nicht ihrem Bedürfnis nach Wohlleben einen Riegel schob,

mächtig Schulden angehäuft hatten. Mit ihrer Hilfe glaubte Catilina, die Sklaven in der Stadt aufwiegeln, die Stadt anzünden, ihre Männer entweder auf seine Seite bringen oder ermorden zu können.

25. Aber unter diesen war Sempronia, die oft viele Verbrechen, die männliche Verwegenheit erforderten, begangen hatte. Diese Frau war durch ihre Abstammung und Schönheit, außerdem durch Mann und Kinder vom Glück recht begünstigt; sie war in griechischer und lateinischer Literatur bewandert, konnte musizieren und eleganter tanzen, als nötig ist für eine anständige Frau, und vieles andere, was zum Wohlleben gehört. Aber ihr war immer alles lieber gewesen als Anstand und Schamhaftigkeit; ob sie ihr Geld oder ihren Ruf weniger schonte, hätte man nicht leicht entscheiden können; ihre Leidenschaft war so hemmungslos, daß sie öfter Männer begehrte, als daß sie begehrt wurde. Aber sie hatte schon oft vorher ihr Wort gebrochen, anvertrautes Gut abgeschworen, war Mitwisserin bei Mord gewesen, durch Wohlleben und Mangel auf die schiefe Bahn geraten. Freilich ihr Verstand war nicht unbedeutend: sie konnte Verse machen, hatte lustige Einfälle, war im Gespräch bescheiden oder anzüglich oder vorlaut; kurz, viel Witz, viel Charme besaß sie.

26. Als alles soweit vorbereitet war, bewarb sich Catilina nichtsdestoweniger fürs nächste Jahr um das Konsulat und hoffte, daß er, wenn er dazu bestimmt sei, Antonius leicht nach seinem Willen lenken könne. Und er blieb unterdessen nicht müßig, sondern bereitete auf jede Art Anschläge gegen Cicero vor. Doch auch diesem fehlten weder List noch Schlauheit, um sich in acht nehmen zu können. Denn von Anfang seines Konsulats an hatte er es durch große Versprechungen bei Fulvia fertiggebracht, daß Quintus Curius, den ich kurz vorher erwähnt habe, ihm Catilinas Pläne preisgab. Dazu hatte er seinen Kollegen Antonius durch eine Abmachung betreffs

der Provinzen bewogen, nichts gegen das Interesse des Staates zu unternehmen; um sich hatte er heimlich eine Leibwache von Freunden und Klienten. Nachdem der Tag der Wahlversammlung gekommen und Catilina weder mit der Bewerbung noch den Anschlägen, die er gegen die Konsuln auf dem Marsfeld geplant hatte, erfolgreich gewesen war, beschloß er, Krieg zu beginnen und zu allen Mitteln, auch den letzten, zu greifen, weil, was er heimlich versucht hatte, sich zu seinen Ungunsten und schlecht entwickelt hatte.

27. Deshalb schickte er Gaius Manlius nach Fiesole und das umliegende Etrurien, einen gewissen Septimius aus Camerinum in den Ager Picenus, Gaius Iulius nach Apulien, außerdem verschiedene in verschiedene Richtungen, wo er glaubte, daß jeder ihm nützlich sein werde. Unterdessen setzt er in Rom vieles zugleich in Bewegung: er heckt gegen die Konsuln Anschläge aus, bereitet Brandstiftungen vor, besetzt geeignete Plätze mit Bewaffneten, trägt persönlich die Waffe, befiehlt den andern, das gleiche zu tun, muntert sie auf, immer aufmerksam und bereit zu sein, ist Tag und Nacht tätig, bleibt wach und läßt sich weder durch Schlaflosigkeit noch Anstrengung unterkriegen. Zuletzt, als ihm trotz vielen Bemühungen nichts gelingt, ruft er wieder mitten in der Nacht durch Vermittlung des Marcus Porcius Laeca die Führer der Verschwörung zusammen, beklagt sich dort sehr über ihre Trägheit und erklärt ihnen, daß er Manlius vorausgeschickt habe zu der Gruppe, die er zum Losschlagen mit den Waffen vorgesehen hatte, ebenso verschiedene andere an andere geeignete Plätze, die mit dem Krieg beginnen sollten, und daß er zum Heer zu gehen wünsche, sobald er Cicero beiseite ge-
28. schafft habe; dieser schade seinen Plänen sehr. Als die übrigen bestürzt zögerten, da versprach der römische Ritter Gaius Cornelius seine Hilfe und mit ihm der Senator Lucius Vargunteius, und sie beschlossen noch in dieser Nacht, etwas

später mit bewaffneten Leuten, wie um ihre Aufwartung zu machen, bei Cicero einzutreten und unversehens den in seinem Hause nichts Böses Erwartenden niederzustechen. Wie Curius merkt, welche Gefahr dem Konsul drohe, meldet er Cicero rasch durch Fulvia die List, die vorbereitet wurde. So wies man jene bei der Tür ab, und sie hatten ein solches Verbrechen vergebens geplant.

Unterdessen beginnt Manlius, in Etrurien das Volk aufzuwiegeln, das aus Armut und zugleich Erbitterung über erlittenes Unrecht nach Umsturz trachtete, weil es zur Zeit der Alleinherrschaft Sullas sein Land und alle Habe verloren hatte; außerdem Raubgesindel jeder Art, dessen es in dieser Gegend eine große Menge gab, sowie etliche Leute aus Sullas Koloniestädten, denen ihre Laster und ihr Wohlleben nichts von den großen Beutezügen übriggelassen hatten.

29. Als dies Cicero gemeldet wurde, war er von der doppelten Gefahr beeindruckt, weil er weder mit eigenen Mitteln die Stadt vor Anschlägen länger schützen konnte noch recht wußte, wie groß das Heer des Manlius sei und wozu es dienen sollte; da bringt er die Sache, die schon vorher gerüchtweise im Volk Unruhe erregt hatte, vor den Senat. Und wie es meist in bedrohlicher Lage zu geschehen pflegt, beschloß der Senat, die Konsuln sollten Sorge tragen, daß der Staat keinen Schaden nehme. Dies ist die höchste Befugnis, die vom Senat nach römischer Sitte einer Behörde erteilt wird: ein Heer auszurüsten, Krieg zu führen, mit allen Mitteln bei Bundesgenossen und Bürgern die Ordnung aufrechtzuerhalten, im zivilen und militärischen Bereich höchste Befehlsgewalt und richterliche Vollmacht auszuüben; alles Dinge, zu denen sonst ein Konsul ohne Auftrag des Volkes kein Recht hat.

30. Wenige Tage später las der Senator Lucius Saenius im Senat einen Brief vor, der ihm, wie er sagte, von Fiesole gebracht worden sei, in dem geschrieben stand, daß Gaius Manlius mit

einer großen Schar am 27. Oktober die Waffen ergriffen habe. Zugleich meldeten die einen, wie das in solchen Fällen zu geschehen pflegt, schreckliche Erscheinungen und Vorzeichen, andere, es fänden Versammlungen statt, Waffen würden transportiert, in Capua und Apulien werde ein Sklavenkrieg entfacht. Deshalb wurde auf Senatsbeschluß Quintus Marcius Rex nach Fiesole, Quintus Metellus Creticus nach Apulien und in die dortige Gegend geschickt – diese beiden standen als siegreiche Feldherrn vor der Stadt und wurden durch Intrigen weniger Leute, denen alles, Ehrenhaftes und Unehrenhaftes, verkäuflich war, gehindert, den Triumph zu feiern –, die Prätoren Quintus Pompeius Rufus nach Capua, Quintus Metellus Celer in den Ager Picenus mit der Vollmacht, je nach Lage und Gefahr ein Heer auszurüsten. Dazu beschloß man, wenn einer über die gegen den Staat gerichtete Verschwörung Angaben mache, daß die Belohnung für einen Sklaven die Freiheit und hunderttausend Sesterzen, für einen Freien Straflosigkeit für sein Vergehen und zweihunderttausend Sesterzen sei; desgleichen, daß die Gladiatorenschulen nach Capua und die übrigen Landstädte verteilt würden, je nach den Möglichkeiten der einzelnen Orte; daß in Rom durch die ganze Stadt Wache gehalten und dies von der unteren Beamtenschaft beaufsichtigt werden solle.

31. Davon war die Bürgerschaft beeindruckt und das Aussehen der Stadt verändert worden. Nach größter Fröhlichkeit und Ausgelassenheit, bewirkt durch eine lange Ruhe, griff plötzlich bei allen Niedergeschlagenheit um sich: sie waren unruhig, ängstlich, hatten weder zu einem Ort noch einem Menschen rechtes Zutrauen, führten weder Krieg, noch hatten sie Frieden, jeder maß die Gefahren an seiner eigenen Angst. Und die Frauen, welche eine bei der Größe des Reichs ungewohnte Kriegsfurcht befallen hatte, schlugen sich die Brust, streckten die Hände flehend zum Himmel, jammerten um ihre kleinen

Kinder, fragten nach allem, schraken bei jedem Gerücht zusammen, rafften alles an sich und vergaßen Hochmut und Bequemlichkeit, verloren das Vertrauen in sich und das Vaterland.

Aber grausam ward gerade dies von Catilina gefördert, wenn auch Vorsichtsmaßnahmen getroffen wurden und er selbst auf Grund des plautischen Gesetzes von Lucius Paulus angeklagt worden war. Schließlich kam er in den Senat, um die Sache zu vertuschen oder um sich reinzuwaschen, sobald er durch Anwürfe gereizt würde. Da hielt der Konsul Marcus Tullius, sei es, daß er Catilinas Anwesenheit fürchtete, sei es aus Wut, eine glänzende und politisch nützliche Rede, die er später niederschrieb und herausgab. Aber nachdem er sich gesetzt hatte, begann Catilina, wie immer bereit, alles zu vertuschen, mit gesenktem Blick, flehender Stimme die Senatoren zu bitten, daß sie nicht voreilig über ihn urteilen sollten: er stamme aus einer solchen Familie, habe von Jugend auf sein Leben so geführt, daß er nur Gutes erhoffen konnte; sie sollten nicht glauben, daß er, ein Patrizier, der wie seine Vorfahren sich sehr viele Verdienste um das römische Volk erworben, es nötig habe, den Staat zugrunde zu richten, während Marcus Tullius, ein zugewanderter Bürger der Stadt Rom, ihn rette. Als er mit weiteren Schmähungen fortfuhr, schrien ihn alle nieder, nannten ihn Staatsfeind und Mörder. Nun sagte er wutentbrannt: «Da ich ja von Feinden umringt ins Verderben getrieben werde, will ich den Brand, der mich vernichten soll, mit Trümmern löschen.»

32. Darauf stürzt er aus dem Ratssaal nach Hause. Dort überlegte er lange hin und her, und weil die Anschläge gegen den Konsul keinen Erfolg hatten und er auch sah, daß die Stadt vor Brandstiftung durch Wachen geschützt sei, glaubte er, es sei am besten, sein Heer zu verstärken und, bevor Legionen aufgeboten würden, in vielem, was für den Krieg von Nutzen

sein könne, einen Vorsprung zu gewinnen; so brach er mitten in der Nacht mit wenigen Begleitern ins Lager des Manlius auf. Aber dem Cethegus und Lentulus und den übrigen, deren kühne Entschlossenheit er kennengelernt hatte, gibt er den Auftrag, auf jede Art und Weise die Mittel der Partei zu stärken, die Anschläge gegen den Konsul voranzutreiben, Mord, Brandstiftung und andere Kriegsgreuel vorzubereiten: er werde demnächst mit einem großen Heer vor die Stadt marschieren.

Während dies in Rom geschieht, schickt Gaius Manlius einige seiner Leute als Gesandte zu Marcius Rex mit Auf-
33. trägen folgender Art: «Bei Göttern und Menschen bezeugen wir, siegreicher Feldherr, daß wir die Waffen weder gegen die Heimat ergriffen haben, noch um andere Leute in Gefahr zu bringen, sondern damit wir selber vor Unrecht sicher seien, die wir unglücklich und mittellos durch Willkür und Grausamkeit der Wucherer zum größten Teil der Heimat, alle aber unseres Namens und Vermögens verlustig gegangen sind. Und keinem von uns war es gestattet, gemäß Sitte der Vorfahren das Gesetz anzurufen oder nach Verlust des väterlichen Besitzes die Freiheit zu bewahren: so groß war die Unbarmherzigkeit der Wucherer und des Prätors. Oft haben eure Vorfahren aus Mitleid mit dem römischen Volk durch ihre Beschlüsse seiner Armut gesteuert, und jüngst, noch zu unserer Zeit, konnte wegen der Größe der Schulden mit Zustimmung aller Patrioten Silber in Kupfer zurückbezahlt werden. Oft hat das Volk selbst, entweder aus Herrschaftsgelüste oder wegen des Hochmuts der Behörden, zu den Waffen gegriffen und sich von den Patriziern getrennt. Aber wir bitten nicht um Herrschaft noch Reichtümer, derentwegen all die Kriege und Streitigkeiten unter Menschen entstehen, sondern um die Freiheit, die ein rechtschaffener Mann nur zusammen mit seinem Leben aufgibt. Dich und den Senat rufen wir zu Zeu-

gen an: sorgt für eure unglücklichen Mitbürger, stellt den Schutz des Gesetzes, den die Ungerechtigkeit des Prätors uns genommen hat, wieder her und zwingt uns nicht, daß wir danach suchen müssen, wie wir im Kampf auf Leben und Tod unser Blut so teuer wie möglich verkaufen.»

34. Darauf antwortete Quintus Marcius: wenn sie den Senat um etwas bitten wollten, möchten sie die Waffen niederlegen, als Schutzflehende nach Rom aufbrechen; von solcher Milde und solchem Mitleid sei der Senat des römischen Volkes immer gewesen, daß nie jemand ihn vergebens um Unterstützung gebeten habe.

Aber Catilina schickt von unterwegs den meisten ehemaligen Konsuln, dazu den führenden Persönlichkeiten einen Brief: da er, von falschen Anschuldigungen in die Enge getrieben, den Machenschaften seiner Feinde nicht habe Widerstand leisten können, füge er sich dem Schicksal und gehe nach Marseille ins Exil, nicht weil er sich eines so schweren Verbrechens schuldig wüßte, sondern damit der Staat wieder Ruhe finde und aus seinen persönlichen Interessen kein Aufruhr entstehe. Einen ganz anders lautenden Brief las Quintus Catulus im Senat vor, der, wie er sagte, ihm in Catilinas Namen übergeben worden sei. Eine Abschrift davon folgt hier:

35. «Lieber Quintus Catulus, Deine außergewöhnliche, durch die Tat bewiesene, mir in meinen großen Gefahren willkommene Treue gibt mir Zutrauen zu meinem Empfehlungsschreiben. Deshalb glaube ich, keine Verteidigung für meinen jüngsten Entschluß vorbereiten zu müssen; eine Erklärung aber, ohne jedes Schuldbewußtsein, habe ich abzugeben beschlossen, die Du, bei meiner Treu, als wahr erkennen mögest. Weil ich, der Frucht meiner Anstrengung und Ausdauer beraubt, die mir zustehende Würde nicht halten konnte, habe ich, durch Ungerechtigkeiten und Verleumdungen getrieben, die gemeinsame Sache aller Armen nach meiner Gewohnheit zu

meiner eigenen gemacht, nicht als ob ich nicht die auf meinen Namen lautenden Schulden aus meinem Besitz zahlen könnte – auch die auf andere Namen lautenden Schulden würde die Freigebigkeit Orestillas aus ihren und den Mitteln ihrer Tochter bezahlen –, sondern weil ich unwürdige Leute mit Ehren geehrt sah und mich durch falschen Verdacht beiseite geschoben fühlte. Aus diesem Grund hege ich die Hoffnung, den Rest meiner Würde, selbst in Anbetracht meiner Lage, einigermaßen in Ehren retten zu können. – Im Begriffe, mehr zu schreiben, wird mir gemeldet, daß ein Gewaltstreich gegen mich vorbereitet werde. Nun, ich empfehle Dir Orestilla und gebe sie Dir zu treuen Handen; mögest Du sie gegen Unrecht verteidigen, bei Deinen Kindern bitte ich Dich. Lebe wohl. Dein Lucius Catilina.»

36. Selbst aber verweilt er wenige Tage bei Gaius Flaminius in der Gegend von Arezzo, genug, um die vorher aufgewiegelte Nachbarschaft mit Waffen zu versehen, und begibt sich mit Rutenbündeln und den andern Abzeichen eines Feldherrn ins Lager zu Manlius. Als man dies in Rom erfuhr, erklärt der Senat Catilina und Manlius zu Staatsfeinden, setzt für den Rest seiner Anhänger eine Frist fest, bis zu der es ohne Strafe erlaubt wäre, die Waffen niederzulegen, außer für die wegen Kapitalverbrechen Verurteilten. Ferner bestimmt er, daß die Konsuln eine Aushebung durchführen; Antonius schleunigst mit seinem Heer Catilina verfolge; Cicero den Schutz der Stadt übernehme.

Zu dieser Zeit schien mir das römische Reich im allererbärmlichsten Zustand zu sein. Obschon diesem von Sonnenaufgang bis Sonnenuntergang alles, von Waffen bezwungen, gehorchte, im Innern Friede und Reichtum, das Wichtigste nach Meinung der Menschen, in Fülle vorhanden waren, gab es dennoch Bürger, gewillt, sich und den Staat ins Verderben zu stürzen. Denn trotz der zwei Senatsbeschlüsse hatte aus

einer so großen Zahl keiner, von der Belohnung verlockt, die Verschwörung verraten, noch war irgend jemand aus dem Lager Catilinas übergelaufen: so groß war die Gewalt der Krankheit, die wie eine Seuche die meisten Bürger befallen
37. hatte. Und nicht nur jene waren verkehrten Sinnes, die Mitwisser der Verschwörung gewesen waren, sondern überhaupt das ganze Volk trachtete nach Umsturz und billigte das Vorhaben Catilinas. Gerade dies tat es ganz nach seiner Art: denn in einer Bürgerschaft sehen immer die, welche keinen Besitz haben, die Leute, denen es gut geht, scheel an, preisen die Umstürzler, hassen das Alte, wünschen das Neue, suchen, ihrer Lage überdrüssig, alles zu ändern, leben unbekümmert in Unruhe und Aufständen, weil Armut leicht hingenommen wird, hat sie doch nichts zu verlieren. Das Volk in der Hauptstadt freilich, das leistete vor allem blinde Gefolgschaft aus vielen Gründen. Erstens einmal waren die, welche sich irgendwo an Lasterhaftigkeit und Liederlichkeit am meisten hervortaten, in Rom wie Bodensatz zusammengeflossen, desgleichen andere, die schändlich ihr väterliches Erbe verloren hatten, schließlich alle, die durch Verbrechen oder Übeltat von Hause vertrieben worden waren. Zweitens erinnerten sich viele an den Sieg Sullas, und da sie von den gewöhnlichen Soldaten die einen als Senatoren sahen, die andern so reich, daß sie wie Könige lebten und auftraten, erhoffte sich ein jeder, wenn es nur zu einem Waffengang käme, solches nach dem Sieg. Drittens hatte die Landjugend, die mit ihrer Hände Arbeit gegen den Mangel gekämpft hatte, durch private und öffentliche Spenden angelockt, den Müßiggang in der Stadt nutzloser Anstrengung vorgezogen. Diese und alle andern lebten von den politischen Übelständen. Um so weniger ist es zu verwundern, daß solch bedürftigen Menschen, von schlechtem Charakter, aber voller Hoffnung, Gedeih und Verderb des Staates gleich wenig galt wie ihr eigenes. Außerdem erwarte-

ten diejenigen, deren Eltern nach dem Sieg Sullas geächtet, deren Güter weggenommen, deren Freiheitsrechte vermindert worden waren, keineswegs in anderer Gesinnung den Ausgang des Kriegs. Dazu wollten alle, die zu einer andern als der Senatspartei gehörten, lieber, daß der Staat durcheinandergebracht werde, als daß sie selber weniger Einfluß hätten. Gerade dies Übel hatte sich nach vielen Jahren wieder in der
38. Bürgerschaft verbreitet. Denn nachdem unter dem Konsulat des Gnaeus Pompeius und Marcus Crassus die tribunizische Gewalt wiederhergestellt worden war, begannen junge Leute, die in den Besitz sehr großer Macht gelangten, deren Einstellung ihrem Alter entsprechend keine Rücksicht kannte, durch Anschuldigungen gegen den Senat das Volk aufzuwiegeln, darauf es mit Spenden und Versprechungen noch mehr anzuheizen und so selber berühmt und mächtig zu werden. Gegen diese wandte sich mit allen Mitteln die Mehrzahl des Adels, scheinbar zum Schutz des Senates, in Wahrheit nur für ihre eigene Stellung. Denn, um in wenig Worten die Wahrheit zu sagen: wer immer seit jener Zeit unter ehrenhaften Vorwänden den Staat in Unruhe versetzte – die einen, wie wenn sie die Rechte des Volkes verteidigten, ein Teil, damit der Einfluß des Senates möglichst groß werde –, jeder schützte das öffentliche Wohl vor und stritt für seine eigene Macht. Und sie kannten weder Maß noch Ziel in ihrer Auseinandersetzung:
39. beide kosteten den Sieg grausam aus. Aber nachdem Gnaeus Pompeius zum Seeräuber- und Mithridatischen Krieg geschickt worden war, verringerte sich der Einfluß des Volkes, die Macht einiger weniger wuchs. Diese hielten Ämter, Provinzen und alles andere in Händen; persönlich unangreifbar, lebten sie in Wohlstand, ohne Angst und schreckten ihre Gegner durch Prozesse, damit sie während ihrer Amtszeit beruhigend auf das Volk einwirken sollten. Aber sowie in mißlicher Lage Hoffnung auf Umsturz sich zeigte, meldete sich

wieder deren alte Streitlust. Hätte im ersten Gefecht Catilina das Feld als Sieger oder wenigstens nach unentschiedenem Kampf verlassen, wäre wahrlich großes Unheil und Unglück über den Staat hereingebrochen; aber auch jenen, die den Sieg errungen hätten, wäre es nicht erlaubt gewesen, ihn längere Zeit zu genießen, ohne daß ein Mächtigerer den Erschöpften und Ermatteten Herrschaft und Freiheit aus den Händen wand. – Es gab jedoch auch außerhalb der eigentlichen Verschwörer etliche, die gleich anfangs zu Catilina stießen. Zu ihnen gehörte Fulvius, Sohn eines Senators, den sein Vater unterwegs aufgreifen und töten ließ.

Zur selben Zeit machte sich in Rom Lentulus, wie Catilina ihm vorgeschrieben hatte, entweder persönlich oder durch andere an all diejenigen heran, welche er nach Charakter oder Vermögenslage für den Umsturz geeignet hielt, und zwar nicht nur an Bürger, sondern an jede Art Menschen, wenn
40. sie nur für den Krieg nützlich wäre. So stellt er einem gewissen Publius Umbrenus die Aufgabe, er solle die Gesandten der Allobroger aufsuchen und diese wenn möglich zur Teilnahme am Krieg bewegen; weil der Staat und sie privat von Schulden bedrückt waren, außerdem das gallische Volk als von Natur aus kriegslustig galt, glaubte er, sie leicht zu einem solchen Entschluß bringen zu können. Weil Umbrenus in Gallien geschäftlich zu tun gehabt hatte, war er den meisten Stammesfürsten bekannt und kannte auch sie selbst. Und sobald er die Gesandten auf dem Forum erblickte, stellt er ihnen unverzüglich ein paar Fragen nach der Lage in ihrem Stamm und begann, gleichsam traurig über dessen Schicksal, danach zu forschen, welchen Ausweg sie für so große Übel erhofften. Wie er sieht, daß sie sich über die Habgier der Beamten beklagen, den Senat beschuldigen, weil bei ihm keine Hilfe zu finden sei, und vom Tod Rettung in ihrem Jammer erwarten, sagt er: «Aber ich werde euch, wenn ihr nur Männer sein

wollt, eine Möglichkeit zeigen, wie ihr diesen so großen Übeln entkommt.» Nachdem er so gesprochen, baten die Allobroger voller Hoffnung Umbrenus, daß er sich ihrer erbarme: nichts sei so beschwerlich und mühsam, daß sie es nicht bereitwilligst machen würden, wenn dies den Stamm von seiner Schuldenlast befreie. Jener führt sie in das Haus des Decimus Brutus, weil es nahe beim Forum lag und der Sempronia wegen für seine Absicht nicht ungeeignet war; damals befand sich nämlich Brutus nicht in Rom. Außerdem ruft er Gabinius, damit seine Worte mehr Gewicht hätten. In dessen Gegenwart weiht er sie in die Verschwörung ein, nennt die Teilnehmer mit Namen, außerdem viele Leute aller Art, die mit der Sache nichts zu tun hatten, damit die Gesandten mehr Mut bekämen. Darauf entläßt er sie, nachdem sie ihm Hilfe versprochen hatten.

41. Die Allobroger aber waren lange unsicher, welchen Entschluß sie fassen sollten. Auf der einen Seite waren Schulden, Kriegslust, großer Gewinn im Falle eines Siegs, aber auf der andern größere Mittel, Entschlüsse ohne Risiko, anstelle unsicherer Hoffnung sichere Belohnungen. Sie wogen dies gegeneinander ab; endlich siegte das Glück unseres Staates. Und so weihen sie Quintus Fabius Sanga, der dem Stamm meist als Schutzherr diente, in die ganze Sache ein, wie sie sie erfahren hatten. Cicero hört durch Sanga von dem Plan und gibt den Gesandten den Auftrag, sie sollten helle Begeisterung für die Verschwörung heucheln, weitere Mitverschworene besuchen, reichlich Hilfe versprechen und sich bemühen, so eindeutige Beweise wie möglich zu sammeln.

42. Etwa zur selben Zeit regte sich im diesseitigen und jenseitigen Gallien, ebenso im Ager Picenus, in Bruttium und Apulien der Aufstand. Denn diejenigen, welche Catilina vorher ausgesandt hatte, betrieben unbedacht und wie von Sinnen alles zugleich. Mit nächtlichen Beratungen, Transporten von

Kriegsgerät und Waffen, Aufregung, allgemeiner Betriebsamkeit hatten sie mehr Angst als Gefahr erzeugt. Von ihnen hatte der Prätor Quintus Metellus Celer gemäß Senatsbeschluß und nach gerichtlicher Untersuchung mehrere in Haft genommen, ebenso im diesseitigen Gallien Gaius Murena, welcher Statthalter in dieser Provinz war.

43. Nachdem aber in Rom Lentulus und die übrigen Führer der Verschwörung eine, wie es schien, große Streitmacht bereitgestellt hatten, beschlossen sie, der Volkstribun Lucius Bestia solle, wenn Catilina mit seinem Heer in das Gebiet von Aefulae gekommen sei, in einer Volksversammlung über die Amtshandlungen Ciceros Klage führen und dem so vorzüglichen Konsul den Haß wegen des schrecklichen Kriegs aufbürden; dies wäre das Zeichen, daß in der nächsten Nacht jeder von den restlichen Verschwörern seine Aufgabe zu erfüllen habe. Die Rollen waren, wie man sagte, folgendermaßen verteilt: Statilius und Gabinius sollten mit einer größeren Gruppe an zwölf geeigneten Örtlichkeiten der Stadt zugleich Feuer legen, damit man in der Verwirrung leichter an den Konsul und die übrigen, auf welche Anschläge vorbereitet wurden, herankäme; Cethegus sollte die Haustür Ciceros besetzt halten und ihn mit Waffengewalt überfallen, der eine diesen, der andere jenen umbringen, die Jungen aber, größtenteils Angehörige vornehmer Familien, ihre Väter; wenn alle durch Mord und Brand zugleich verwirrt seien, sollte man sich zu Catilina durchschlagen. Während dieser Vorbereitungen und Beschlüsse beklagte sich Cethegus immer über die Untätigkeit seiner Mitverschworenen: sie würden durch Zaudern und Hinausschieben von einem Tag zum andern günstige Gelegenheiten zunichte machen; handeln, nicht planen sei in solch gefährlicher Lage vonnöten und er werde, wenn ihm nur ein paar wenige Hilfe leisteten, trotz der Schlappheit der andern einen Angriff auf das Rathaus machen. Von Natur aus war

er rücksichtslos, aufbrausend, sofort zum Dreinschlagen bereit; der größte Vorteil, seiner Meinung nach, lag in der Raschheit.

44. Aber die Allobroger kamen nach Ciceros Weisung durch Vermittlung des Gabinius mit den andern zusammen. Von Lentulus, Cethegus, Statilius, ebenso Cassius fordern sie eine eidliche Bestätigung, die sie versiegelt ihren Mitbürgern bringen wollten: anders könnten diese nicht leicht zu einem solchen Schritt bewegt werden. Die übrigen geben sie ohne Argwohn; Cassius verspricht, bald persönlich zu ihnen zu kommen, und verläßt kurz vor den Gesandten die Stadt. Lentulus schickt mit ihnen einen gewissen Titus Volturcius aus Kroton, damit die Allobroger, bevor sie nach Hause gingen, mit Catilina in einer gegenseitigen Treueerklärung ihr Bündnis bekräftigten. Er selbst gibt Volturcius einen Brief für Catilina mit, von dem eine Abschrift hier folgt: «Wer ich bin, wirst Du von dem, den ich zu Dir schicke, erfahren. Überlege bitte, in welch mißlicher Lage Du Dich befindest, und erinnere Dich, daß Du ein Mann bist. Du mögest bedenken, was Dein Interesse fordert. Hilfe magst Du suchen bei allen, auch bei den untersten Schichten.» Dazu gibt er ihm mündliche Empfehlungen: da er ja vom Senat zum Staatsfeind erklärt worden sei, warum sollte er Sklaven verschmähen? In der Stadt sei bereit, was er angeordnet habe; er selbst solle nicht zögern, näher heranzurücken.

45. Als all dies vorbereitet, auch die Nacht bestimmt war, in der sie aufbrechen sollten, befiehlt Cicero, der von den Gesandten alles erfahren hatte, den Prätoren Lucius Valerius Flaccus und Gaius Pomptinus, daß sie an der Mulvischen Brücke das Gefolge der Allobroger in einem Hinterhalt abfangen sollten; er weiht sie in das ganze Vorhaben ein, um dessentwillen sie geschickt wurden; im übrigen erlaubt er ihnen, so zu handeln, wie es die Lage erfordert. Jene, als kriegserfah-

rene Leute, stellen, ohne Aufsehen zu erregen, Posten und besetzen, wie ihnen geheißen, heimlich die Brücke. Nachdem die Gesandten mit Volturcius dorthin gekommen waren und sich von beiden Seiten zugleich Lärm erhob, ergeben sich die Gallier, die rasch die Absicht durchschauten, unverzüglich den Prätoren; Volturcius ermuntert zuerst die andern und verteidigt sich mit dem Schwert gegen die Übermacht, dann, von den Gesandten im Stich gelassen, bittet er zunächst mehrmals Pomptinus – dieser war ihm nämlich bekannt –, ihn entkommen zu lassen, schließlich gibt er sich ängstlich und um sein Leben bangend den Prätoren wie Feinden in die Hand.

46. Als dies vorüber war, wird alles rasch durch Boten dem Konsul gemeldet. Ihn bedrängten aber ungeheure Sorge und Freude zugleich; denn er freute sich im Gedanken, daß die Verschwörung aufgedeckt und die Bürgerschaft Gefahren entrissen sei; dann aber war er auch ängstlich und zweifelte, was er tun solle, nachdem so angesehene Bürger des schlimmsten Verbrechens überführt worden waren: ihre Bestrafung würde ihm zur Last gelegt, ihre Straflosigkeit zum Untergang des Staates führen – so glaubte er. Als er sich aber wieder gefaßt hatte, läßt er Lentulus, Cethegus, Statilius, Gabinius zu sich rufen, desgleichen Caeparius von Terracina, der sich eben auf den Weg nach Apulien machen wollte, um die Sklaven aufzuwiegeln. Die andern kommen unverzüglich; Caeparius hatte kurz zuvor sein Haus verlassen und war, da er von der Anzeige erfahren hatte, aus der Stadt geflohen. Der Konsul nimmt Lentulus, weil er Prätor war, persönlich bei der Hand und führt ihn in die Senatsversammlung, die übrigen läßt er unter Bewachung in den Tempel der Concordia kommen. Dorthin ruft er den Senat und führt vor den zahlreich Versammelten Volturcius mit den Gesandten hinein; den Prätor Flaccus läßt er die Schatulle mit den Briefen, die er von den
47. Gesandten erhalten hatte, ebenfalls dorthin bringen. Voltur-

cius, befragt über die Reise, über die Briefe, zuletzt über seinen Plan und warum er ihn gefaßt habe, beginnt zuerst allerlei zusammenzulügen, eine Verschwörung abzustreiten; dann, als er unter öffentlicher Zusicherung von Straflosigkeit zur Aussage aufgefordert wurde, enthüllt er alles, wie es sich zugetragen hatte, und erklärt, er sei erst vor wenigen Tagen von Gabinius und Caeparius als Mitverschworener aufgenommen worden und wisse nicht mehr als die Gesandten; er habe nur öfter von Gabinius gehört, daß Publius Autronius, Servius Sulla, Lucius Vargunteius und noch viele andere an dieser Verschwörung teilhätten. Dasselbe bestätigen die Gallier, und den Lentulus, der alles abstreitet, überführen sie außer durch seinen Brief auch durch Äußerungen, die er öfter getan hatte: nach den Sibyllinischen Büchern werde die Herrschaft über Rom drei Corneliern geweissagt; Cinna und Sulla seien vor ihm gewesen, er sei der dritte, den das Schicksal bestimme, in der Stadt die Macht an sich zu reißen; außerdem sei jetzt, zwanzig Jahre seit dem Brand des Kapitols, das Jahr gekommen, von dem die Opferschauer aus den Vorzeichen oft vorausgesagt hätten, daß es durch Bürgerkrieg blutig sein werde. Als die Briefe vorgelesen waren – alle hatten vorher ihre Siegel anerkannt –, beschließt daher der Senat, daß nach Niederlegung seines Amtes Lentulus und ebenso die übrigen in freie Schutzhaft genommen würden. Und so werden Lentulus dem Publius Lentulus Spinther, der damals Aedil war, Cethegus dem Quintus Cornificius, Statilius dem Gaius Caesar, Gabinius dem Marcus Crassus, Caeparius – denn er war kurz zuvor auf der Flucht aufgegriffen worden – dem Senator Gnaeus Terentius anvertraut.

48. Unterdessen begann das Volk, das zuerst, begierig nach Umsturz, allzusehr einem Krieg zuneigte, nach Entdeckung der Verschwörung seinen Sinn zu ändern, die Absichten Catilinas zu verdammen, Cicero in den Himmel zu heben; wie aus

der Sklaverei erlöst, zeigte es Jubel und Freude. Denn sonstige Kriegsgreuel würden ihm eher Beute als Schaden bringen; Brandstiftung hielt es aber für grausam, maßlos und besonders verhängnisvoll für sich, da ja sein ganzer Besitz in den Dingen des täglichen Bedarfs und der Kleidung lag.

Tags darauf war dem Senat ein gewisser Lucius Tarquinius vorgeführt worden, von dem es hieß, man habe ihn auf dem Weg zu Catilina aufgegriffen. Da dieser sagte, er werde über die Verschwörung Angaben machen, wenn ihm öffentlich Straflosigkeit zugesichert werde, befahl ihm der Konsul zu sagen, was er wisse, und er berichtet dem Senat ungefähr dasselbe wie Volturcius von den Vorbereitungen zur Brandstiftung, von der Ermordung der Patrioten, vom Aufmarsch der Feinde; er fügt bei, daß er von Marcus Crassus geschickt worden sei, um Catilina zu melden, er solle sich durch die Verhaftung des Cethegus und Lentulus und der andern nicht beeindrucken lassen, sondern um so rascher an die Stadt heranrücken, damit er den Mut der übrigen wieder hebe und jene leichter der Gefahr entrissen würden. Aber als Tarquinius den Namen des Crassus nannte, eines vornehmen Mannes von ungeheurem Reichtum und bedeutender Macht, heißen sie den Anzeiger unter Geschrei einen Lügner, die einen, weil sie meinten, die Sache sei unglaubhaft, ein Teil hielt sie zwar für wahr, doch schien es ihnen, zu einem solchen Zeitpunkt müsse man den so großen Einfluß dieses Mannes eher dämpfen als mehren, und sehr viele, weil sie aus privaten Gründen von Crassus abhängig waren; sie verlangen, daß über diese Sache beraten und Antrag gestellt werde. Und so beschließt der zahlreich versammelte Senat nach Ciceros Umfrage, die Anzeige des Tarquinius sei als unwahr zu betrachten, man solle ihn in Haft behalten und ihm keine weitere Gelegenheit zu Aussagen geben, außer er zeige den an, auf dessen Rat er eine solche Lüge vorgebracht habe. Es gab zu dieser Zeit Leute, welche glaubten, die betreffende Anzeige sei von Publius Autronius ausgeheckt worden, um leichter – wenn des Crassus Name ins Spiel gebracht und so die Gefahr geteilt werde – die übrigen Verschworenen mit dessen Macht zu decken. Andere sagten, Tarquinius sei von Cicero vorgeschickt worden, damit Crassus nicht nach seiner Gewohnheit die Sache der Armen zur seinen mache und den Staat in Unruhe versetze. Ich habe später Crassus persönlich oft laut sagen hören, diese so große Schmach sei ihm von Cicero angetan worden.

49. Aber zur gleichen Zeit konnten Quintus Catulus und Gaius Piso weder durch Bitten noch Einflußnahme noch Geld Cicero dazu bringen, durch die Allobroger oder einen andern Anzeiger den Namen Gaius Caesars fälschlich nennen zu lassen. – Denn beide lebten mit ihm in schwerer Feindschaft: Piso war von Caesar wegen eines ungerechtfertigten Todesurteils an einem Transpadaner in einem Repetundenprozeß angegriffen worden; Catulus war seit der Bewerbung um das Amt des Oberpriesters voller Haß auf ihn, da er in hohem Alter, nach Bekleidung wichtigster Ehrenämter, vom jungen Caesar geschlagen, das Feld hatte räumen müssen. – Die Gelegenheit schien aber günstig, weil Caesar privat wegen seiner außerordentlichen Freigebigkeit, als Beamter wegen seiner sehr großen Spenden mächtig Schulden hatte. Doch da sie den Konsul zu einer solchen Schandtat nicht bringen können, gehen sie einzeln bei den Leuten herum und lügen ihnen vor, was sie angeblich von Volturcius oder den Allobrogern gehört hätten; damit war große Abneigung gegen ihn erregt worden, und zwar in einem Maß, daß einige römische Ritter, die zur Bewachung rings um den Tempel der Concordia in Waffen standen, sei es beeindruckt von der Größe der Gefahr, sei es aus Wankelmut, Caesar beim Verlassen des Senats mit dem Schwert drohten – ihre Vaterlandsliebe sollte so deutlicher in Erscheinung treten.

50. Während dies im Senat geschieht und während man den Gesandten der Allobroger und Titus Volturcius Belohnungen zuspricht, da ihre Anzeige als richtig befunden wurde, versuchten die Freigelassenen und einige wenige Klienten des Lentulus, auf verschiedenen Wegen in den Quartieren die Handwerker und Sklaven zu seiner Befreiung aufzuwiegeln, teils wandten sie sich auch an Bandenführer, die um Geld den Staat zu terrorisieren gewohnt waren. Cethegus aber bat durch Boten seine Sklaven und Freigelassenen, auserlesene und geübte Leute, sie sollten sich zusammenrotten und mit Waffengewalt zu ihm durchschlagen.

Als der Konsul erfuhr, daß solche Dinge vorbereitet würden, stellt er Wachen auf, wie es Lage und Zeit erforderten, ruft den Senat zusammen und läßt beraten, was mit denen geschehen solle, die in Schutzhaft waren – kurz zuvor hatte freilich der zahlreich versammelte Senat sie zu Staatsfeinden erklärt. Da wurde Decimus Iunius Silanus als erster nach seiner Meinung befragt, denn er war zu dieser Zeit der für das nächste Jahr gewählte Konsul und hatte für diejenigen, welche in Schutzhaft saßen, und außerdem für Lucius Cassius, Publius Furius, Publius Umbrenus, Quintus Annius, wenn sie verhaftet würden, die Todesstrafe beantragt; später jedoch hatte er, beeinflußt durch die Rede Gaius Caesars, erklärt, er würde sich der Meinung des Tiberius Nero anschließen, da dieser vorgeschlagen hatte, man solle über die Sache beraten, wenn die Wachen verstärkt seien. Aber als die Reihe an Caesar kam und er vom Konsul um seine Meinung gefragt wurde, sprach er Worte folgender Art:

51. «Senatoren! Alle Menschen, die sich über eine umstrittene Vorlage Gedanken machen, sollen von Haß, Liebe, Zorn und Mitleid frei sein. Nicht leicht sieht man die Wahrheit, wenn solche Regungen im Weg stehen, und noch keiner konnte seiner Leidenschaft und zugleich seinem Nutzen dienen. Wo man

die Vernunft einsetzt, vermag sie viel; wenn die Leidenschaft sie beherrscht, führt diese das Regiment, und der Verstand vermag nicht viel. Ich könnte manches Beispiel aufzählen, Senatoren, wo Könige und Völker, von Zorn oder Mitleid beeinflußt, schlecht beraten waren. Aber ich will lieber berichten, wie unsere Vorfahren gegen ihre Leidenschaft richtig und nach der Ordnung gehandelt haben. Im Mazedonischen Krieg, den wir mit König Perseus führten, war die Stadt Rhodos, die sich mit Hilfe des römischen Volkes gut, ja prächtig entwickelt hatte, treulos und uns feindlich gewesen. Aber als nach Kriegsende über die Rhodier beraten wurde, ließen unsere Vorfahren, damit niemand sagen könne, der Krieg sei eher des Geldes als eines Unrechts wegen begonnen worden, sie ungestraft ziehen. Ebenso in allen Punischen Kriegen: obschon die Karthager oft sogar im Frieden und während des Waffenstillstandes viele Übeltaten begangen hatten, machten sie selbst, auch bei Gelegenheit, nie solche Dinge; sie suchten eher, was ihrer würdig wäre, als was zu Recht gegen jene unternommen werden könnte. Genauso müßt ihr darauf schauen, Senatoren, daß nicht bei euch das Verbrechen des Lentulus und der übrigen mehr vermöge als eure Würde und daß ihr euch nicht mehr um euren Zorn als euren Ruf kümmert. Denn wenn eine im Verhältnis zu ihren Taten würdige Strafe gefunden wird, heiße ich den außergewöhnlichen Vorschlag gut; wenn aber die Größe ihres Verbrechens die Vorstellung aller übersteigt, muß man meiner Überzeugung nach das anwenden, was im Gesetz vorgesehen ist.

Die meisten derjenigen, die vor mir ihre Meinung äußerten, haben in wohlgesetzten und prächtigen Worten ihrem Bedauern über die Ungunst der politischen Lage Ausdruck gegeben. Welche Greuel im Krieg vorkämen, was Besiegten zustoße, haben sie aufgezählt: Mädchen, Knaben würden geraubt, Kinder aus den Armen der Eltern gerissen, Mütter müßten erdulden, was den Siegern beliebe, Heiligtümer und Häuser würden geplündert, Mord und Brand wüteten, schließlich sei alles mit Waffen, Leichen, Blut und Tränen erfüllt. Aber, bei den unsterblichen Göttern, wohin sollte diese Rede zielen? Etwa euch zu Feinden der Verschwörung machen? Wie wenn jemanden, den eine so große und so gräßliche Sache nicht erschüttert hat, eine Rede entflammen könnte. Nein, das ist nicht so, und keinen Menschen dünkt erlittenes Unrecht gering; viele haben es sogar für schlimmer gehalten als billig. Doch nicht alle besitzen in dieser Beziehung die gleiche Freiheit, Senatoren. Wenn einer, der unten im Dunkel sein Leben führt, im Jähzorn einen Fehler beging, wissen es wenige – sein Ruf und sein Glück sind gleich unbedeutend; wer in besonderer Stellung hoch oben lebt, dessen Taten kennen alle Menschen. So besteht im höchsten Glück die geringste Freiheit; weder Zuneigung noch Haß zu haben ist erlaubt, aber am allerwenigsten zornig zu sein. Was bei andern Jähzorn heißt, das wird in hoher Stellung Überheblichkeit und Grausamkeit genannt. Ich wenigstens glaube folgendes, Senatoren: daß alle Foltern zu gering seien für deren Übeltaten. Aber die meisten Menschen erinnern sich ans Letztvergangene, und bei Bösewichten vergessen sie deren Verbrechen und erörtern nur die Strafe, wenn diese ein wenig zu streng war.

Von Decimus Silanus, einem energischen und tüchtigen Mann, weiß ich bestimmt, daß er das, was er gesagt hat, aus Vaterlandsliebe gesagt hat und daß er in einer so wichtigen Angelegenheit keine Sympathie oder persönliche Feindschaften spielen läßt; so habe ich den Charakter und so die maßvolle Haltung dieses Mannes kennengelernt. Sein Antrag freilich scheint mir nicht grausam – was kann denn gegen solche Menschen Grausames geschehen? –, sondern unseren politischen Gepflogenheiten fremd. Denn gewiß hat entweder Angst oder diese Untat dich, Silanus, den für das nächste Jahr gewählten Konsul, gezwungen, eine außergewöhnliche Strafe vorzuschlagen. Über die Furcht braucht man kein Wort zu verlieren, zumal durch die Umsicht des hochberühmten Mannes, unseres Konsuls, so viele Wachen unter Waffen stehen. Was die Strafe anlangt, kann ich freilich sagen, wie es damit wirklich steht: daß in Trauer und Jammer der Tod Ruhe vor Kümmernis, nicht Folter bedeute, daß er allen Leiden der Menschen ein Ende setze, jenseits kein Platz für Sorge oder Freude sei. Aber, bei den unsterblichen Göttern, warum hast du deinem Antrag nicht beigefügt, daß man vorher mit Schlägen gegen sie vorgehe? Etwa weil dies das Gesetz des Porcius verbietet? Aber andere Gesetze schreiben ebenso vor, verurteilten Bürgern nicht das Leben zu nehmen, sondern die Verbannung zu erlauben. – Etwa weil es schlimmer ist, geschlagen als getötet zu werden? Was ist aber entsetzlich oder allzu schlimm für Menschen, die einer solchen Übeltat überführt sind? – Oder weil es zu milde ist? Wie paßt es dann zusammen, im unwichtigeren Punkt Gesetzestreue zu wahren, während man sie im wichtigeren mißachtet?

Aber wer wird denn tadeln, was gegen Hochverräter beschlossen wurde? Die Umstände, die Zeit, der Zufall, dessen Laune die Menschen lenkt. Jenen Leuten wird zu Recht geschehen, was immer ihnen widerfahren wird; aber, Senatoren, überlegt euch, was ihr damit auch gegen andere beschließt. Alle schlechten Beispiele sind aus guten Absichten erwachsen. Wenn freilich die Macht in die Hände von nicht mit ihr Vertrauten oder weniger Guten gelangt, wird jenes außergewöhnliche Beispiel nicht auf Würdige und dafür Bestimmte, sondern auf Unwürdige und nicht dafür Bestimmte angewendet. – Die Lakedaemonier setzten nach dem Sieg über die Athener dreißig Männer ein, die deren Staat verwalten sollten. Diese begannen zuerst, gerade die Schlechtesten und allgemein Verhaßten ohne Prozeß töten zu lassen; darüber freute sich das

Volk und sagte, dies geschehe zu Recht. Wie später allmählich die Willkür wuchs, brachten sie unterschiedslos Gute und Schlechte nach Belieben um, die übrigen hielten sie in Angst und Schrecken; so zahlte die Bürgerschaft, wie Sklaven unterdrückt, für törichte Freude schwere Strafen. Als zu unserer Zeit der siegreiche Sulla den Damasippus und andere Leute dieser Art, die im Unglück des Staates emporgekommen waren, hinrichten ließ, wer lobte da seine Handlungsweise nicht? Verbrecherische und parteigebundene Menschen, die durch Aufruhr den Staat beunruhigt hatten, seien zu Recht getötet worden, so sagte man. Aber dies war der Beginn einer großen Schlächterei. Denn je nachdem einer ein Haus oder ein Landgut begehrte, endlich gar irgend jemandes Geschirr oder Kleidung, bemühte er sich, daß dieser auf die Liste der Geächteten gesetzt werde. So schleppte man die, welchen der Tod des Damasippus Freude bereitet hatte, wenig später selbst hinweg, und der Hinrichtungen war kein Ende, bis Sulla all seine Leute aufs reichlichste zufriedengestellt hatte. – Freilich befürchte ich solches nicht unter Marcus Tullius und nicht in dieser Zeit; aber in einer großen Bürgerschaft gibt es viele verschiedene Ansichten. Es kann zu einer andern Zeit, unter einem andern Konsul, der ebenfalls ein Heer zur Verfügung hat, etwas Falsches für richtig gehalten werden; wenn nach dem jetzigen Beispiel ein Konsul auf Senatsbeschluß das Schwert gezogen hat, wer wird ihm Einhalt gebieten oder wer wird ihn mäßigen?

Senatoren! Unseren Vorfahren fehlte es nie an Besonnenheit und Tatkraft, und Überheblichkeit stand ihnen nicht im Weg, um fremde Einrichtungen, wenn sie nur gut waren, nachzuahmen. Kriegsgerät und Waffen übernahmen sie größtenteils von den Samniten, die Abzeichen der Beamten von den Etruskern. Was ihnen schließlich überall bei Bundesgenossen oder Feinden geeignet schien, führten sie höchst eifrig zu

Hause ein: sie wollten lieber Gutes nachahmen als darauf neidisch sein. Doch gerade zu jener Zeit ahmten sie griechische Sitte nach und gingen mit Schlägen gegen Bürger vor, an Verurteilten vollzogen sie die Todesstrafe. Nachdem der Staat groß geworden war und in der Masse der Bürger Parteien sich breitgemacht hatten, begann man Unschuldige zu überfallen, und es geschahen andere Dinge solcher Art; darauf erließ man das Gesetz des Porcius und andere Gesetze, kraft welcher Gesetze den Verurteilten die Verbannung erlaubt wurde. Dies, Senatoren, halte ich vor allem für einen wichtigen Grund, nicht einem außerordentlichen Vorschlag zuzustimmen. Wahrlich, Tüchtigkeit und Weisheit war bei jenen größer, die mit bescheidenen Mitteln ein so mächtiges Reich schufen, als bei uns, die wir das von ihnen rühmlich Erworbene kaum behaupten können.

Sollen wir sie also freilassen und damit das Heer Catilinas vergrößern? Keineswegs; sondern ich stelle folgenden Antrag: Ihr Vermögen sei einzuziehen, sie selbst in den dazu am besten ausgestatteten Landstädten in Haft zu halten; keiner solle ihren Fall später beim Senat beraten lassen oder vors Volk bringen; wer dagegen verstoße, den werde der Senat zum Feind des Vaterlandes und des Gemeinwohls erklären.»

52. Als Caesar seine Ansprache beendet hatte, stimmten von den übrigen je nachdem die einen diesem, die andern jenem mit einem kurzen Wort bei. Aber Marcus Porcius Cato, um seine Meinung gefragt, hielt eine Rede folgender Art:

«Ich denke hier ganz anders, Senatoren, wenn ich die Umstände und unsere Gefährdung betrachte und wenn ich bei mir selbst die Anträge einiger meiner Vorredner durchgehe. Jene scheinen mir die Bestrafung von Leuten erörtert zu haben, die gegen Vaterland und Vaterhaus, Altar und Herd Krieg vorbereiteten; die Umstände aber mahnen, sich eher vor ihnen zu schützen als zu beraten, was wir gegen sie beschließen sollen. Denn andere Übeltaten mag man dann verfolgen, wenn sie geschehen sind; sieht man sich bei dieser hier nicht vor, daß sie nicht begangen werden kann, so dürfte man, wenn sie durchgeführt ist, vergeblich Gerichte anrufen: in der eroberten Stadt bleibt den Besiegten nichts übrig. Aber, bei den unsterblichen Göttern, ich wende mich an euch, die ihr immer eure Häuser, Landgüter, Statuen, Gemälde für wichtiger gehalten habt als das Wohl des Staates: wenn ihr das, welcher Art es auch immer sei, was ihr lieb habt, behalten, wenn ihr für eure Vergnügen Zeit haben wollt, erwacht einmal und ergreift die Macht im Staat. Es geht nicht um Steuern und um Unrecht gegenüber Bundesgenossen: die Freiheit, ja unser Leben steht auf dem Spiel.

Schon oft, Senatoren, habe ich lange Reden in dieser Versammlung gehalten, oft habe ich mich über Luxus und Habgier unserer Mitbürger beklagt, und viele Menschen habe ich deswegen zu Feinden. Ich, der ich mir und meinem Verlangen nie einen Fehler durchgelassen hätte, konnte der Begierde anderer nicht leicht ihre Übeltaten verzeihen. Aber wenn ihr dies auch gering achtetet, so war wenigstens der Staat stark, der Reichtum ließ Nachlässigkeit zu. Jetzt aber geht es nicht darum, ob wir sittlich gut oder schlecht leben und wie groß oder wie prächtig die Herrschaft des römischen Volkes sei, sondern ob all dies, welcher Art es auch immer scheinen mag, uns gehöre oder mitsamt uns den Feinden.

Hier spricht mir jemand von Milde und Mitleid? Wirklich, schon längst haben wir die wahren Bezeichnungen für die Dinge verloren: weil fremdes Gut verschenken Freigebigkeit, Verwegenheit in bösem Tun Tapferkeit genannt wird, deshalb steht der Staat am Rande des Abgrunds. Mögen sie nur – die Sitten sind nun einmal so – freigebig sein mit Hab und Gut der Bundesgenossen, mögen sie mitleidig mit Dieben der Staatskasse sein: nur unser Blut sollen sie nicht verschenken und, um ein paar wenige zu schonen, alle Patrioten ins Verderben stürzen! Gut und wohlgesetzt hat Gaius Caesar kurz zuvor in dieser Versammlung über Leben und Tod gesprochen, in der Meinung, wie ich glaube, daß falsch sei, was man von der Unterwelt sagt: völlig getrennt von den Guten würden die Bösen häßliche, ungepflegte, scheußliche und schreckensvolle Orte bewohnen. Und so stellte er den Antrag, ihr Vermögen sei einzuziehen, sie selbst in Landstädten in Haft zu halten, anscheinend aus Angst, daß, wenn sie in Rom wären, sie entweder von Anhängern der Verschwörung oder von einer gedungenen Bande gewaltsam befreit würden, als ob es böse und verbrecherische Menschen nur in der Stadt und nicht in ganz Italien gäbe oder nicht dort Verwegenheit mehr vermöchte, wo zur Abwehr die Mittel geringer sind. Fürchtet er also Gefahr von ihnen, ist dieser Vorschlag wirklich untauglich; ängstigt er sich aber in so großer allgemeiner Furcht als einziger nicht, ist es um so wichtiger, daß ich mich um meinet- und euretwillen ängstige. Wenn ihr also über Publius Lentulus und die übrigen beschließt, so seid fest überzeugt, daß ihr zugleich über das Heer Catilinas und über alle Verschworenen entscheidet. Je energischer ihr das betreibt, um so schwächer wird ihr Mut sein; wenn sie euch nur ein wenig nachgiebig sehen, werden sie alsbald alle voll Trotz zur Stelle sein.

Glaubt nicht, daß unsere Vorfahren nur mit Waffen den Staat aus einem kleinen groß gemacht hätten. Wenn dem so wäre, so würden wir jetzt den allerschönsten haben, da wir ja an Bundesgenossen und Bürgern, außerdem an Waffen und Pferden reicher sind als jene. Nein, es war anderes, was jene groß machte und was wir nicht haben: zu Hause Fleiß, auswärts gerechte Herrschaft, beim Beraten ein freier Geist, weder durch Schandtat noch Leidenschaft gebunden. Statt dessen herrschen bei uns Luxus und Habsucht, im Staat Armut, privat Wohlstand; wir loben den Reichtum, geben der Trägheit nach; zwischen Guten und Bösen wird kein Unterschied gemacht, alle Belohnungen für Tüchtigkeit nimmt der Ehrgeiz in Beschlag. Und kein Wunder: wenn ihr getrennt, jeder für sich, plant, wenn ihr zu Hause den Vergnügen, hier dem Geld oder eurer Einflußnahme dient, kann es eben geschehen, daß auf den wehrlosen Staat ein Angriff gemacht wird.

Aber genug davon. Es haben sich sehr vornehme Bürger verschworen, die Vaterstadt in Brand zu stecken; sie rufen das Volk der Gallier, die größten Gegner des römischen Namens, zum Krieg auf; der Führer der Feinde droht mit einem Heer zu unsern Häupten – und ihr zögert auch jetzt noch und zweifelt, was ihr mit den innerhalb der Mauern verhafteten Feinden tun sollt? Ihr sollt Erbarmen haben, denke ich – junge Leute haben aus Ehrgeiz einen Fehler gemacht –, und sie sogar bewaffnet freilassen! Daß sich nicht diese Milde und dieses Mitleid für euch, wenn jene die Waffen ergriffen haben, in Leid verkehre! – Freilich, die Sache selbst ist schlimm, aber ihr fürchtet sie nicht. Doch im Gegenteil, sogar sehr! Aber aus Trägheit und Nachgiebigkeit wartet ihr einer auf den andern und zögert, wohl auf die unsterblichen Götter vertrauend, die diesen Staat oft in sehr großen Gefahren gerettet haben. Nicht mit Gelübden und weibischem Flehen wird die Hilfe der Götter gewonnen; durch Wachsamkeit, Handeln, überlegten Ratschluß kommt alles gut heraus. Wo man sich der Nachlässigkeit und Trägheit überläßt, dürfte man die Götter vergeblich anrufen: zornig und feindlich sind sie. Zur Zeit unserer Vorfahren ließ Aulus Manlius Torquatus im Gallierkrieg seinen Sohn, weil dieser wider den Befehl mit dem Feind gekämpft hatte, hinrichten, und jener ausgezeichnete junge Mann zahlte mit dem Tod Strafe für seine unbändige Tapferkeit: Ihr zögert, was ihr über grausamste Mörder beschließen sollt? – Anscheinend steht ihr sonstiges Leben im Widerspruch zu diesem Verbrechen? Also nehmt doch Rücksicht auf die Würde eines Lentulus, falls er selbst auf Anstand, falls er auf seinen Ruf, falls er je auf Götter und irgendwelche Menschen Rücksicht genommen hat; verzeiht der Jugend des Cethegus, falls er nicht schon zum zweiten Mal gegen das Vaterland Krieg geführt hat. Denn was soll ich über Gabinius, Statilius, Caeparius sagen? Falls diese je vor irgend etwas Achtung gehabt hätten, hätten sie nicht diese Pläne gegen den Staat gefaßt. – Schließlich, Senatoren, falls, bei Gott, noch die Zeit für einen Fehler wäre, ließe ich euch gern durch die Geschehnisse selbst eines Besseren belehrt werden, da ihr Worte ja verachtet. Aber von allen Seiten sind wir umstellt: Catilina mit dem Heer sitzt uns an der Kehle; andere Feinde sind innerhalb der Mauern, ja mitten in der Stadt; nichts kann im verborgenen vorbereitet oder beraten werden. Um so mehr tut Eile not.

Deshalb stelle ich folgenden Antrag: Da durch einen verruchten Plan verbrecherischer Bürger der Staat in größte Gefahren geraten ist und diese durch Anzeige des Titus Volturcius und der Gesandten der Allobroger überführt wurden und gestanden haben, daß sie Mord, Brand und andere scheußliche und grausame Taten gegen Mitbürger und Vaterstadt vorbereitet hätten, sei an den Geständigen, wie an offenbaren Kapitalverbrechern, nach Vätersitte das Todesurteil zu vollziehen.»

53. Nachdem Cato sich gesetzt hatte, loben alle ehemaligen Konsuln und ebenso ein großer Teil des Senats seinen Antrag, heben seine mannhafte Gesinnung in den Himmel, schmähen sich gegenseitig und heißen sich ängstlich; Cato hält man für einen berühmten und großen Mann; der Senatsbeschluß wird abgefaßt, so wie er ihn vorgeschlagen hatte.

Aber mir, der ich viel gelesen, viel gehört habe, was das römische Volk im Frieden und im Krieg, zu Wasser und zu

Land an hochberühmten Taten vollbracht hat, kam einmal der Gedanke, zu überlegen, welche Eigenschaft vor allem die Grundlage solcher Leistungen gebildet habe. Ich wußte, daß sie sehr oft mit kleiner Schar gegen große Legionen der Feinde gestritten; ich hatte erfahren, daß mit kleinen Mitteln Kriege gegen mächtige Könige geführt wurden; daß sie dazu oft Härten des Schicksals ertragen; daß an Beredsamkeit die Griechen, an Kriegsruhm die Gallier vor den Römern gewesen waren. Und nach mancherlei Überlegungen stand es für mich fest, daß die hervorragende Tüchtigkeit einiger weniger Bürger all dies zustande gebracht hat und daß aus diesem Grund dem Reichtum die Armut, der großen Zahl die kleine Zahl überlegen war. Aber nachdem durch Luxus und Bequemlichkeit die Bürgerschaft verdorben war, machte wiederum der Staat mit seiner Größe die Fehler der Feldherrn und Beamten wett, und wie bei einer von Geburten erschöpften Mutter war während langer Jahre in Rom kaum einer wegen seiner Tüchtigkeit groß zu nennen. Zu meiner Zeit freilich gab es zwei Männer von ungeheurer Tüchtigkeit, doch grundverschiedener Wesensart: Marcus Cato und Gaius Caesar. Da sich jetzt Gelegenheit bietet, ist es nicht meine Absicht, sie mit Stillschweigen zu übergehen, sondern ich möchte beider Anlage und Wesensart, soweit es in meinen Kräften steht, darlegen.

54. In bezug auf Abstammung, Alter, Redekunst waren sie also beinah gleich, an Größe der Gesinnung ebenbürtig, ebenso an Ruhm, aber jeder auf andere Art. Caesar hielt man dank seiner Wohltaten und seiner Gebefreudigkeit für einen großen Mann, dank der Unbescholtenheit seiner Lebensführung Cato. Jener war durch Milde und Mitleid berühmt geworden, diesem hatte Strenge Würde verschafft. Caesar hat sich durch Schenken, Unterstützen, Verzeihen, Cato durch keine Spenden Ruhm erworben. Beim einen gab es für Arme Zuflucht,

beim andern für Böse Verderben. Die Freundlichkeit wurde bei jenem, die Festigkeit bei diesem gelobt. Schließlich hatte Caesar sich vorgenommen, tätig und wachsam zu sein, den Geschäften der Freunde sich widmend die eigenen zu vernachlässigen, nichts abzuschlagen, was einer Gabe würdig wäre; für sich wünschte er große Befehlsgewalt, ein Heer, einen noch nie dagewesenen Krieg, wo seine Tüchtigkeit in hellem Licht erstrahlen könnte. Catos Bemühen hingegen galt der Bescheidenheit, dem Anstand, aber vor allem der Strenge; nicht suchte er mit Reichtum den Reichen noch mit Parteiintrige den Parteigebundenen zu übertreffen, sondern den Strebsamen mit Tüchtigkeit, den Bescheidenen mit Uneigennützigkeit, den Unbestechlichen mit Zurückhaltung; er wollte lieber gut sein als gut scheinen; je weniger er nach Ruhm strebte, um so mehr folgte ihm dieser.

55. Nachdem, wie ich gesagt habe, der Senat sich Catos Antrag angeschlossen hatte, hielt es der Konsul für das beste, der Nacht, die bevorstand, zuvorzukommen, damit in dieser Zeit nichts Neues geplant werden könne, und heißt das Dreimännerkollegium vorbereiten, was für eine Hinrichtung erforderlich war.

Er selbst stellt Wachen aus und geleitet Lentulus in den Kerker; dasselbe geschieht mit den übrigen durch die Prätoren. Es gibt im Kerker einen Raum, Tullianum genannt, wenn man ein wenig nach links ansteigt, etwa zwölf Fuß im Boden eingelassen; ihn schützen rings Mauern und darüber ein Gewölbe aus steinernen Bogen; aber Schmutz, Dunkelheit, Gestank machen ihn scheußlich und furchterregend. Nachdem Lentulus an diesen Ort hinuntergelassen worden war, erdrosselten ihn die Henker, deren Amt dies war, mit einem Strick. So fand jener Patrizier aus dem hochberühmten Geschlecht der Cornelier, der in Rom die Stellung eines Konsuls innegehabt hatte, ein seines Charakters und seiner Taten würdiges Lebensende. An Cethegus, Statilius, Gabinius, Caeparius wurde auf gleiche Art die Hinrichtung vollzogen.

56. Während dies in Rom geschieht, bildet Catilina aus der ganzen Schar, die er selbst herangeführt und die Manlius schon gehabt hatte, zwei Legionen; die Kohorten füllt er der Zahl der Soldaten entsprechend auf; je nachdem dann Freiwillige oder von den Mitverschworenen ins Lager gekommen waren, hatte er sie gleichmäßig verteilt und in kurzer Zeit die Legionen der Zahl nach aufgefüllt, obschon er zu Beginn nicht mehr als zweitausend Mann gehabt hatte. Aber von der ganzen Schar war nur etwa der vierte Teil militärisch ausgerüstet; der Rest trug, wie jeden der Zufall bewaffnet hatte, Jagdspieße oder Lanzen, andere vorn zugespitzte Pfähle. Als aber Antonius mit dem Heer sich näherte, marschierte Catilina durch die Berge, zog bald Richtung Stadt, bald Gallien zu, bot dem Feind keine Gelegenheit zum Kampf: er hoffte, nächstens bedeutende Verstärkungen zu erhalten, wenn in Rom die Mitverschworenen ihr Unternehmen ausgeführt hätten. Inzwischen wies er die Sklaven zurück, von denen zu Beginn bei ihm große Scharen zusammenliefen, denn er vertraute auf die Mittel der Verschwörung und war zugleich der Meinung, es sei seinen Plänen abträglich, wenn die Sache der Bürger mit derjenigen entlaufener Sklaven verknüpft scheine.

57. Aber nachdem ins Lager die Nachricht gekommen war, in Rom sei die Verschwörung aufgedeckt, an Lentulus und Cethegus und den übrigen, die ich oben erwähnt habe, sei die Hinrichtung vollzogen, verlaufen sich die meisten, die durch Hoffnung auf Beute oder umstürzlerische Neigung zum Krieg verlockt worden waren; den Rest führt Catilina über rauhe Berge in Gewaltmärschen nach dem Gebiet von Pistoia, mit der Absicht, auf Nebenwegen heimlich ins jenseitige Gallien zu entkommen. Aber Quintus Metellus Celer wachte mit drei Legionen im Gebiet von Picenum, da er vermutete, Catilina

werde in seiner schwierigen Lage gerade das tun, was wir oben gesagt haben. Als er daher von Überläufern seine Marschrichtung erfuhr, rückte er eilig vor und setzte sich unmittelbar am Fuß der Berge fest, wo jener herabkommen mußte, wollte er nach Gallien eilen. Doch auch Antonius war nicht weit, da er ja mit seinem großen Heer in ebenerem Gelände ungehindert ihm auf seinem Fluchtweg folgen konnte. Aber nachdem Catilina sieht, daß er durch die Berge und die Truppen der Feinde eingeschlossen sei, in der Stadt seine Sache sich verschlechtere, weder auf Flucht noch auf Verstärkung irgend Hoffnung bestehe, hielt er es für das beste in solcher Lage, das Kriegsglück zu versuchen, und beschloß, Antonius so rasch wie möglich ein Treffen zu liefern. Deshalb rief er seine Leute zusammen und hielt eine Rede folgender Art:

58. «Ich habe die Erfahrung gemacht, Soldaten, daß Worte Mannhaftigkeit nicht fördern und daß durch eine Ansprache des Feldherrn aus einem trägen kein tüchtiges und kein tapferes aus einem furchtsamen Heer wird. Wieviel Mut in eines jeden Herz von Natur oder durch Erziehung gelegt ist, soviel pflegt sich im Krieg zu offenbaren. Wen weder Ruhm noch Gefahren reizen, ermuntert man vergeblich: Furcht verstopft die Ohren. Aber ich habe euch zusammengerufen, um an ein paar wenige Dinge zu erinnern, und gleichzeitig, um den Grund meines Vorgehens zu erläutern.

Ihr wißt ja, Soldaten, welch großen Schaden die Nachlässigkeit und Trägheit des Lentulus ihm selbst und uns gebracht hat und wie ich, während ich aus der Stadt Verstärkungen erwartete, nicht nach Gallien marschieren konnte. Wie es jetzt aber um uns steht, seht ihr alle, genausogut wie ich. Zwei Heere der Feinde, eins von der Stadt, das andre von Gallien her, versperren uns den Weg. Länger in dieser Gegend zu bleiben, wenn wir auch noch so gern wollten, verbietet Mangel an Getreide und allem anderen; wohin wir auch gehen möchten, mit dem Schwert müssen wir uns den Weg bahnen. Deshalb rufe ich euch in Erinnerung: Seid tapfer und entschlossen und, wenn ihr das Gefecht beginnt, denkt daran, daß ihr Reichtum, Ehre, Ruhm, außerdem Freiheit und Vaterland in eurer Rechten tragt. Wenn wir siegen, wird uns alles sicher sein: mehr als genug Nachschub, Land- und Koloniestädte werden offenstehen; wenn wir aus Angst weichen sollten, wird eben gerade dies nicht der Fall sein: kein Ort und kein Freund wird den schützen, welchen die Waffen nicht geschützt haben. Außerdem, Soldaten, gilt für uns und jene nicht derselbe Zwang: wir streiten fürs Vaterland, für die Freiheit, fürs Leben; jene sehen keine Veranlassung, für die Macht von ein paar wenigen zu kämpfen. Um so mutiger greift an, eingedenk eurer bewährten Mannhaftigkeit! Es wäre euch erlaubt gewesen, in größter Schande als Verbannte das Leben zu fristen; einige von euch hätten nach Verlust ihrer Güter in Rom fremde Hilfe erhoffen können; weil dies häßlich und für Männer unerträglich schien, habt ihr beschlossen, mir zu folgen. Wenn ihr hier herauskommen wollt, ist Mut vonnöten: nur der Sieger vertauscht Krieg mit Frieden. Denn das Heil in der Flucht zu suchen und die Waffen, mit denen man seinen Leib schützt, von den Feinden wegzuwenden, das ist wahrlich Wahnsinn. Immer sind die im Gefecht am meisten in Gefahr, die sich am meisten fürchten; Mut ist wie eine Mauer.

Wenn ich euch betrachte, Soldaten, und wenn ich eure Taten abwäge, habe ich große Hoffnung auf Sieg. Eure Gesinnung, Jugend, Mannhaftigkeit stimmen mich zuversichtlich und außerdem der Zwang, der auch Furchtsame tapfer macht. Daß uns nämlich der Feind in seiner Übermacht umzingeln könnte, verbietet die Enge des Platzes. Sollte allerdings das Schicksal eurer Mannhaftigkeit mißgünstig sein, so setzt alles daran, nicht ungerächt euer Leben zu verlieren und nicht gefangengenommen und wie Schafe abgeschlachtet zu werden, sondern überlaßt, wie Männer kämpfend, den Feinden einen blutigen und tränenreichen Sieg.»

59. Nachdem er das gesagt hatte, wartet er noch ein Weilchen, heißt dann die Trompeten blasen und führt die Truppen geordnet in das flache Gelände hinunter. Darauf läßt er sämtliche Pferde wegbringen, damit bei gleicher Gefahr für alle die Soldaten mehr Mut faßten; selber zu Fuß, weist er das Heer dem Ort und den Mitteln entsprechend ein. Da nämlich die Ebene links von Bergen und auf der rechten Seite von rauhem Fels eingeschlossen war, stellt er acht Kohorten in Front auf, den Rest rückt er als Reserve enger zusammen. Aus dieser Reserve nimmt er lauter ausgesuchte und langgediente Hauptleute in die vorderste Linie, dazu die besten von den gewöhnlichen Soldaten, die auch ordentlich bewaffnet waren. Gaius Manlius heißt er auf dem rechten, einen Mann aus Fiesole auf dem linken Flügel für Ordnung sorgen. Er selbst mit seinen Freigelassenen und Troßknechten stellt sich neben den Adler, den im Cimbernkrieg Gaius Marius angeblich gehabt hatte. – Aber auf der andern Seite überläßt Gaius Antonius, der an den Füßen litt und deshalb nicht ins Gefecht ziehen konnte, dem stellvertretenden General Marcus Petreius das Heer. Jener beordert die Veteranenkohorten, die er der Unruhen wegen aufgeboten hatte, in die Front, dahinter den Rest des Heeres als Reserve. Er selber reitet umher, nennt jeden einzelnen beim Namen, muntert auf, bittet sie, daran zu denken, daß sie gegen schlechtbewaffnete Wegelagerer für ihr Vaterland, für ihre Kinder, für Altar und Herd kämpfen. Dieser kriegserfahrene Mann, der mehr als dreißig Jahre als Tribun oder Präfekt oder stellvertretender oder kommandierender General mit großer Auszeichnung im Heer gedient hatte, kannte die meisten persönlich, wie auch ihre Waffentaten; wenn er diese erwähnte, entfachte er den Mut der Soldaten.

60. Aber nachdem alles genügend vorbereitet war, gibt Petreius mit der Trompete das Signal, heißt die Kohorten langsam vorrücken; dasselbe macht das Heer der Feinde. Als man einander so nahe gekommen war, daß die Leichtbewaffneten das Gefecht beginnen konnten, rennen sie unter lautem Geschrei heftig aufeinander los; die Speere lassen sie fahren, mit dem Schwert wird gefochten. Die Veteranen, ihrer bewährten Tapferkeit eingedenk, drängen im Nahkampf scharf vor, jene leisten ohne Furcht Widerstand: mit größter Entschlossenheit wird gekämpft. Unterdessen hält sich Catilina mit Leichtbewaffneten in der vordersten Linie auf, eilt denen, welche Mühe haben, zu Hilfe, ruft frische Kräfte für die Verwundeten herbei, wacht mit Vorsicht über allem, kämpft vielfach selbst, streckt oft einen Feind nieder: die Aufgaben eines tüchtigen Soldaten und eines guten Feldherrn erfüllte er zugleich. Als Petreius sieht, daß sich Catilina, anders als erwartet, mit großer Entschlossenheit einsetzt, führt er seine Leibwache gegen die Mitte der Feinde und tötet die in ihrer Verwirrung teils da, teils dort Widerstand Leistenden; darauf greift er von beiden Seiten die übrigen auf den Flügeln an. Manlius und der Mann von Fiesole fallen, in vorderster Linie kämpfend; wie Catilina sieht, daß seine Truppen zerstreut sind und er mit ein paar wenigen übriggeblieben ist, stürzt er sich, eingedenk seiner Abkunft und seiner früheren Würde, mitten in den dichtesten Haufen der Feinde und wird dort kämpfend niedergehauen.

61. Aber nach Schluß des Gefechts, da erst hätte man sehen können, welcher Mut und welche Entschlossenheit Catilinas Heer beseelt hatte. Denn ungefähr den Platz, welchen jeder lebend im Kampf eingenommen, den deckte er im Tod mit seiner Leiche. Ein paar wenige aber, welche die Leibwache in der Mitte auseinandergesprengt hatte, waren etwas weiter zerstreut, aber alle doch mit Wunden auf der Brust, gefallen.

Catilina freilich wurde, weit von seinen Leuten, zwischen den Leichen der Feinde gefunden, noch ein bißchen atmend und den Trotz, den er lebend gezeigt, im Gesichtsausdruck bewahrend. Schließlich wurde von der ganzen Schar weder im Gefecht noch auf der Flucht ein freigeborener Bürger gefangengenommen: so hatten alle ihr und ihrer Feinde Leben gleich wenig geschont. Und doch hatte auch das Heer des römischen Volks keinen fröhlichen oder unblutigen Sieg errungen. Denn gerade die Tüchtigsten waren entweder im Gefecht gefallen oder schwer verletzt daraus hervorgegangen. Viele aber, die aus dem Lager gekommen waren, um zu schauen oder Beute zu machen, fanden beim Umdrehen der feindlichen Leichen manche einen Freund, teils einen Gastfreund oder Verwandten; ebenso gab es Leute, die ihre Gegner erkannten. So herrschten unterschiedlich durch das ganze Heer Fröhlichkeit, Trauer, Jammer und Jubel.

DER IUGURTHINISCHE KRIEG

(111–105 v. Chr.)

1. Zu Unrecht beklagt sich das Menschengeschlecht über seine Natur, weil sie, schwach und von kurzer Dauer, eher vom Glück als von der Tugend gelenkt werde. Bei einiger Überlegung könnte man im Gegenteil weder etwas Größeres noch Vortrefflicheres finden, und daß der Natur mehr die Strebsamkeit der Menschen als Kraft oder Zeit fehle. Aber Führer und Befehlshaber im Menschenleben ist der Geist. Wenn dieser auf dem Weg der Tugend dem Ruhm entgegenschreitet, ist er in reichem Maße stark und mächtig und herrlich und bedarf nicht des Glücks, da dieses ja Rechtschaffenheit, Strebsamkeit und andere gute Eigenschaften weder jemandem geben noch nehmen kann. Falls er aber, verkehrten Trieben ausgeliefert, zu Trägheit und körperlicher Lust sich wendet und so dem Untergang entgegengeht und wenn, auch schon nach kurzem Genuß verderblicher Leidenschaft, in Erschlaffung Kräfte, Zeit, Begabung entschwunden sind, wird das Ungenügen der Natur angeklagt: jeder schiebt die Schuld, die ihn als Urheber trifft, den Umständen zu. Würden freilich die Menschen auf das Gute ebensoviel Sorgfalt wenden, wie sie sich Mühe geben zur Erreichung von Unzuträglichem und Unnützem und auch viel Gefährlichem, dann würden sie nicht so sehr vom Zufall gelenkt, als sie den Zufall lenken, und gelangten zu solcher Größe, daß sie statt sterblich durch Ruhm
2. ewig würden. Denn da das Menschengeschlecht aus Körper und Geist besteht, so gehorchen wir mit all unserem Bemühen teils der Natur des Körpers, teils der des Geistes. Deshalb schwinden ein herrliches Äußeres, großer Reichtum, dazu Körperkraft und alles andere dieser Art in kurzer Zeit, aber

Leistungen hervorragender Begabung sind wie der Geist unsterblich. Kurz, für die Güter des Körpers und des Glücks gibt es einen Anfang, also auch ein Ende, und alles Entstandene geht zugrunde, und alles Gewachsene wird alt; der Geist, unzerstörbar, ewig, Lenker des Menschengeschlechts, bewegt und hält alles und läßt sich selbst nicht halten. Um so mehr muß man sich über die Verkehrtheit derjenigen wundern, die, den Freuden des Körpers hingegeben, in Wohlleben und Nichtstun das Leben verbringen, aber den Geist, als den es für den Menschen nichts Besseres und Umfassenderes in der Natur gibt, aus Mangel an Pflege und in Erschlaffung verkommen lassen, wo man doch so viel verschiedene geistige Tätigkeiten ausüben kann, mit denen größte Berühmtheit erlangt wird.

3. Aber von diesen scheinen mir Ämter und militärischer Oberbefehl, kurz, jedes politische Bemühen zu dieser Zeit am wenigsten begehrenswert, da weder der Tugend Ehre gezollt wird, noch diejenigen, welche durch Betrug sich solche verschafften, sicher oder deswegen mehr geehrt sind. Denn ausgerechnet mit Gewalt Vaterland oder Vaterhaus zu lenken – man kann das freilich und kann auch Übelständen so abhelfen – ist trotzdem mißlich, zumal jeder Wechsel in der Politik Mord, Verbannung und andere Feindseligkeiten ankündigt. Vergeblich aber sich abzumühen und mit aller Anstrengung nichts anderes zu ernten als Haß ist heller Wahnsinn – falls nicht zufällig einen die ehrlose und verderbliche Gier gepackt hält, der Macht einiger weniger Würde und persönliche Freiheit zu opfern.

4. Aber von andern Beschäftigungen, die geistig begabte Menschen ausüben, ist vor allem die Geschichtsschreibung von großem Nutzen. Da über deren Bedeutung schon viele gesprochen haben, meine ich das übergehen zu dürfen, zugleich, damit niemand glaubt, daß ich mein persönliches Bemühen ungebührlich lobe und preise. Und ich bin überzeugt, daß es

Leute geben wird, die, weil ich beschlossen habe, fern von der Politik mein Leben zu verbringen, meiner so großen und so nützlichen Anstrengung den Namen Trägheit geben – gewiß Leute, denen es größte Strebsamkeit zu sein scheint, dem Volk zu hofieren und mit Gastereien seine Gunst zu suchen. Wenn diese sich überlegen wollten, zu welchen Zeiten gerade ich Ämter erlangt habe, welche Männer dasselbe nicht erreichen konnten und welche Sorte Menschen nachher in den Senat gelangt ist, werden sie wahrlich glauben, daß ich eher zu Recht als aus Untüchtigkeit mein Urteil geändert habe und daß größerer Vorteil für den Staat aus meiner Muße als aus den Beschäftigungen der andern herausschaut. Denn oft habe ich gehört, daß Quintus Maximus, Publius Scipio und andere berühmte Männer unserer Bürgerschaft zu sagen pflegten: wenn sie ihre Ahnenbilder anschauten, würden sie aufs heftigste zur Tugend entflammt. Freilich hat nicht jenes Wachs und die Darstellung solche Gewalt in sich, sondern bei der Erinnerung an deren Taten lodert dies Feuer in der Brust hervorragender Männer auf und läßt sich nicht vorher löschen, als ihre Tugend deren Ruf und Ruhm gleichgekommen ist. Aber im Gegensatz dazu: wen gibt es unter allen bei den heutigen Sitten, der nicht mit Reichtum und Aufwand statt mit Rechtschaffenheit und Strebsamkeit seinen Ahnen nacheifert? Auch jeder Homo novus, der früher durch Tugend dem Adel den Rang abzulaufen pflegte, drängt sich eher unvermerkt und mit Hinterlist als auf Grund guter Eigenschaften zu militärischer Befehlsgewalt und Ehrenämtern, gerade wie wenn Prätur und Konsulat und alles andere dieser Art an sich schon herrlich und großartig wären und nicht vielmehr so viel gälten, wie die Tugend derer ist, die sie übernehmen. Aber ich habe mich allzu freimütig und weit vorgewagt, da mich die Sitten in der Bürgerschaft verdrießen und ekeln; jetzt kehre ich zu meinem Gegenstand zurück.

5. Ich habe vor, den Krieg zu beschreiben, den das römische Volk mit Iugurtha, dem König der Numider, führte; erstens weil er groß und grausam und lange unentschieden war; dann weil damals zum ersten Mal der Überheblichkeit des Adels entgegengetreten wurde. Dieser Streit brachte alles Göttliche und Menschliche durcheinander und steigerte sich zu solchem Wahnwitz, daß den Leidenschaften der Bürger Krieg und Zerstörung Italiens ein Ende setzen sollten. Aber bevor ich den Beginn eines solchen Ereignisses erzählen will, möchte ich ein wenig weiter zurückgehen, damit für das Verständnis alles klarer und deutlicher sei.

Im zweiten Punischen Krieg, in dem, seit der Großmachtstellung Roms, der karthagische Führer Hannibal Italiens Mittel außerordentlich geschwächt hatte, war Masinissa, der König der Numider, von Publius Scipio, der später seiner Tapferkeit wegen den Beinamen Africanus erhielt, in Freundschaft aufgenommen worden und hatte viele glänzende Waffentaten vollbracht. Deswegen machte nach dem Sieg über die Karthager und der Gefangennahme des Syphax, dessen Herrschaft in Afrika mächtig war und weithin galt, das römische Volk alle im Kampf eroberten Städte und Länder diesem König zum Geschenk. So blieb die Freundschaft Masinissas uns zuverlässig und ehrenhaft erhalten. Aber das Ende seines Lebens war auch das Ende seines Reichs.

Später wurde sein Sohn Micipsa alleiniger König, als dessen Brüder Mastanabal und Gulussa von einer Krankheit dahingerafft wurden. Er besaß zwei leibliche Söhne, Adherbal und Hiempsal, und erzog Iugurtha, den Sohn seines Bruders Mastanabal – Masinissa hatte Iugurtha, weil von einer Nebenfrau stammend, als nicht thronberechtigt bezeichnet –, genau gleich wie seine eigenen Söhne bei sich im Haus.

6. Sowie dieser herangewachsen war, kraftstrotzend, von einnehmendem Äußerem, aber vor allem hochbegabt, überließ er

sich nicht zu seinem Verderben dem Wohlleben und der Trägheit, sondern widmete sich nach Sitte dieses Volkes dem Reiten, dem Speerwerfen, er wetteiferte im Lauf mit Altersgenossen und war, obschon er alle an Ruhm übertraf, doch allen lieb; dazu verbrachte er sehr viel Zeit auf der Jagd, erlegte den Löwen und andere wilde Tiere als erster oder unter den ersten, leistete sehr viel und sprach über sich selbst sehr wenig. Wenn auch Micipsa daran anfänglich Freude hatte, in der Meinung, daß Iugurthas Tüchtigkeit seiner Herrschaft Ruhm bringen werde, wurde er doch, als er merkte, daß bei seinem schon vorgeschrittenen Alter und seinen noch jugendlichen Söhnen der junge Mann mehr und mehr an Einfluß gewinne, heftig beunruhigt und stellte bei sich manche Überlegung an. Es schreckte ihn die Natur der Menschen, die herrschsüchtig und im Erfüllen ihrer Begierde hemmungslos ist, außerdem sein und seiner Söhne Alter, eine günstige Gelegenheit, die auch gemäßigte Männer aus Gewinnstreben irreleiten kann, dazu die Begeisterung der Numider für Iugurtha, die ihn fürchten ließ, daß, sollte er einen solchen Mann mit List beseitigen,
7. Aufstand oder Krieg ausbräche. Wie er in diesen Schwierigkeiten sah, daß er einen im Volk so beliebten Menschen weder mit Gewalt noch durch Tücke aus dem Weg schaffen könne, beschloß er, weil Iugurtha viel persönlichen Mut besaß und militärischen Ruhm erstrebte, ihn Gefahren auszusetzen und auf diese Weise das Schicksal herauszufordern.

Als daher Micipsa im Numantinischen Krieg dem römischen Volk Hilfe an Kavallerie und Infanterie senden wollte, übertrug er Iugurtha, in der Hoffnung, er werde beim Prahlen mit seiner Tüchtigkeit oder durch die wilde Entschlossenheit der Feinde leicht den Tod finden, den Befehl über die Numider, die er nach Spanien sandte. Aber dies kam ganz anders, als er gedacht hatte. Denn als Iugurtha mit seinem beweglichen und scharfen Verstand die Natur des Publius Scipio, des damaligen römischen Feldherrn, und die Art der Feinde kennengelernt hatte, war er durch große Anstrengung und große Gewissenhaftigkeit, auch indem er sich höchst bescheiden unterordnete und oft Gefahren entgegentrat, in kurzer Zeit so bekannt geworden, daß er unsern Leuten sehr lieb, den Einwohnern von Numantia der größte Schrecken war. Und wirklich, was das allerschwierigste ist: im Gefecht war er entschlossen, besonnen im Planen, wovon das eine aus Vorsicht meist Angst, das andere aus Kühnheit Leichtsinn zu bringen pflegt. Deshalb ließ der Feldherr fast alle schwierigen Aufgaben von Iugurtha durchführen, zählte ihn zu seinen Freunden, schätzte ihn Tag für Tag mehr, da bei ihm nie ein Plan oder ein Unternehmen fehlschlug. Dazu kam seine Großzügigkeit und geistige Regsamkeit, durch die er sich viele Römer in enger Freundschaft verbunden hatte.

8. Zu dieser Zeit befanden sich in unserem Heer verschiedene Homines novi und Adlige, für die Reichtum wichtiger war als das Gute und Ehrenhafte, parteisüchtig zu Hause, anmaßend bei den Bundesgenossen, berüchtigt eher als ehrenhaft, die Iugurthas nicht mäßigen Ehrgeiz durch Versprechungen reizten: wenn König Micipsa tot sei, könne es geschehen, daß er allein sich der Herrschaft über Numidien bemächtige; in ihm selbst sei größte Tüchtigkeit, in Rom alles käuflich. Aber als nach der Zerstörung von Numantia Publius Scipio beschlossen hatte, die Hilfstruppen zu entlassen und selbst nach Hause zurückzukehren, führte er den großartig beschenkten und in öffentlicher Versammlung gelobten Iugurtha ins Feldherrnzelt und mahnte ihn dort im geheimen, er solle eher von Staats wegen als auf privater Basis die Freundschaft des römischen Volks pflegen und sich nicht gewöhnen, gewissen Leuten Spenden zukommen zu lassen: gefährlich sei es, von wenigen zu kaufen, was vielen gehöre. Wenn er seiner Art treubleiben wolle, werde ihm von selbst Ruhm und Herrschaft

zuteil, wenn er aber zu schnell vorgehe, werde er durch sein eigenes Geld ins Verderben gestürzt.

9. So sprach er und entließ ihn mit einem Brief, den er Micipsa geben sollte. Dessen Inhalt war folgender: «Die Tüchtigkeit Deines Iugurtha war im Numantinischen Krieg ganz außerordentlich; dies freut Dich, wie ich bestimmt weiß. Uns ist er seiner Verdienste wegen lieb; daß er es ebenfalls dem Senat und römischen Volk sei, dafür werden wir mit größtem Nachdruck sorgen. Dich freilich beglückwünsche ich im Hinblick auf unsere Freundschaft. Ja, da hast Du einen Mann, würdig Deiner und seines Großvaters Masinissa.»

Als daher der König das, was er vom Hörensagen erfahren hatte, aus dem Brief des Feldherrn bestätigt bekam, wurde er sowohl durch die Tüchtigkeit als auch ganz besonders durch das Ansehen des Mannes beeindruckt, änderte seinen Sinn und schickte sich an, Iugurtha durch Wohltaten zu gewinnen, adoptierte ihn sofort und setzte ihn in seinem Testament gleich wie seine Söhne zum Erben ein. Aber als er selbst wenige Jahre später, von Krankheit und Alter geschwächt, das Ende seines Lebens nahen fühlte, soll er vor Freunden und Verwandten wie auch den Söhnen Adherbal und Hiempsal zu
10. Iugurtha Worte folgender Art gesprochen haben: «Als kleines Kind habe ich dich, Iugurtha, den Vaterlosen, der ohne Hoffnung, ohne Mittel war, als Thronfolger aufgenommen, in der Meinung, daß ich dir nicht weniger als meinen Söhnen, wenn ich welche hätte, meiner Wohltaten wegen lieb sein werde. Und darin sah ich mich nicht getäuscht. Denn, um andere deiner großen und hervorragenden Taten zu übergehen, du hast ganz kürzlich bei der Rückkehr von Numantia mich und mein Reich mit Ruhm und Ehre ausgezeichnet und durch deine Tüchtigkeit uns die Römer aus Freunden zu sehr guten Freunden gemacht; in Spanien ist der Name unserer Familie wieder neu bekannt geworden. Kurz, was

das schwierigste unter Menschen ist, dein Ruhm hat den Neid besiegt.

Jetzt, da mir die Natur das Lebensende bestimmt, mahne und beschwöre ich dich bei dieser deiner Rechten, bei der Treue zum Reich, daß du die hier, welche dir durch Abstammung nahe, durch meine Wohltat Brüder sind, lieb habest und nicht eher Fremden dich anschließen als an Blutsverwandte dich halten wollest. Nicht Heere und nicht Schätze sind Stützen des Reichs, sondern Freunde, die du dir weder mit Waffen erzwingen noch mit Gold erwerben kannst: durch Pflichterfüllung und Treue werden sie geschaffen. Wer ist aber ein besserer Freund als der Bruder dem Bruder? Oder welchen Fremden wirst du treu erfinden, wenn du mit deinen Angehörigen verfeindet bist? Ich freilich übergebe euch ein starkes Reich, wenn ihr euch als gut erweisen werdet, wenn als schlecht, ein schwaches; denn durch Eintracht wächst der kleine Staat, durch Zwietracht zerfällt der größte.

Aber dir, Iugurtha, der du an Alter und Weisheit überlegen bist, ziemt es, mehr als diesen, dafür zu sorgen, daß es nicht anders kommt. Denn bei jedem Streit erscheint der Mächtigere, auch wenn er Unrecht leidet, doch als Täter, einfach weil er mehr vermag. Ihr aber, Adherbal und Hiempsal, schätzt und achtet einen Mann solcher Art, eifert seiner Tüchtigkeit nach und strengt euch an, daß es nicht so aussieht, als hätte ich bessere Söhne angenommen als gezeugt.»

11. Obschon Iugurtha merkte, daß der König heuchlerisch gesprochen hatte, antwortete er, der selbst ganz anders dachte, doch den Umständen entsprechend freundlich. Micipsa starb wenige Tage später. Nachdem sie das Begräbnis mit königlicher Prachtentfaltung begangen hatten, kamen die jungen Prinzen zusammen, um miteinander alle Fragen zu erörtern. Aber Hiempsal, der jüngste unter ihnen, der von ungestümer Natur war und schon vorher auf die unadlige Abstammung

Iugurthas herabgeschaut hatte – dieser war mütterlicherseits nicht ebenbürtig –, setzte sich zur Rechten Adherbals, damit Iugurtha nicht den mittleren Platz, der bei den Numidern als Ehrenplatz gilt, bekäme. Später jedoch, vom Bruder mürbe gemacht, er solle dem Alter den Vortritt lassen, bequemte er sich, allerdings nur ungern, auf die andere Seite zu wechseln. Als sie hier mancherlei über die Verwaltung des Reichs sprechen, läßt Iugurtha unter anderm die Bemerkung fallen, man müsse alle Beschlüsse und Verordnungen der letzten fünf Jahre aufheben, denn in dieser Zeit sei Micipsa, von den Jahren geschwächt, nicht mehr ganz bei Sinnen gewesen. Da antwortete Hiempsal, daß er damit ganz einverstanden sei; denn Iugurtha selbst sei ja vor drei Jahren durch Adoption zum Thronerben aufgestiegen. Dieser Ausspruch senkte sich tiefer, als jemand dachte, in Iugurthas Brust. Deshalb begann er seit dieser Zeit, von Zorn und Furcht beunruhigt, nur das eine in die Wege zu leiten, vorzubereiten und zu bedenken, wie Hiempsal mit List überwältigt werden könnte. Weil es ihm zu langsam vorwärts geht und sein ungestümer Geist sich nicht beschwichtigen läßt, beschließt er, mit allen Mitteln sein Vorhaben zu Ende zu führen.

12. Bei der obenerwähnten ersten Zusammenkunft der jungen Prinzen hatten sie infolge ihrer Uneinigkeit beschlossen, die Schätze zu teilen und für jeden die Grenzen seines Herrschaftsbereichs festzulegen. Also wird ein Zeitpunkt für beides bestimmt, aber zuerst der für die Verteilung des Geldes. Die Prinzen begaben sich inzwischen jeder an einen andern Ort in der Nähe der Schätze. Aber es traf sich, daß Hiempsal in der Stadt Thirmida im Haus des Mannes wohnte, der als nächster Gefolgsmann Iugurtha immer lieb und angenehm gewesen war. Als ihm dieser vom Zufall als Helfer angeboten wird, überhäuft er ihn mit Versprechungen und bringt ihn dazu, daß er, wie um nach seinem Haus zu sehen, dorthin geht und

für die Türen Nachschlüssel beschafft – denn die richtigen wurden jeweils Hiempsal übergeben; im übrigen werde er, wenn es die Sache verlange, selbst mit einer großen Schar kommen. Der Numider erledigt die Aufträge in kurzer Zeit und führt, wie geheißen, nachts Iugurthas Soldaten ins Haus. Nachdem diese ins Gebäude eingedrungen waren, suchen sie überall den König, töten im Schlaf die einen, die andern, wo sie sie antreffen, durchsuchen die hintersten Winkel, die Schlösser erbrechen sie, erfüllen alles mit Lärm und Durcheinander; unterdessen wird Hiempsal gefunden, der sich in der Hütte einer Magd versteckt hält, wohin er gleich zu Anfang ängstlich und ohne sich auszukennen geflohen war. Die Numider bringen sein Haupt, wie befohlen, zu Iugurtha.

13. Aber die Kunde einer solchen Schandtat verbreitet sich in kurzer Zeit durch ganz Afrika. Adherbal und alle, die unter dem Befehl Micipsas gestanden hatten, befällt Furcht. Die Numider spalten sich in zwei Parteien: die Mehrzahl folgt Adherbal, jenem anderen aber die besseren Krieger. Iugurtha bewaffnet daher möglichst viele Truppen, bringt Städte teils mit Gewalt, andere freiwillig in seinen Besitz, macht sich bereit, ganz Numidien seinem Befehl zu unterstellen. Wenn auch Adherbal nach Rom Gesandte geschickt hatte, die dem Senat über die Ermordung des Bruders und sein eigenes Schicksal berichten sollten, bereitete er sich doch vor, gestützt auf die große Zahl seiner Soldaten, mit Waffen die Entscheidung zu suchen. Aber als es zum Treffen kam, floh er besiegt aus dem Gefecht in die römische Provinz Afrika und begab sich später nach Rom. Nachdem Iugurtha sein Ziel erreicht hatte und Herr ganz Numidiens war, da bedachte er in Ruhe seine Tat: es überkam ihn Furcht vor dem römischen Volk, und er sah gegen dessen Zorn keine andere Hoffnung als die Habgier des Adels und sein eigenes Geld. Deshalb schickt er wenige Tage später Gesandte mit viel Gold und Silber nach Rom, denen er

den Auftrag gibt, daß sie erstens seine alten Freunde mit Geschenken zufriedenstellen, dann ihm neue erwerben, schließlich nicht zögern sollten, mit Spenden zu erreichen, was immer möglich sei. Als aber die Gesandten nach Rom kamen und gemäß des Königs Weisung den Gastfreunden sowie andern, deren Einfluß zu dieser Zeit im Senat groß war, beträchtliche Geschenke schickten, gab es einen solchen Gesinnungswandel, daß Iugurtha, nachdem größte Erbitterung gegen ihn geherrscht hatte, zu Gunst und Ansehen beim Adel gelangte. Teils gingen sie auf Grund bestimmter Hoffnungen, andere infolge der Zuwendungen bei den einzelnen Senatoren reihum und bemühten sich, daß nichts allzu Schwerwiegendes gegen ihn beschlossen werde. Als daher die Gesandten sich sicher genug fühlen, werden an einem bestimmten Tag beide Parteien vom Senat angehört. Da soll Adherbal auf folgende Weise gesprochen haben:

14. «Senatoren, mein Vater Micipsa hat mich in seiner Todesstunde geheißen, daran zu denken, daß über das Königreich Numidien nur die Statthalterschaft mir gehöre, aber Eigentumsrecht und Oberbefehl bei euch sei; zugleich solle ich mich bemühen, im Frieden und im Krieg dem römischen Volk so nützlich wie möglich zu sein; euch solle ich als meine Blutsverwandten, euch als Schwäger betrachten: wenn ich dies tue, werde ich in eurer Freundschaft Heeresmacht, Reichtum, Unterstützung für meine Herrschaft finden. Während ich das Geheiß meines Vaters erfüllte, jagte Iugurtha, der verbrecherischste aller Menschen, die auf Erden leben, unter Mißachtung eurer Herrschaft, mich, Masinissas Enkel und schon durch Abstammung Bundesgenossen und Freund des römischen Volks, aus meinem Reich und all meinem Besitz.

Und da mir, Senatoren, bestimmt war, in solches Elend zu geraten, wollte ich lieber auf Grund meiner als meiner Vorfahren Wohltaten von euch Hilfe erbitten können; vor allem, daß mir vom römischen Volk Wohltaten geschuldet würden, die ich gar nicht nötig hätte; in zweiter Linie, daß, wenn sie erforderlich wären, ich sie als mir geschuldet in Anspruch nehmen könnte. Aber weil Rechtschaffenheit für sich allein zu wenig Schutz gewährt und es nicht in meiner Hand lag, wie Iugurtha sich verhalten werde, habe ich mich zu euch geflüchtet, Senatoren, denen ich – und das ist für mich das Elendeste – zur Last zu fallen gezwungen bin, ehe ich von Nutzen sein kann. Andere Könige wurden entweder, da im Krieg besiegt, von euch in Freundschaft aufgenommen oder suchten in verzweifelter Lage eure Bundesgenossenschaft; unsere Familie hingegen hat mit dem römischen Volk im Krieg gegen die Karthager Freundschaft geschlossen, zu einer Zeit, da noch eher seine Verläßlichkeit als sein Glück erstrebenswert war. Laßt nicht zu, Senatoren, daß deren Nachkomme, daß ich, Masinissas Enkel, vergeblich um eure Hilfe bitte. Wenn ich, um sie zu erhalten, keinen andern Grund hätte als mein elendes Los – da ich, kurz zuvor noch ein durch Abstammung, Ruhm und Vermögen mächtiger König, jetzt entstellt von Sorgen, mittellos fremde Mittel erwarten muß –, so wäre es doch der Würde des römischen Volks gemäß, Unrecht zu verhindern und nicht zuzulassen, daß irgend jemandes Herrschaft durch Verbrechen wachse. Ich aber bin aus einem Land gestoßen worden, das meinen Vorfahren das römische Volk gab, aus dem mein Vater und Großvater mit euch zusammen Syphax und die Karthager verjagten. Eure Wohltaten also sind mir entrissen worden, Senatoren, ihr seid mit dem mir angetanen Unrecht verhöhnt.

Weh mir Elendem! War das, Vater Micipsa, der Sinn deiner Wohltaten, daß gerade der, welchen du deinen Söhnen gleichgestellt und zum Thronerben gemacht hast, deines Stammes Vertilger ist? Wird unsere Familie denn nie Ruhe finden? Wird sie immer in Blut, Krieg, Verbannung leben? Solang die Karthager unbehelligt waren, mußten wir selbstverständlich jede Unbill erleiden: Feinde ringsum, ihr, unsere Freunde, fern; die ganze Hoffnung lag in den Waffen. Nachdem jene Pest aus Afrika verjagt war, lebten wir glücklich und in Frieden, da wir ja keinen Feind hatten, außer ihr hättet uns zufällig einen befohlen. Aber siehe! Unversehens reckte Iugurtha in unerträglicher Verwegenheit, verbrecherisch und hochmütig, sein Haupt, ermordete meinen Bruder, zugleich seinen Verwandten, und nahm zunächst dessen Reich als Lohn seines Verbrechens; als er darauf sich meiner mit den gleichen Listen nicht bemächtigen kann, vertrieb er mich, der alles, nur nicht Gewalt oder Krieg, unter eurer Herrschaft erwartete, aus meinem Vaterland, aus meinem eigenen Haus – ihr seht es selbst – und brachte es so weit, daß ich, mittellos und in Elend versunken, überall sicherer bin als in meinem Reich.

Ich dachte genau so, Senatoren, wie ich meinen Vater oft hatte sagen hören: wer eure Freundschaft sorgfältig pflege, der übernehme eine anspruchsvolle Aufgabe, sei dafür aber von allen am sichersten. Was unsere Familie tun konnte, hat sie geleistet, nämlich in allen Kriegen euch unterstützt; daß wir jetzt in ruhigen Zeiten sicher sein können, liegt in eurer Hand, Senatoren. Der Vater ließ uns zwei Brüder zurück, vom dritten, Iugurtha, glaubte er, daß er durch seine Wohltaten uns verbunden sein werde. Der eine ist getötet worden, des anderen ruchlosen Händen bin ich selbst nur mit Mühe entronnen. Was soll ich tun? Oder wohin soll ich Unglücklicher mich am ehesten wenden? Alle Stützen unseres Geschlechts sind dahin: der Vater hat der Natur seinen Tribut zollen müssen; dem Bruder hat der, welcher es am wenigsten durfte, ein Verwandter, verbrecherisch das Leben geraubt; von meinen Angehörigen, Freunden, übrigen Verwandten hat den einen dieses, den andern jenes Unglück getroffen: von Iugurtha gefangengenommen, sind sie teils gekreuzigt, teils wilden Tieren vorgeworfen worden; wenige, denen das Leben gelassen wurde, fristen, in Finsternis eingeschlossen, mit Trauer und Tränen ein Dasein, schwerer als der Tod.

Wenn alles, was ich verloren habe oder aus Freund Feind geworden ist, mir erhalten bliebe, würde ich dennoch, geschähe unversehens ein Unglück, euch anflehen, Senatoren, deren Pflicht es ist, gemäß der Würde eurer Herrschaft, sich um Recht und jedes Unrecht zu sorgen. Jetzt aber, aus dem Vaterland verbannt, aus dem eigenen Haus, allein und aller Ehren verlustig, wohin soll ich mich wenden oder wen soll ich rufen? Völker oder Könige, die alle wegen der Freundschaft mit euch unserer Familie feind sind? Oder kann ich irgendwohin gehen, wo es nicht kriegerische Mahnmale meiner Vorfahren in großer Zahl gibt? Oder kann irgend jemand sich unser erbarmen, der einst euer Feind gewesen? Schließlich hat Masinissa uns dies gelehrt, Senatoren, daß wir uns an niemand halten möchten außer an das römische Volk, daß wir keine neuen Bundesgenossenschaften, keine neuen Verträge eingehen sollten; reichlich genug Schutz liege für uns in eurer Freundschaft; wenn das Schicksal dieses Reichs sich aber ändern würde, müßten wir zusammen mit ihm untergehen. Durch Tüchtigkeit und mit Einverständnis der Götter seid ihr groß und reich; alles gelingt euch, alles gehorcht euch; um so leichter könnt ihr euch um das euren Bundesgenossen angetane Unrecht sorgen.

Nur das fürchte ich, daß die zu wenig erprobte persönliche Freundschaft Iugurthas gewisse Leute irreleite; ich höre, daß diese mit allen Mitteln sich bemühen, bei euch einzeln reihum gehen, euch mürbe machen, damit ihr nicht in seiner Abwesenheit und ohne Untersuchung etwas gegen ihn unternehmt; ich sei ein Heuchler und würde eine Verbannung vortäuschen, obschon ich hätte in meinem Reich bleiben dürfen. Wenn ich doch erleben könnte, daß der, durch dessen ruchlose Tat ich in dieses Elend gestürzt bin, ebenfalls solches vortäuschen müßte und daß einmal bei euch oder den unsterblichen Göttern Sorge um menschliche Angelegenheiten wach würde! Wahrlich, jener, der jetzt seiner Verbrechen wegen stolz und hochberühmt ist, möge, von allen Übeln geplagt, für Ruchlosigkeit gegenüber unserem Vater, für den an meinem Bruder begangenen Mord und mein eigenes Elend schwere Strafe zahlen!

Mein herzlich geliebter Bruder, obschon dir das Leben zu früh und von einem, der es am wenigsten durfte, entrissen wurde, halte ich doch schon jetzt dein Geschick für eher erfreulich als traurig; du hast nämlich nicht die Herrschaft, sondern Flucht, Verbannung, Armut und all die Sorgen, die mich drücken, zusammen mit dem Leben verloren. Aber ich Unseliger, vom väterlichen Thron in solches Unglück gestoßen, biete ein Schauspiel menschlicher Schwäche; unsicher, was zu tun sei: ob ich, selber hilfsbedürftig, das dir angetane Unrecht verfolgen soll oder meinen Thron retten, ich, dessen Leben und Tod von fremder Macht abhängt. Wenn doch zu sterben ein in meiner Lage ehrenvolles Ende wäre und ich nicht zu Recht verächtlich schiene, wenn ich, vom Unglück an den Rand meiner Kräfte gebracht, dem Unrecht mich füge! Jetzt ist ohne Schande weder möglich zu leben noch erlaubt zu sterben.

Senatoren, bei euch, bei euren Kindern und Eltern, bei der Würde des römischen Volks, helft mir Armem, tretet dem Unrecht entgegen, laßt nicht zu, daß das Königreich Numidien, das euch gehört, in Verbrechen und Blutvergießen unserer Familie sich auflöse!»

15. Als der König seine Rede beendet hatte, antworten Iugurthas Gesandte, sich mehr auf Spenden als auf Gründe stützend, mit wenig Worten: Hiempsal sei wegen seiner Grausamkeit von den Numidern getötet worden; Adherbal habe

von sich aus Krieg angefangen und beklage sich nun, nachdem er überwunden sei, daß er nicht habe Unrecht begehen können; Iugurtha wünsche vom Senat, daß sie ihn nicht für einen andern hielten, als sie ihn vor Numantia kennengelernt hätten, und nicht Worte eines Gegners höher als seine eigenen Taten achteten. Darauf verlassen beide Parteien das Rathaus. Der Senat beginnt sofort mit der Beratung. Die Gönner der Gesandten, dazu ein Großteil des Senats, beeinflußt und voreingenommen, äußerten sich spöttisch über Adherbals Worte, priesen und lobten Iugurthas Tüchtigkeit: durch Beeinflussung, Beredsamkeit, kurz, auf alle Art setzten sie sich für Verbrechen und Schandtat eines Fremden ein wie für eigenen Ruhm; aber dagegen gab es nur wenige, denen Anstand und Gerechtigkeit lieber waren als Reichtum und die meinten, man müsse Adherbal helfen und Hiempsals Tod streng bestrafen – von allen freilich am entschiedensten Aemilius Scaurus, ein vornehmer, rühriger, an seine Partei gebundener Mann, gierig nach Macht, Ehre, Reichtum, seine Laster aber schlau verbergend. Als dieser des Königs offenkundige und schamlose Spenden sieht, fürchtete er, daß solch schmutziger Mißbrauch, wie meist in ähnlichen Fällen, Empörung hervor-
16. rufe, und hielt seine übliche Gewinnsucht in Zaum. Dennoch siegte im Senat der Teil, welcher Geld oder Einfluß der Wahrheit vorzog. Es wird der Beschluß gefaßt, daß zehn Gesandte das Reich, das Micipsa besessen, zwischen Iugurtha und Adherbal teilen sollten. Der Führer dieser Gesandtschaft war Lucius Opimius, ein bekannter und damals im Senat angesehener Mann, da von ihm als Konsul nach der Ermordung des Gaius Gracchus und Marcus Fulvius Flaccus der Sieg des Adels aufs rücksichtsloseste gegen das Volk ausgenutzt worden war. Wenn auch Iugurtha diesen in Rom zu seinen Gegnern gezählt hatte, empfing er ihn doch sehr zuvorkommend, bewirkte durch Geben und Versprechen viel, so daß dieser

den Vorteil des Königs über seinen Ruf, seine Verläßlichkeit, kurz, über all seine Interessen stellte. Die übrigen Gesandten geht er auf demselben Weg an und gewinnt die meisten; wenigen war Verläßlichkeit lieber als Geld. Bei der Teilung wird die an Mauretanien grenzende Gegend Numidiens, da an Land und Leuten reicher, Iugurtha zugesprochen; die andere, dem Aussehen als dem Nutzen nach bedeutendere, mit mehr Häfen und mehr Gebäuden ausgestattete, nahm Adherbal in Besitz.

17. Die Sache scheint zu verlangen, Afrikas Lage in kurzen Worten darzulegen und die Völker, mit denen wir in Krieg oder Freundschaft lebten, zu streifen. Über die Gegenden und Stämme aber, die wegen Hitze oder Unwegsamkeit und auch Wüsteneien weniger häufig besucht werden, könnte ich nicht leicht zuverlässig berichten. Das übrige möchte ich möglichst kurz erledigen.

Bei der Einteilung der Erde haben die meisten Afrika als dritten Erdteil bezeichnet, wenige behauptet, es gäbe nur Asien und Europa, Afrika aber gehöre zu Europa. Seine Grenzen sind im Westen die Meerenge zwischen unserem Meer und dem Ozean, im Osten eine breite Abdachung, welche die Einwohner Katabathmos nennen. Das Meer ist wild, ohne Häfen; der Boden reich an Getreide, gut für Vieh, für Bäume nicht geeignet; am Himmel und auf der Erde herrscht Wassermangel. Der Menschenschlag ist gesund, flink, ausdauernd; die meisten sterben an Altersschwäche, außer denjenigen, welche im Krieg oder durch wilde Tiere umkamen, denn Krankheit bezwingt sie nicht oft; dazu kommen sehr viele bösartige Tiere. Aber welche Menschen zuerst Afrika bewohnt haben und welche nachher hinzugekommen sind oder wie sie sich untereinander gemischt haben, möchte ich, obschon es von der üblichen Überlieferung abweicht, doch nach der für uns übersetzten und König Hiempsal zugeschriebenen

«Punischen Geschichte», wie auch, was die Bewohner dieses Landes darüber denken, so kurz wie möglich erzählen. Im übrigen wird die Verantwortung für diesen Bericht bei den Autoren liegen.

18. Afrika bewohnten zuerst die Gätuler und Libyer, wilde und unzivilisierte Menschen, die sich von Wildbret nährten und Gras, wie das Vieh. Sie ließen sich weder durch Sitten noch Gesetz oder irgend jemandes Befehl lenken: sie streiften unstet umher und schlugen ihr Lager auf, wo die Nacht sie überrascht hatte. Aber nachdem Herkules, wie die Afrikaner glauben, in Spanien zugrunde gegangen war, löst sich sein aus verschiedenen Völkern zusammengesetztes Heer rasch auf, da nach Verlust des Führers viele einzeln in aller Welt für sich eine Herrschaft suchten. Von diesen fuhren die Meder, Perser und Armenier zu Schiff nach Afrika hinüber und besetzten die unserem Meer nächstgelegenen Gegenden – die Perser freilich eher im Bereich des Ozeans; diese benützten umgedrehte Schiffe als Hütten, weil es weder Bauholz im Land gab noch solches von den Spaniern gekauft oder getauscht werden konnte; das weite Meer und die unbekannte Sprache hielten sie vom Handel ab. Diese mischten sich allmählich durch Heirat mit den Gätulern, und weil sie oft auf der Suche nach Land einmal dahin, einmal dorthin gekommen waren, nannten sie sich selber Nomaden. Übrigens sind bis heute auf dem Land die Häuser der Numider, die bei ihnen Mapalia heißen, länglich, mit geschweiften Seiten und Dächern wie Schiffskielen. Zu den Medern und Armeniern gesellten sich die Libyer – diese lebten nämlich näher beim Afrikanischen Meer, die Gätuler mehr im Süden, nicht weit von der heißen Zone –, und diese hatten früh befestigte Städte; denn von Spanien nur durch die Meerenge getrennt, hatten sie angefangen, miteinander Tauschhandel zu treiben. Den Namen der Meder entstellten allmählich die Libyer, indem sie in ihrer barbarischen

Sprache sie Mauren nannten. Aber die Macht der Perser wuchs in kurzer Zeit, und nachdem sie wegen ihrer großen Zahl aus der Heimat ausgezogen waren, nahmen sie unter dem Namen Numider die am nächsten bei Karthago gelegene Gegend in Besitz, die man Numidien nennt. Darauf brachten beide Teile, sich gegenseitig unterstützend, die Nachbarn mit Waffengewalt oder Furcht unter ihre Herrschaft, schufen sich Namen und Ruhm – mehr diejenigen, welche zu unserem Meer vorgerückt waren, weil die Libyer weniger kriegerisch als die Gätuler sind. Schließlich war der größte Teil der afrikanischen Küste im Besitz der Numider; alle Besiegten gingen im Volk
19. und Namen der Herrschenden auf. Später gründeten die Phönizier, teils um zu Hause die Zahl der Einwohner zu verringern, andere aus Herrschsucht und nachdem sie das niedere Volk und weitere Unzufriedene für ihre Absicht gewonnen hatten, Hippo, Hadrumetum, Leptis und andere Städte an der Meeresküste, und in kurzer Zeit blühten diese sehr und gereichten ihren Gründerstädten teils zum Schutz, andere zur Zier; denn was Karthago betrifft, halte ich es für besser, zu schweigen, als zu wenig zu sagen, da die Zeit drängt, mich anderem zuzuwenden.

Anschließend an den Katabathmos, die Gegend, welche Ägypten von Afrika trennt, befindet sich also, wenn man dem Meer folgt, zuerst Kyrene, eine Kolonie von Thera, und darauf die beiden Syrten und zwischen diesen Leptis, dann Philaenon Arae, die Stadt, welche die Karthager in Richtung Ägypten als Ende ihres Reichs ansahen, dahinter weitere punische Städte. Das übrige Gebiet bis Mauretanien halten die Numider inne; am nächsten bei Spanien sind die Mauren. Über Numidien hinaus (gegen Süden) leben die Gätuler, wie wir hörten, teils in Hütten, andere, noch unzivilisierter, frei umherschweifend; nach diesen kommen die Äthiopier, darauf von der Sonnenhitze versengte Gegenden.

Im Iugurthinischen Krieg ließ nun das römische Volk die meisten punischen Städte und das Gebiet der Karthager, das diese zuletzt besessen hatten, durch seine Beamten verwalten; ein Großteil der Gätuler und Numidien bis zum Fluß Muluccha waren unter Iugurtha; über alle Mauren herrschte König Bocchus, der vom römischen Volk nur dem Namen nach wußte und ebenso bei uns vorher weder im Krieg noch im Frieden bekannt war. – Über Afrika und seine Einwohner ist, soweit zum Verständnis nötig, genug gesagt.

20. Als nach der Teilung des Reichs die Gesandten Afrika verlassen hatten und Iugurtha sieht, daß er, entgegen seiner Befürchtung, die Belohnung für sein Verbrechen bekommen hat, hielt er es für ausgemacht – so hatte er es bei Numantia von seinen Freunden gehört –, daß alles in Rom käuflich sei; zugleich richtete er, durch Versprechungen derjenigen bestärkt, welche er kurz zuvor mit Geschenken zufriedengestellt hatte, seinen Sinn auf Adherbals Reich. Er selbst war tatkräftig, kriegerisch, aber der, den er angreifen wollte, ruhig, unkriegerisch, von friedlicher Gesinnung, Unrecht ausgesetzt, furchtsam eher als furchterregend. Deshalb fällt er unversehens mit einer großen Schar in sein Gebiet ein, schleppt viele Menschen, mitsamt dem Vieh und anderer Beute, gefangen fort, zündet Häuser an, läßt in feindlicher Absicht den größten Teil des Landes von Reiterei durchstreifen, kehrt schließlich mit dem ganzen Kriegshaufen in sein Reich zurück, im Glauben, Adherbal werde aus Erbitterung gewaltsam das ihm angetane Unrecht rächen und dies werde den Kriegsgrund abgeben. Aber weil jener sich ihm mit den Waffen nicht gewachsen glaubte und sich mehr auf die Freundschaft des römischen Volks als auf die Numider verließ, schickte er Gesandte zu Iugurtha, um sich über das Unrecht zu beklagen. Obschon diese eine beleidigende Antwort zurückgebracht hatten, beschloß er dennoch, lieber alles zu dulden, als den Krieg aufzu-

nehmen, weil der vorherige Versuch gescheitert war. Aber Iugurthas Gier verminderte sich um so weniger, da er in Gedanken schon über dessen ganzes Reich hergefallen war. Und so begann er, nicht wie vorher mit einer räuberischen Schar, sondern mit einem großen, gutgerüsteten Heer Krieg zu führen und offen die Herrschaft über ganz Numidien zu erstreben, im übrigen, wo er hinkam, Städte und Felder zu verwüsten, Beute wegzuführen, den eigenen Leuten Mut, den Feinden Schreck einzuflößen.

21. Als Adherbal merkt, daß er gezwungen sei, sein Reich entweder zu verlassen oder mit Waffen zu behaupten, rüstet er notgedrungen Truppen und zieht Iugurtha entgegen. Unterdessen lagerten beide Heere nicht weit vom Meer, nahe bei der Stadt Cirta, und da der Tag zu Ende ging, wurde das Gefecht nicht begonnen. Aber als der größte Teil der Nacht vergangen war, überfallen, noch bei Dunkelheit, die Soldaten Iugurthas auf ein Zeichen das Lager der Feinde und verjagen und zerstreuen sie teils im Halbschlaf, andere, wie sie ihre Waffen suchen. Adherbal flüchtete mit wenigen Reitern nach Cirta, und wenn hier nicht eine Menge von römischen Bürgern gewesen wäre, welche die nachfolgenden Numider von den Mauern fernhielt, wäre der Krieg zwischen den beiden Königen an ein und demselben Tag begonnen und beendet worden. Also lagerte Iugurtha rings um die Stadt, macht sich mit Schutzdächern, Türmen und Kriegsmaschinen aller Art an eine Eroberung, vor allem eifrig bemüht, den Gesandten zuvorzukommen, die, wie er gehört hatte, von Adherbal vor dem Gefecht nach Rom geschickt worden waren.

Aber nachdem der Senat von ihrem Krieg erfahren hatte, werden drei junge Leute nach Afrika abgeordnet, mit dem Auftrag, zu beiden Königen zu gehen und im Namen von Senat und römischem Volk zu melden: Roms Wunsch und Ansicht sei es, daß sie die Waffen niederlegen und über ihre

Zwistigkeiten eher auf dem Rechtsweg als durch Krieg entscheiden sollten; so sei es Roms und ihrer würdig.
22. Die Gesandten kommen um so eiliger nach Afrika, weil man in Rom, während sie ihre Reise vorbereiten, vom Gefecht und der Belagerung Cirtas gehört hatte; freilich war dieses Gerücht unbestimmt. Als Iugurtha sich ihre Rede angehört hatte, antwortete er: für ihn gebe es nichts Größeres und Teureres als den Willen des Senats; von Jugend auf habe er sich in dem Sinn bemüht, daß er gerade von den Besten geschätzt werde; durch Tüchtigkeit, nicht Boshaftigkeit habe er einem hochbedeutenden Mann wie Publius Scipio gefallen; wegen der gleichen Eigenschaften sei er von Micipsa, nicht weil dieser keine Söhne gehabt habe, adoptiert und zum Thronerben eingesetzt worden. Aber je mehr Beweise seiner Rechtschaffenheit und Tapferkeit er gegeben habe, um so weniger könne er Unrecht ertragen. Adherbal habe mit List nach seinem Leben getrachtet; als er das erfahren, sei er dessen Verbrechen entgegengetreten. Das römische Volk werde weder richtig noch gut handeln, wenn es ihn an der Ausübung des Völkerrechts hindere. Schließlich werde er der ganzen Angelegenheit wegen in kurzem Gesandte nach Rom schicken. So gehen die beiden Parteien auseinander; sich mit Adherbal zu besprechen bestand keine Möglichkeit.

23. Als Iugurtha glaubte, daß sie Afrika verlassen hätten, und Cirta seiner natürlichen Lage wegen nicht im Sturm erobert werden kann, umgibt er die Mauern mit Wall und Graben, errichtet Türme und besetzt diese mit Truppen, versucht außerdem Tag und Nacht mit Gewalt oder List sein Glück, bietet den Verteidigern der Mauern bald Belohnungen an, bald jagt er ihnen Schrecken ein, stärkt durch Ermunterung den Mut seiner Leute, kurz, bereitet angespannt alles vor. Als Adherbal merkt, daß er in äußerster Gefahr schwebe, der Feind entschlossen sei, Hoffnung auf Hilfe keine bestehe, aus

Mangel am Nötigsten der Krieg nicht in die Länge gezogen werden könne, wählte er von denen, die mit ihm zusammen nach Cirta geflohen waren, die zwei Tüchtigsten aus. Diese bestimmt er durch viele Versprechungen und den Hinweis auf sein jämmerliches Los, durch die Befestigungen der Feinde nachts zum nächstgelegenen Hafen, von dort nach Rom zu
24. gehen. Die Numider führen in wenigen Tagen den Befehl aus. Der Brief Adherbals wird im Senat verlesen; sein Inhalt war folgender:

«Nicht aus eigener Schuld schicke ich oft Bittgesandtschaften an euch, Senatoren, sondern die Gewalttätigkeit Iugurthas zwingt mich, den eine solche Leidenschaft, mich zu vernichten, gepackt hat, daß er weder auf euch noch die unsterblichen Götter Rücksicht nimmt und mein Blut will, lieber als alles andere. Und so bin ich, ein Bundesgenosse und Freund des römischen Volks, schon den fünften Monat mit Heeresmacht belagert und eingeschlossen, und weder die Wohltaten meines Vaters Micipsa noch eure Beschlüsse helfen mir: ob ich vom Schwert oder vom Hunger schärfer bedrängt werde, weiß ich nicht sicher. Mehr über Iugurtha zu schreiben verbietet mir meine mißliche Lage, und ich habe schon früher die Erfahrung gemacht, daß Unglücklichen zu wenig Glauben geschenkt wird; indes bin ich mir klar, daß jener über mich hinaus zielt und nicht zugleich auf eure Freundschaft und mein Reich hoffen kann. Was er für wichtiger hält, ist niemandem verborgen. Denn zuerst tötete er meinen Bruder Hiempsal, darauf vertrieb er mich aus dem Reich meines Vaters. Allerdings war das ein Unrecht, das nur uns anging, mit euch nichts zu tun hatte: aber jetzt hält er euer Reich mit Heeresmacht besetzt, mich, den ihr als Herrn über die Numider eingesetzt habt, schließt er ein und belagert er; wie hoch er die Worte der Gesandten veranschlagt hat, beweist meine Lebensgefahr. Was bleibt übrig als Gewalt eurerseits, wodurch er beeindruckt werden könnte? Denn ich freilich wünschte, daß das, was ich schreibe, und jenes, worüber ich mich früher im Senat beklagt habe, eher aus der Luft gegriffen wäre, als daß mein Unglück den Worten Überzeugungskraft geben müßte. Aber da ich dazu geboren wurde, daß Iugurtha an mir seine Verbrechen erprobe, bitte ich bereits nicht mehr darum, mich vor Tod und Kummer zu bewahren, sondern vor Unterdrückung durch einen Gegner und körperlichen Qualen. Über das Königreich Numidien, das euch gehört, beschließt, wie es euch beliebt: mich entreißt seinen ruchlosen Händen – bei der Würde eures Reichs, bei der Zuverlässigkeit unsrer Freundschaft, falls bei euch noch irgendeine Erinnerung an meinen Großvater Masinissa lebendig ist!»

25. Als man diesen Brief verlesen hatte, gab es Leute, welche beantragten, ein Heer nach Afrika zu schicken und so rasch wie möglich Adherbal zu Hilfe zu eilen; über Iugurtha solle man inzwischen Beschluß fassen, da er den Gesandten nicht gehorcht habe. Aber eben jene bereits früher erwähnten Gönner des Königs bemühten sich höchst eifrig, daß kein solcher Entscheid falle: so siegte privater Einfluß, wie es meist zu geschehen pflegt, über das öffentliche Wohl. Dennoch werden einige ältere Adlige, die hohe Ämter bekleidet hatten, nach Afrika abgeordnet. Unter diesen befand sich Marcus Scaurus, von dem wir oben berichtet haben, ehemaliger Konsul und damals Führer des Senats. Da die Sache Empörung erregte und zugleich die Numider inständig baten, schifften sich diese nach drei Tagen schon ein. Sie landen kurz darauf in Utica und schicken einen Brief zu Iugurtha: er solle so schnell wie möglich in die römische Provinz kommen; der Senat schicke sie. Als jener erfuhr, daß angesehene Männer, deren Einfluß, wie er gehört hatte, in Rom groß war, gekommen seien, um seinen Plan zu verhindern, war er zuerst bestürzt und von Furcht und Leidenschaft hin und her gerissen: er hatte Angst

vor dem Zorn des Senats, falls er den Gesandten nicht gehorchte; andrerseits wurde er, blind vor Verlangen, zu dem geplanten Verbrechen getrieben. Doch siegte bei seiner Habgier der verkehrte Entschluß. Deshalb verteilt er sein Heer rings um Cirta und bemüht sich unter Aufbietung aller Kräfte, die Stadt zu stürmen, vor allem in der Hoffnung, die Schar der Feinde zersplittere sich und er werde mit Gewalt oder List eine Gelegenheit zum Sieg finden. Als er kaum Fortschritte macht und ihm sein Vorhaben nicht gelingt – nämlich vor der Zusammenkunft mit den Gesandten Adherbal in seine Gewalt zu bekommen –, begibt er sich mit wenigen Reitern in die römische Provinz; er wollte Scaurus, den er am meisten fürchtete, nicht durch zu langes Säumen erzürnen. Und wenn auch im Namen des Senats schwere Drohungen geäußert wurden, da er von der Belagerung nicht ablassen wolle, kehrten doch nach vielem Reden die Gesandten unverrichteter Dinge zurück.

26. Als man dies in Cirta vernommen hatte, raten die Italiker, deren Tapferkeit die Verteidigung der Mauern gewährleistete und die darauf vertrauten, daß sie nach der Kapitulation aus Achtung vor der Größe des römischen Volks unversehrt bleiben würden, dem Adherbal, daß er sich und die Stadt Iugurtha übergebe; nur sein Leben möge er sich von ihm ausbedingen; um das übrige werde sich der Senat kümmern. Aber obschon jener alles für vertrauenswürdiger ansah als Iugurthas Wort, führt er dennoch nach dem Vorschlag der Italiker die Kapitulation durch; denn eben diese hatten ja die Möglichkeit, ihn zu zwingen, falls er sich ihnen entgegenstellen sollte. Iugurtha tötet zuerst Adherbal unter grausamen Martern, darauf bringt er ohne Unterschied alle erwachsenen Numider und römischen Händler um, soweit sie ihm bewaffnet in den Weg getreten waren.

27. Als man dies in Rom erfuhr und die Sache im Senat zur Verhandlung kam, versuchten jene selben Helfershelfer des Kö-

nigs durch Einsprachen, oft durch Beeinflussung, bisweilen durch persönliche Verunglimpfung Zeit zu gewinnen und die Gräßlichkeit der Tat zu mildern; und wenn nicht der fürs nächste Jahr gewählte Volkstribun Gaius Memmius, ein energischer Mann und der Macht des Adels feind, dem römischen Volk klargemacht hätte, daß ein paar wenige parteigebundene Leute alles daran setzten, Iugurthas Verbrechen ungestraft durchgehen zu lassen, wäre gewiß die ganze Empörung durch Hinausziehen der Beratungen in sich zusammengefallen: so stark war der Einfluß und das Geld des Königs. Aber weil der Senat im Bewußtsein eines Fehlers das Volk fürchtet, werden auf Grund des Sempronischen Gesetzes für die künftigen Konsuln Numidien und Italien als Provinzen beschlossen; die gewählten Konsuln sind Publius Scipio Nasica und Lucius Bestia Calpurnius; Calpurnius fällt Numidien zu, Scipio Italien; darauf wird das Heer, das nach Afrika gebracht werden soll, ausgehoben; über den Sold und alles andere, was für den Krieg nötig ist, wird Beschluß gefaßt.

28. Aber als Iugurtha Kunde von diesem seiner Erwartung nicht entsprechenden Entscheid erhält – hatte sich doch in seinem Geist festgesetzt, daß in Rom alles zu kaufen sei –, schickt er seinen Sohn und mit ihm zwei Vertraute als Gesandte zum Senat und weist sie an – wie diejenigen, welche er nach der Ermordung Hiempsals geschickt hatte –, es bei allen Leuten mit Geld zu versuchen. Nachdem diese in die Nähe Roms gekommen waren, wurde der Senat von Bestia angefragt, ob es erwünscht sei, Iugurthas Gesandte in den Mauern der Stadt zu empfangen; und sie beschlossen: wenn sie nicht gekommen seien, um ihr Reich und ihren König zu übergeben, müßten sie innerhalb der nächsten zehn Tage Italien verlassen. Der Konsul befiehlt, diesen Senatsbeschluß den Numidern zu melden: so kehren jene unverrichteter Dinge nach Hause zurück.

Inzwischen rüstet Calpurnius das Heer aus und wählt als Offiziere parteigebundene Adlige, durch deren Ansehen, wie er hoffte, das, was er falsch machen könnte, gedeckt würde. Unter ihnen war Scaurus, von dessen Wesen und Verhalten wir oben berichtet haben. Denn die vielen guten geistigen und körperlichen Eigenschaften unseres Konsuls hinderte die Habsucht alle an der Entfaltung: er war ausdauernd in Strapazen, von scharfem Verstand, vorsichtig genug, im Krieg nicht ungeübt, sehr fest gegen Gefahren und Intrigen. Aber die Legionen wurden durch Italien nach Regium und von dort nach Sizilien, darauf von Sizilien nach Afrika gebracht. So hatte denn Calpurnius den Nachschub geregelt und drang anfänglich entschlossen in Numidien ein, nahm viele Menschen ge-
29. fangen und eroberte einige Städte. Aber sowie Iugurtha durch Gesandte ihm Geld zu versprechen und die Schwierigkeit des Kriegs, den er führen sollte, zu zeigen begann, ist der an Habsucht Kranke leicht umgestimmt worden; übrigens nimmt der Konsul sich Scaurus zum Bundesgenossen und Helfershelfer bei allen Plänen – Scaurus hatte, obschon die meisten aus seiner Partei bestochen waren, zu Beginn den König aufs schärfste bekämpft, doch wurde auch er durch die Höhe der Geldsumme vom guten und ehrenhaften auf den verkehrten Weg gelockt. Iugurtha versuchte allerdings, zunächst nur eine Verzögerung des Kriegs zu erkaufen, in der Meinung, er könne unterdessen in Rom mit Geld oder Einfluß etwas erreichen. Als er freilich vernahm, Scaurus mache bei der Sache mit, schöpfte er größte Hoffnung, daß man Frieden mit ihm schließen werde, und nahm sich vor, mit ihnen über alle Einzelheiten des Vertrags persönlich zu verhandeln. Unterdessen wird aber vom Konsul als Vertrauensbeweis der Quästor Sextius nach Vaga, einer Stadt Iugurthas, geschickt; zum Vorwand diente die Übernahme des Getreides, das Calpurnius öffentlich von den Gesandten verlangt hatte, da durch die Verzögerung

der Unterwerfung Waffenruhe herrschte. So kommt denn der König, wie er sich vorgenommen, ins Lager, spricht vor dem Kriegsrat kurz über die Empörung wegen seiner Tat und daß man seine Unterwerfung annehmen solle; den Rest macht er mit Bestia und Scaurus im geheimen ab. Darauf wird am nächsten Tag, ohne jede Ordnung bei der Abstimmung, die Unterwerfung angenommen. Wie aber vor dem Kriegsrat befohlen, werden dem Quästor dreißig Elefanten, Vieh und viele Pferde sowie ein bescheidenes Gewicht Silber abgeliefert. Calpurnius reist nach Rom, um die Wahlen der Beamten zu leiten; in Numidien und für unser Heer herrschte Frieden.

30. Als sich die Kunde von den Ereignissen in Afrika und wie sie sich abgespielt hatten, verbreitete, wurde in Rom allerorten und in allen Kreisen über das Verhalten des Konsuls gesprochen. Beim Volk regte sich große Empörung, die Senatoren waren beunruhigt: ob sie eine solche Schandtat billigen oder den Entscheid des Konsuls umstoßen sollten, war ihnen nicht klar. Und am meisten hielt sie die Macht des Scaurus, der als Anstifter und Bundesgenosse Bestias galt, vom guten und richtigen Weg ab. Aber Gaius Memmius, über dessen freimütige Gesinnung und Haß auf die Macht des Adels wir oben gesprochen haben, rief, während der Senat zweifelte und zögerte, in Versammlungen das Volk zur Rache auf, warnte es, das Wohl des Staates, die Freiheit aus dem Auge zu verlieren, zeigte ihm viele Beispiele anmaßender und grausamer Taten des Adels, kurz, versuchte unermüdlich, auf alle Art das Volk aufzureizen.

Aber da zu dieser Zeit in Rom des Memmius Beredsamkeit angesehen und einflußreich war, hielt ich es für passend, eine von seinen so zahlreichen Reden niederzuschreiben, und am liebsten möchte ich berichten, was er nach Bestias Rückkehr in der Versammlung mit Worten folgender Art darlegte:

31. «Vieles spricht dagegen, Bürger, daß ich hier vor euch rede: die Stärke der (Adels-) Partei, eure Gleichgültigkeit, die

Rechtlosigkeit und vor allem, daß Redlichkeit eher Gefahr als Ehre bringt – überwände nicht die Vaterlandsliebe alle Bedenken. Denn es ist doch betrüblich, zu berichten, wie ihr in den letzten fünfzehn Jahren das Gespött einer kleinen, anmaßenden Gruppe gewesen seid, wie eure Verteidiger schimpflich und ungerächt zugrunde gegangen sind, wie sehr ihr infolge Trägheit und Sorglosigkeit euch habt verderben lassen, die ihr euch nicht einmal jetzt gegen Gegner, denen die Hände gebunden sind, erhebt und auch jetzt noch Angst habt vor denen, welchen ihr Schreck einflößen solltet. Aber obschon das so ist, fühle ich mich doch gezwungen, der Macht jener Partei entgegenzutreten. Ich jedenfalls will die Freiheit, die mir von meinem Vater anvertraut worden ist, ausnutzen; ob ich das allerdings vergeblich oder mit Erfolg tun werde, liegt in eurer Hand, Bürger.

Doch ich muntere euch nicht auf, daß ihr, wie es eure Vorfahren oft taten, gegen Unrecht mit Waffen vorgeht: es braucht keine Gewalt, keinen Auszug; notwendig stürzen sie selbst durch ihr eigenes Verhalten. Nach der Ermordung des Tiberius Gracchus, von dem sie behaupteten, er trachte nach der Königsherrschaft, wurden gerichtliche Untersuchungen gegen das römische Volk angestrengt; nach der Tötung des Gaius Gracchus und Marcus Fulvius wurden ebenfalls viele Angehörige eures Standes im Kerker umgebracht; in beiden Fällen machte nicht das Gesetz, sondern ihre Laune dem Blutvergießen ein Ende. Aber wenn einer dem Volk das, was ihm gehört, zurückgibt, so mag man das ‹Trachten nach Königsherrschaft› nennen; was immer ohne Bürgerblut nicht gesühnt werden kann, soll zu Recht geschehen sein. In den letzten Jahren habt ihr euch still entrüstet, daß der Staatsschatz geplündert werde, daß Könige und freie Völker ein paar wenigen Adligen Tribut zahlen, daß dieselben Leute sowohl höchsten Ruhm als auch größten Reichtum besäßen. Trotzdem hielten sie es noch für zu wenig, solche Taten ungestraft begangen zu haben; und so wurden schließlich die Gesetze, eure Würde, alles Göttliche und Menschliche euren Feinden ausgeliefert. Und diejenigen, die solches taten, schämen sich nicht oder bereuen es, sondern stolzieren vor euren Augen großartig einher, zeigen ihre Priesterämter und Konsulate vor, teils auch ihre Triumphe, wie wenn sie diese als Ehre, nicht als Beute besäßen. Für Geld gekaufte Sklaven ertragen eine ungerechte Herrschaft ihrer Besitzer nicht: ihr, Bürger, zur Herrschaft geboren, erduldet mit Gleichmut die Sklaverei?

Aber wer sind die, welche das Staatswesen in Beschlag genommen haben? Höchst verbrecherische Menschen, mit blutigen Händen, von unersättlicher Habgier, höchst schuldig und zugleich höchst anmaßend, die mit Treue, Anstand, Pflichtgefühl, kurz, allem Ehrenhaften und Unehrenhaften Geschäfte machen. Ihre Sicherheit bauen sie teils darauf auf, daß sie Volkstribunen umgebracht haben, andere, daß sie ungerechtfertigte Untersuchungen angestrengt, die meisten, daß sie Leute aus euren Reihen ermordet haben. Je schlechter also jemand gehandelt hat, desto mehr Schutz genießt er; die Furcht haben diese Verbrecher euch Feiglingen aufgeladen, sie, die alle dasselbe wünschen, dasselbe hassen, dasselbe fürchten und deshalb in eins zusammengeschweißt sind. Das nennt man aber, handelt es sich um gute Menschen, Freundschaft, um böse, Parteiwesen. Wäret ihr so besorgt um die Freiheit, wie jene entschlossen nach Herrschaft streben, würde wahrlich der Staat nicht, wie jetzt, veröden, und die Ämter, die sie ja euch verdanken, kämen in die Hände der Besten, nicht der Rücksichtslosesten. Eure Vorfahren haben, um sich Recht zu verschaffen und ihre Würde zu wahren, zweimal anläßlich eines Auszugs bewaffnet den Aventin besetzt: werdet ihr euch für die Freiheit, die ihr von jenen ererbt, nicht mit letzter Kraft einsetzen? Und dies um so nachdrücklicher, je schändlicher es ist, von andern Geschaffenes zu verlieren, als sich es überhaupt nicht verschafft zu haben.

Da wird einer sagen: Welches ist also deine Meinung? – Man müsse jene, die den Staat an den Feind verraten haben, bestrafen, jedoch nicht mit roher Kraft oder Gewalt, was eher für euch zu tun als für jene zu erleiden unwürdig wäre, sondern auf Grund von Untersuchungen und der Aussage Iugurthas selber. Wenn er sich ergibt, wird er doch bestimmt euren Befehlen gehorsam sein; wenn er diese mißachtet, werdet ihr allerdings wissen, wieviel jener Friede oder jene Übergabe wert sind, bei der für Iugurtha Straflosigkeit für seine Verbrechen, für ein paar Mächtige größter Reichtum, für den Staat Schaden und Schande herausschauten – außer ihr habt vielleicht immer noch nicht genug von ihrer Herrschaft und es gefallen euch jene früheren Zeiten besser, da Königreiche, Provinzen, Gesetzgebung, Rechtsprechung, Gerichtswesen, Krieg und Frieden, schließlich alles Göttliche und Menschliche in den Händen von ein paar wenigen lag, ihr aber, das heißt das römische Volk, vom Feind unbesiegt, Herr über alle Welt, euch damit zufriedengabt, das nackte Leben zu bewahren; denn wer von euch wagte es, die Sklaverei abzuschütteln?

Und obschon es für einen Mann, so glaube ich, das schändlichste ist, ungerächt Unrecht zu erleiden, nähme ich es dennoch mit Gleichmut hin, daß ihr diesen höchst verbrecherischen Menschen verzeiht, da es ja Mitbürger sind, führte nicht Erbarmen zum Verderben. Denn jene – so groß ist ihre Unverschämtheit – geben sich nicht damit zufrieden, ungestraft Übeltaten begangen zu haben, wenn ihnen nicht die Möglichkeit, sie zu verüben, endgültig genommen wird; und ihr werdet in ständiger Sorge leben, wenn ihr einseht, daß ihr entweder Sklaven sein oder mit Gewalt die Freiheit behaupten müßt. Denn welche Hoffnung besteht auf Vertrauen oder Eintracht? Jene wollen herrschen – ihr frei sein, jene Unrecht tun –

ihr hindern; schließlich gehen sie mit unseren Bundesgenossen wie mit Feinden, mit den Feinden wie mit Bundesgenossen um. Kann bei so verschiedener Einstellung Frieden oder Freundschaft bestehen?

Deshalb ermahne und ermuntere ich euch, ein solches Verbrechen nicht ungestraft hingehen zu lassen. Keine Veruntreuung öffentlicher Gelder wurde begangen noch mit Gewalt Bundesgenossen Geld entwendet, was, obschon schwerwiegend, doch so gewöhnlich ist, daß es schon nicht mehr zählt: dem schlimmsten Feind wurde das Ansehen des Senats preisgegeben, eure Herrschaft wurde preisgegeben; im Frieden und im Krieg war der Staat käuflich. Wenn das nicht untersucht wird, wenn die Schuldigen nicht gemaßregelt werden, was wird dann noch bleiben, als daß wir denen, welche das taten, ein Leben lang Gehorsam leisten? Denn ungestraft tun was man will, das heißt König sein. Aber ich ermuntere euch nicht, Bürger, lieber in euren Mitbürgern Schuldige als Unschuldige sehen zu wollen, sondern daß ihr nicht durch Verzeihung gegenüber Schlechten die Guten zugrunde richtet. Zudem ist es in einem Staat viel besser, eine Wohltat als eine Übeltat zu vergessen: der Gute wird nur nachlässiger, wenn man ihn nicht achtet, aber der Schlechte frecher. Zudem, wo kein Unrecht ist, braucht man kaum noch Hilfe.»

32. Durch diese und zahlreiche andere derartige Reden setzt es Memmius beim Volk durch, daß Lucius Cassius, der damals Prätor war, zu Iugurtha geschickt wurde, um diesen unter öffentlicher Zusicherung freien Geleits nach Rom zu bringen, damit durch die Aussage des Königs die Vergehen des Scaurus und der übrigen, die er wegen Bestechung vor Gericht rufen wollte, offenbar würden.

Während dies in Rom geschah, begingen die von Bestia in Numidien zurückgelassenen Heerführer nach dem Beispiel ihres Feldherrn sehr viele und sehr schimpfliche Taten. Es gab solche, die für Gold die Elefanten an Iugurtha zurückgaben, andere verkauften ihm die Überläufer, teils plünderten sie auch in befriedetem Gebiet: mit solcher Gewalt hatte Habgier wie eine Seuche sie befallen. Aber nachdem Gaius Memmius seinen Antrag durchgebracht hatte, war der ganze Adel sehr bestürzt; der Prätor Cassius reist zu Iugurtha und überredet ihn, der ängstlich war und aus schlechtem Gewissen seiner Lage nicht traute, er solle, da er sich dem römischen Volk ja übergeben habe, nicht die Gewalt, sondern das Erbarmen desselben erproben. Persönlich gibt er ihm außerdem sein Ehrenwort, das jener für nicht geringer als die öffentliche Zusicherung hielt: so gut war zu dieser Zeit des Cassius Ruf.

33. Also kam Iugurtha ohne jedes königliche Abzeichen in möglichst erbärmlichem Aufzug mit Cassius nach Rom. Und wenn er auch selbst sehr zuversichtlich war, gewinnt er sich doch, von all denjenigen ermuntert, dank deren Einfluß oder Verbrechen er alles oben Geschilderte hatte ausführen lassen, den Volkstribunen Gaius Baebius mit einer großen Summe, damit er durch dessen Skrupellosigkeit gegen jede Gewalt, gesetzliche und ungesetzliche, geschützt sei. Aber Gaius Memmius berief eine Volksversammlung ein; obschon das Volk dem König feind war und teils befahl, man solle ihn in Haft nehmen, teils, man solle an ihm als Staatsfeind – außer er nenne die Mitschuldigen an seinem Verbrechen – nach Vätersitte das Todesurteil vollziehen, versuchte er doch, indem er würdiges Verhalten über Zornesregungen stellte, den Aufruhr zu dämpfen und die Gemüter zu beschwichtigen; schließlich bestätigte er, daß, was ihn angehe, die öffentliche Zusicherung unverletzt bleiben werde. Als darauf Ruhe eintrat, läßt er Iugurtha vorführen, ergreift das Wort, zählt seine Schandtaten in Rom und Numidien auf, legt seine Verbrechen gegen Vater und Brüder dar; obschon das römische Volk wisse, mit wessen Unterstützung und mit welchen Helfershelfern er dies ge-

macht habe, wolle es doch lieber von jenem selber eindeutige Beweise haben. Wenn er die Wahrheit offenbare, bestehe für ihn große Hoffnung auf Vertrauen und Nachsicht des römischen Volks, wenn er aber schweige, werde dies für die Mitschuldigen nicht Rettung bedeuten, sich und seine Hoffnun-
34. gen werde er aber zugrunde richten. Als Memmius seine Rede beendet hatte und darauf Iugurtha antworten sollte, heißt der Volkstribun Gaius Baebius, welcher, wie oben berichtet, bestochen worden war, den König schweigen, und wenn auch die Menge, die an der Volksversammlung teilnahm, aufs äußerste erregt, ihn mit Geschrei, drohender Miene, mehrfach mit tätlichem Angriff und allem, was sonst im Zorn zu geschehen pflegt, einzuschüchtern suchte, siegte doch die Skrupellosigkeit. So verläßt das Volk, zum besten gehalten, die Versammlung; Iugurtha und Bestia und die übrigen, die jene Untersuchung sehr beunruhigte, schöpfen neuen Mut.

35. Es lebte zu dieser Zeit in Rom ein gewisser Numider, der Massiva hieß, ein Sohn Gulussas und Enkel Masinissas, der, weil er im Streit der Könige Gegner Iugurthas gewesen war, nach der Kapitulation Cirtas und Adherbals Ermordung als Flüchtling sein Vaterland verlassen hatte. Diesen überredet Spurius Albinus, der im nächsten Jahr nach Bestia, zusammen mit Quintus Minucius Rufus, das Konsulat bekleiden sollte, er möge als Nachkomme Masinissas, und da Iugurtha seiner Verbrechen wegen gehaßt und gefürchtet werde, die Königsherrschaft über Numidien vom Senat erbitten. Der kriegslustige Konsul wollte lieber, daß alles in Bewegung bleibe als einschlafe. Ihm selbst war nämlich die Provinz Numidien, Minucius Mazedonien zugefallen. Als Massiva diesen Plan zu verfolgen beginnt und Iugurtha bei seinen Freunden nicht genügend Untersützung findet, weil den einen das schlechte Gewissen, den andern der üble Ruf und die Angst zurückhielten, befiehlt er Bomilkar, seinem nächsten und treusten

Freund, mit Geld – so hatte er ja schon viel ausgerichtet – Mörder für Massiva zu dingen und den Numider am liebsten heimlich, und wenn das nicht gehe, auf irgendeine Art umzubringen. Bomilkar führt rasch des Königs Aufträge aus und läßt jenen durch Leute, die in solchen Geschäften geübt waren, auf Schritt und Tritt, kurz, allerorts und jederzeit beobachten. Wo es am günstigsten war, legt er dann einen Hinterhalt. Einer von denen, die für den Mord gedungen waren, fällt also Massiva an, aber ein wenig zu unvorsichtig; er tötet ihn, wird freilich selbst ergriffen und legt, von vielen dazu ermuntert, vor allem vom Konsul Albinus, ein Geständnis ab. Bomilkar wird angeklagt, mehr nach Recht und Billigkeit als nach Völkerrecht, da er zum Gefolge eines Mannes gehörte, der unter öffentlicher Zusicherung (freien Geleits) nach Rom gekommen war. Aber obschon Iugurtha klar eines so schweren Verbrechens überführt war, hörte er nicht vorher auf, sich gegen die Wahrheit zu stemmen, als bis er merkte, daß sein Einfluß und sein Geld gegen die Empörung über die Tat machtlos seien. Obgleich er bei der ersten Verhandlung fünfzig seiner Freunde als Bürgen gestellt hatte, denkt er mehr an sein Königreich als an die Bürgen und schickt Bomilkar heimlich nach Numidien, in der Befürchtung, der Rest seiner Landsleute bekomme Angst, ihm zu gehorchen, wenn jener hingerichtet werde. Und er selbst reiste nach wenigen Tagen ebenfalls nach Afrika ab, vom Senat zum Verlassen Italiens aufgefordert. Aber nachdem er Rom hinter sich gelassen hatte, soll er oft schweigend dorthin zurückgeblickt und schließlich gesagt haben: «Diese käufliche Stadt! Sie wird zugrunde gehen, sobald sie einen Käufer findet.»

36. Da der Krieg unterdessen wieder aufgenommen wurde, beeilt sich Albinus, Nachschub, Sold und anderes, was für die Soldaten nötig sein könnte, nach Afrika zu bringen; und sogleich reiste er selber ab, um vor den Konsulwahlen, die nicht

mehr fern waren, durch Waffengewalt oder Übergabe oder auf irgendeine Art den Krieg zu beenden. Aber Iugurtha zog dagegen alles hinaus und fand bald diese, bald jene Gründe für eine Verzögerung, versprach die Übergabe und heuchelte darauf Angst, zog sich vor dem Angreifenden zurück und griff wenig später selbst an, damit seine Leute nicht den Mut verlören; so narrte er durch Verzögerung bald der Kriegsführung, bald des Friedensschlusses den Konsul. Und es gab Leute, die meinten, Albinus sei damals nicht uneingeweiht in des Königs Plan gewesen, und nicht glaubten, daß nach solcher Eile ein Hinausziehen des Kriegs eher von Nachlässigkeit als böser Absicht herrühren sollte. Aber als die Zeit verging und der Tag der Konsulwahlen nahte, ließ Albinus seinen Bruder Aulus als Stellvertreter im Lager und ging nach Rom.

37. Zu dieser Zeit wurde in Rom das politische Leben durch Streitigkeiten der Volkstribunen schwer in Mitleidenschaft gezogen. Die Tribunen Publius Lucullus und Lucius Annius bemühten sich, gegen den Widerstand ihrer Kollegen ihre Amtsdauer zu verlängern, ein Zwist, der die Wahlgeschäfte des ganzen Jahres hinderte. Durch diese Verzögerung regte sich in Aulus, von dem wir oben berichteten, daß er als Stellvertreter im Lager gelassen worden war, die Hoffnung, entweder den Krieg beenden oder vom König, indem er ihn mit dem Heer einschüchterte, Geld bekommen zu können; deshalb befiehlt er im Monat Januar die Soldaten aus dem Winterlager auf einen Kriegszug und gelangt in Gewaltmärschen zu rauher Winterszeit vor Suthul, wo die Schätze des Königs lagen. Obschon er diese Stadt der Unbill der Witterung und der Schwierigkeit des Geländes wegen weder stürmen noch belagern konnte – denn rings um die Mauer, die am Rand eines steilabfallenden Bergs lag, war die feuchte Ebene durch Winterregen zu Sumpf geworden –, begann er doch, Schutzdächer vorzutreiben, einen Damm aufzuwerfen und sich ande-

rem zu widmen, was für das Unternehmen von Nutzen sein könnte, entweder zum Schein, um dem König einen Schrecken einzujagen, oder in blinder Gier, um sich der Schätze in der Stadt zu bemächtigen.

38. Aber Iugurtha, der die Eitelkeit und Unerfahrenheit des Feldherrn kannte, bestärkte ihn hinterlistig in seiner Verrücktheit: er schickte immer wieder Gesandte, die um Gnade flehen mußten, während er selbst, wie um einem Kampf auszuweichen, das Heer durch bergige Gegenden und über Seitenwege führte. Endlich brachte er Aulus durch die Hoffnung auf einen Vertrag dazu, Suthul aufzugeben und ihm, als befinde er sich auf dem Rückzug, in abgelegene Gebiete zu folgen: so würden die Vergehen eher verborgen bleiben. Unterdessen bearbeitete er durch gewandte Leute Tag und Nacht das Heer, bestach Hauptleute und Schwadronskommandanten, daß sie teils überliefen, andere, daß sie auf ein gegebenes Zeichen ihre Stellung räumten. Nachdem er all dies wunschgemäß vorbereitet hatte, umzingelte er unversehens mitten in der Nacht das Lager des Aulus mit einer großen Zahl Numider. Verwirrt durch den ungewöhnlichen Lärm, bewaffneten sich die römischen Soldaten teils, teils versteckten sie sich, andere sprachen den Erschreckten Mut zu; Panik herrschte überall: die Überlegenheit der Feinde war groß, der Himmel von Nacht und Wolken verdüstert, Gefahr auf allen Seiten; kurz, ob fliehen oder bleiben sicherer sei, wußte niemand. Aber von den Bestochenen, über welche wir eben berichtet haben, lief eine Kohorte Ligurer mit zwei Schwadronen Thrakern und ein paar wenigen Legionären zum König über, und ein Hauptmann, Primipilar der dritten Legion, ließ in dem Abschnitt der Befestigung, der ihm zur Verteidigung anvertraut war, die Feinde durch eine Lücke dringen; dort strömten alle Numider ein. Unsere Leute besetzten nach schmählicher Flucht – die meisten hatten ihre Waffen weggeworfen – den

nächsten Hügel. Nacht und Plünderung im Lager hielten die Feinde ab, ihren Sieg auszunützen. Darauf erklärt Iugurtha am nächsten Tag bei einer Zusammenkunft mit Aulus: wenn er ihn auch persönlich samt seinem Heer durch Hunger und Schwert in der Gewalt habe, werde er doch, eingedenk menschlichen Schicksals, falls er einen Vertrag mit ihm schließe, allen das Leben schenken; sie müßten aber unter dem Joch durch und dazu innerhalb zehn Tagen Numidien verlassen. Obschon diese Bedingungen hart und schmachvoll waren, wurde der Friede doch, wie es dem König beliebt hatte, geschlossen, weil sie so ihr Leben einhandelten.

39. Aber als man dies in Rom erfuhr, befielen Angst und Trauer die Bürgerschaft. Ein Teil war bekümmert um den Ruhm des Reichs, ein Teil, kriegerischer Wechselfälle ungewohnt, fürchtete für die Unabhängigkeit; Aulus waren alle feind – besonders die, welche sich oft im Krieg ausgezeichnet hatten –, weil er, im Besitz seiner Waffen, lieber in Unehre als im Widerstand sein Heil gesucht hatte. Der Konsul Albinus fürchtete die Empörung über das Vergehen seines Bruders und schließlich die Gefahr eines Prozesses und legte deshalb dem Senat den Vertrag vor, hob aber unterdessen doch Verstärkung für das Heer aus, rief von Bundesgenossen und Latinern Hilfstruppen herbei, kurz, bemühte sich auf alle Art. Der Senat erklärt, wie es angemessen war, daß ohne seinen und des Volks Befehl kein Vertrag habe geschlossen werden können. Der Konsul, von den Volkstribunen gehindert, die Truppen, die er ausgerüstet hatte, mit sich zu nehmen, bricht wenige Tage später nach Afrika auf; denn das ganze Heer war, wie abgemacht, aus Numidien gezogen worden und überwinterte in der Provinz. Dort angekommen, brannte er darauf, Iugurtha zu verfolgen und die Empörung gegen seinen Bruder zu beschwichtigen; doch als er merkte, wie die Soldaten, abgesehen von der Flucht, bei mangelnder Disziplin in Frechheit und

Zügellosigkeit verkommen waren, beschloß er, nach Stand der Dinge nichts zu tun.

40. Unterdessen bringt in Rom der Volkstribun Gaius Mamilius Limetanus einen Antrag vors Volk, daß gegen diejenigen eine Untersuchung geführt werden solle, auf deren Rat Iugurtha die Senatsbeschlüsse mißachtet habe, auch gegen die, welche als Gesandte oder Befehlshaber von ihm Geld bekommen, welche die Elefanten und welche die Überläufer ausgeliefert, ebenso gegen die, welche über Frieden oder Krieg mit den Feinden Verträge geschlossen hätten. Diesem Antrag legten teils diejenigen Hindernisse in den Weg, welche sich schuldig fühlten, andere, weil sie infolge des Parteihasses Prozesse fürchteten – doch ließen sie dies heimlich durch Freunde und vor allem durch Latiner und italische Bundesgenossen machen, da sie sich ja nicht offen widersetzen konnten, ohne zuzugeben, dies und anderes Ähnliches finde ihren Beifall. Aber es ist unglaublich, zu berichten, wie entschlossen das Volk gewesen ist und mit welcher Begeisterung es den Antrag angenommen hat, mehr aus Haß auf den Adel, gegen den sich ja das ganze Verfahren richtete, als aus Sorge um den Staat: so groß war die Leidenschaft der Parteien. Während die übrigen von Furcht gelähmt waren, hatte es Marcus Scaurus – er war, wie oben gesagt, Offizier bei Bestia gewesen – doch fertiggebracht, mitten im Jubel des Volkes und des Adels Niedergeschlagenheit, als die Bürgerschaft immer noch unruhig war und nach des Mamilius Antrag drei Untersuchungsrichter bestimmt wurden, selbst dazu gewählt zu werden. Aber die Untersuchung wurde hart und schonungslos, auf Gerüchte hin und nach Laune des Volks, geführt: wie schon oft der Adel, so nutzte zu dieser Zeit das Volk seinen Sieg maßlos aus.

41. Übrigens sind Partei- und Klüngelwesen und dann alle damit verbundenen üblen Erscheinungen erst vor wenigen Jahren in Rom aufgekommen, im Frieden und infolge Überflusses

an den Dingen, welche die Menschen für die wichtigsten halten. Denn vor der Zerstörung Karthagos trieben Volk und römischer Senat friedlich und maßvoll miteinander Politik, und es gab keinen Streit um Geltung und Herrschaft unter den Bürgern: aus Angst vor dem Feind bewahrte die Bürgerschaft ihre guten Eigenschaften. Aber als dies Schreckgespenst sich verflüchtigt hatte, da drang freilich die übliche Begleitung des Glücks, Zügellosigkeit und Hochmut, ein. So war der im Unglück ersehnte Frieden, nachdem sie ihn bekommen, härter und bitterer. Es begann nämlich der Adel seine Würde, das Volk seine Freiheit beliebig zu mißbrauchen; jeder nahm, zog, riß an sich. So wurde alles in zwei Parteien gespalten, der Staat, der Gemeingut gewesen, zerstückelt. Aber der Adel war stärker mit seinem geschlossenen Klüngel, des Volkes Einfluß, auf eine große Menge verteilt und zersplittert, vermochte weniger. Nach Gutdünken weniger Leute wurde in Krieg und Frieden alles geregelt, bei denselben waren Staatsschatz, Provinzen, Ämter, Ruhmestitel und Triumphe; das Volk wurde durch Kriegsdienst und Armut bedrängt. Kriegsbeute teilten die Feldherrn mit wenigen; unterdessen wurden Eltern oder kleine Kinder der Soldaten, wenn sie Nachbarn eines Mächtigeren waren, von ihren Wohnsitzen vertrieben. So griff mit der Macht Habgier ohne jedes Maß um sich, beschmutzte und zerstörte alles, nahm auf nichts Rücksicht und hielt nichts heilig, bis sie sich selbst zu Fall brachte. Denn sowie sich Leute aus dem Adel fanden, welche wahren Ruhm ungerechter Macht vorzogen, begann die Bürgerschaft in Bewegung zu geraten und wie bei einem Erdbeben Risse zu zeigen.

42. Denn nachdem Tiberius und Gaius Gracchus, deren Vorfahren im Punischen und in andern Kriegen viel für den Staat geleistet hatten, dem Volk die Freiheit zu schenken und die Verbrechen einiger weniger aufzudecken begannen, war der

Adel, schuldbewußt und deshalb beunruhigt, den Unternehmungen der Gracchen entgegengetreten: bald durch Bundesgenossen und Latiner, bisweilen durch römische Ritter, welche die Hoffnung auf ein Bündnis (mit dem Adel) vom Volk getrennt hatte; und zuerst hatten sie den Tiberius, dann wenige Jahre später den denselben Weg einschlagenden Gaius – den einen als Volkstribunen, als Mitglied des Dreierkollegiums für Koloniegründung den andern – zusammen mit Marcus Fulvius Flaccus ermordet. Allerdings zeigten die Gracchen in ihrem Verlangen zu siegen nicht genug Mäßigung. Doch für einen Guten ist es besser, besiegt zu werden, als auf schlechte Art Unrecht zu besiegen. Nach diesem Sieg hat der Adel freilich nach Gutdünken viele Menschen getötet oder in die Verbannung geschickt und sich für die Zukunft mehr Furcht als Macht verschafft. Dies hat schon sehr oft große Staaten ins Verderben gestürzt, wenn die eine Partei die andre auf jede Art besiegen und sich an den Besiegten zu bitter rächen will. Würde ich mich aber anschicken, über das Parteistreben und die Sitten der ganzen Bürgerschaft im einzelnen oder ihrer Bedeutung nach zu sprechen, wird es mir vorher an Zeit als an Stoff fehlen. Deshalb kehre ich zu meinem Gegenstand zurück.

43. Nach dem Vertrag des Aulus und der schnöden Flucht unseres Heeres hatten die für das nächste Jahr bestimmten Konsuln Metellus und Silanus die Provinzen unter sich aufgeteilt, und Metellus war Numidien zugefallen, einem tatkräftigen Mann und, obschon Gegner der Volkspartei, doch von beständigem und makellosem Ruf. Sowie er sein Amt angetreten hatte, überließ er alle anderen Geschäfte seinem Kollegen und wandte seine ganze Aufmerksamkeit dem Krieg zu, den er führen wollte. Da er dem alten Heer nicht traute, hob er Soldaten aus, rief von allen Seiten Mannschaften herbei, besorgte Waffen, Geschosse, Pferde und übriges Kriegsmaterial, dazu

reichlich Nachschub, kurz, alles, was in einem wechselvollen und viele Mittel erfordernden Krieg von Nutzen zu sein pflegt. Übrigens bemühten sich um die Durchführung dieser Pläne der Senat mit seiner Autorität, die Bundesgenossen, Latiner und Könige, indem sie freiwillig Hilfstruppen sandten, schließlich die ganze Bürgerschaft mit größtem Eifer. Und so bricht er, als alles wunschgemäß vorbereitet und geordnet war, nach Numidien auf, wobei die Bürger große Hoffnungen auf ihn setzten, einmal wegen seiner guten Eigenschaften und dann ganz besonders, da er sich Reichtum gegenüber unbestechlich zeigte; und gerade durch die Habgier der Beamten waren ja bis jetzt in Numidien unsere Mittel geschwächt und die der Feinde gemehrt worden.

44. Aber wie er nach Afrika kommt, wird ihm vom Prokonsul Spurius Albinus ein Heer übergeben, träge, unkriegerisch, weder Gefahr noch Anstrengung gewachsen, schneller mit der Zunge als der Hand, Ausbeuter der Bundesgenossen und selbst Beute der Feinde, ohne Disziplin und Gehorsam gehalten. So erwuchs dem neuen Befehlshaber mehr Sorge aus dem schlechten Zustand als Hilfe oder Zuversicht aus der Zahl der Soldaten. Obschon die Dauer des Sommerfeldzugs durch den Aufschub der Wahlen verkürzt war und Metellus wußte, daß die Bürger gespannt auf Ergebnisse warteten, entschied er dennoch, nicht früher den Krieg zu beginnen, als er mit altbewährter Zucht die Soldaten dazu gebracht habe, wieder Anstrengungen zu ertragen. Denn Albinus, durch die Niederlage seines Bruders Aulus und des Heeres beunruhigt, hatte sich entschlossen, die Provinz nicht zu verlassen; so hielt er, solange er den Sommerfeldzug befehligte, die Soldaten meist im Standlager, außer wenn Gestank oder Futtermangel zu einem Ortswechsel zwang; aber dieses wurde weder befestigt, noch wurden nach militärischem Brauch Wachen aufgezogen; wie es jedem beliebte, blieb er der Truppe fern; Marketender

und Soldaten durcheinander schweiften Tag und Nacht umher und begannen, auf ihren Zügen Felder zu verwüsten, in Häuser einzubrechen, um die Wette Beute an Vieh und Sklaven wegzutreiben und diese bei den Händlern gegen importierten Wein und anderes Ähnliches einzutauschen, außerdem das vom Staat erhaltene Getreide zu veräußern, ihr Brot Tag für Tag einzukaufen; was man schließlich sagen oder ausdenken kann an schändlicher Liederlichkeit und Ausschweifung, all dies und noch viel mehr war in diesem Heer an der Tagesordnung.

45. Aber wie ich erfahre, zeigte sich Metellus in dieser Schwierigkeit nicht weniger als in Begegnungen mit dem Feind als großer und weiser Mann, die richtige Mitte haltend zwischen Nachsicht und Härte. Denn in einer Verordnung soll er zuerst die Ursachen der Liederlichkeit beseitigt haben: niemand dürfe im Lager Brot oder gekochte Speisen verkaufen, kein Marketender dem Heer folgen, kein Gefreiter oder gewöhnlicher Soldat im Lager oder auf dem Marsch einen Sklaven oder ein Lasttier halten; den übrigen Auswüchsen habe er enge Grenzen gesetzt. Außerdem begann er, täglich nach Kreuz- und Quermärschen das Lager zu wechseln und, wie wenn Feinde da wären, es mit Wall und Graben zu befestigen, zahlreiche Wachen auszustellen und bei diesen persönlich mit seinen Offizieren die Runde zu machen; ebenso auf dem Marsch bald an der Spitze, zuhinterst bald, oft in der Mitte sich aufzuhalten, damit keiner aus der Reihe trete, damit sie vollzählig bei der Truppe blieben, der Soldat Verpflegung und Waffen selber trage. So stellte er mehr durch Verhindern von Vergehen als durch Bestrafung in kurzer Zeit im Heer wieder Ordnung her.

46. Als unterdessen Iugurtha von Boten erfuhr, was Metellus mache, und zugleich aus Rom über dessen Unbestechlichkeit Nachricht erhielt, zweifelte er am Erfolg und versuchte jetzt,

die Übergabe endlich ernsthaft anzubieten. Deshalb schickt er Gesandte mit allen Zeichen der Unterwerfung zum Konsul, die nur für ihn selbst und seine Kinder das Leben verlangen, alles andere dem römischen Volk anheimstellen sollten. Aber Metellus war schon vorher aus Erfahrung bekannt, daß das Volk der Numider treulos, von wankelmütigem Sinn, zu Aufruhr geneigt sei. Und so tritt er an die Gesandten einzeln heran, horcht sie aus und bringt sie, nachdem er sie als ihm gewogen erkannt hatte, mit der Zeit durch große Versprechungen dazu, ihm Iugurtha am liebsten lebend, und wenn dies nicht gehe, tot auszuliefern. In aller Öffentlichkeit heißt er sie im übrigen dem König melden, daß alles nach dessen Wille geschehen solle.

Wenige Tage später rückt er selbst mit kampfbereitem und drohendem Heer in Numidien ein, wo nichts auf einen Krieg hindeutete: die Hütten waren voller Menschen, Vieh und Bauern auf den Feldern. Aus Städten und Zelten zogen ihm Vertreter des Königs entgegen, bereit, Getreide zu liefern, Nachschub zu transportieren, kurz, alles zu tun, was befohlen werde. Doch Metellus rückte deshalb keineswegs weniger vorsichtig vor, sondern in gesichertem Zug, gleich als ob Feinde da wären, erkundete alles in weitem Umkreis, glaubte, daß diese Zeichen der Übergabe nur Trug seien und die Gegend für einen Überfall vorbereitet werde. Und so war er persönlich mit den leichtbewaffneten Kohorten, ebenso einer ausgewählten Schar von Schleuderern und Bogenschützen bei der Spitze, hinten sorgte der General Gaius Marius mit den Reitern für Ordnung, auf beiden Flanken hatte er den Tribunen der Legionen und den Präfekten der Kohorten Reiter der Hilfstruppen zusammen mit Leichtbewaffneten zugeteilt, damit sie die berittenen Haufen der Feinde, wo diese auch angriffen, in die Flucht schlügen. Denn Iugurtha besaß so viel List, so viel Orts- und militärische Kenntnis, daß es nicht sicher war, ob er abwesend oder anwesend, im Frieden oder Krieg, bedrohlicher sei.

47. Nicht weit vom Weg, den Metellus einschlug, lag eine Stadt der Numider mit Namen Vaga – meistbesuchter Umschlagsplatz für Verkaufsgüter des ganzen Königreichs –, wo viele Leute italischer Herkunft zu wohnen und Handel zu treiben pflegten. Dorthin legte der Konsul eine Besatzung, einmal um zu versuchen, ob sie dies zuließen, und dann auch wegen der Vorteile des Ortes. Außerdem befahl er, Getreide und andere für den Krieg nützliche Dinge herbeizuschaffen, in der unter diesen Umständen naheliegenden Meinung, die große Zahl der Händler werde durch Nachschub dem Heer nützen und den bereits vorhandenen Einrichtungen Schutz bieten. Während solche Maßnahmen getroffen wurden, schickte Iugurtha nur noch dringender und unterwürfiger Gesandte, bat um Frieden, stellte außer seinem und seiner Kinder Leben alles andere Metellus anheim. Auch diese Gesandten verlockte der Konsul, so wie die ersten, zum Verrat und entließ sie dann nach Hause; weder verweigerte er dem König den Frieden, den er forderte, noch versprach er ihn und wartete während dieser Verzögerungen auf das, was die Gesandten in Aussicht gestellt hatten.

48. Als Iugurtha des Metellus Worte mit seinen Taten verglich und merkte, daß er mit seinen eigenen Künsten bekämpft werde – denn mit Worten wurde ihm Friede verkündet, in Tat und Wahrheit befand er sich aber in einem sehr grausamen Krieg, eine wichtige Stadt war ihm genommen, das Land den Feinden bekannt, die Gesinnung seiner Leute auf die Probe gestellt –, beschloß er, von den Umständen gezwungen, zu den Waffen zu greifen. Deshalb erkundet er den Weg der Feinde und, infolge der Gunst des Geländes auf einen Sieg hoffend, stellt er Truppen aller Gattungen in möglichst großer Zahl bereit und überholt auf Schleichwegen unbemerkt das Heer des Metellus.

In der Gegend Numidiens, die Adherbal bei der Teilung in Besitz genommen hatte, war ein im Süden entspringender Fluß mit Namen Muthul, von dem eine in gleicher Richtung laufende Bergkette etwa zwanzig Meilen entfernt war, von Natur öd und ohne menschliche Bebauung. Aber aus deren Mitte etwa sprang ein Hügel vor, der sich unermeßlich ausdehnte, bedeckt mit wilden Ölbäumen, Myrten und anderen Baumarten, die auf trockenem und sandigem Boden gedeihen. Die Ebene aber in der Mitte war wegen des Wassermangels wüst, außer dem nahe beim Fluß gelegenen Gebiet; dieses war mit Gebüsch bewachsen und wurde häufig von Vieh und Landleuten aufgesucht.

49. Iugurtha setzte sich also auf jenem Hügel, der, wie wir gezeigt haben, quer zum Fluß lag, mit seinem Heer in lockerer Formation fest, machte Bomilkar zum Befehlshaber über die Elefanten und einen Teil der Fußtruppen und erklärt ihm, was er zu tun habe. Er selbst stellt sich mit der ganzen Reiterei und ausgewählter Infanterie näher beim Berg auf. Dann geht er zu den einzelnen Schwadronen und Zügen und mahnt und beschwört sie, sie sollten, eingedenk ihrer altbewährten Tapferkeit und ihres Sieges, ihn und sein Reich vor der Habsucht der Römer schützen: mit denselben Gegnern würden sie kämpfen, die sie früher besiegt und unters Joch geschickt hätten; diese hätten ihren Führer, nicht ihre Einstellung gewechselt; woran ein Feldherr denken müsse, das sei alles von ihm für seine Soldaten im voraus bedacht: die überhöhte Stellung; daß Wissende mit Ahnungslosen und nicht zahlenmäßig Unterlegene mit Überlegenen oder Unerfahrene mit Kampfgewohnten handgemein würden; kurz, sie sollten bereit und entschlossen sein, auf ein gegebenes Zeichen die Römer anzugreifen; der heutige Tag werde entweder alle Anstrengungen und Siege krönen oder der Beginn sehr großer Sorgen sein. Dazu begann er, die Männer einzeln – vor allem diejenigen,

welche er wegen einer Waffentat mit Geld oder Ehre ausgezeichnet hatte – an sein Wohlwollen zu erinnern und gerade sie den andern als Beispiel hinzustellen, schließlich, je nach Veranlagung eines jeden, sie durch Versprechen, Drohen, Beschwören auf alle Art anzuspornen – währenddem sieht man Metellus, der von den Feinden nichts wußte, mit seinem Heer vom Berg herabkommen.

Zuerst war er im Zweifel, was das ungewöhnliche Bild bedeuten solle – denn zwischen den Gebüschen standen die Numider mit ihren Pferden, wegen der niederen Bäume nicht ganz verborgen, und doch war nicht deutlich auszumachen, was es sei, da sie sich selbst und ihre Feldzeichen dank der Beschaffenheit des Geländes, aber vor allem auch durch List, den Blicken entzogen hatten; doch dann erkannte er rasch, daß man ihn überfallen wolle, und hielt den Zug kurz an. Dort änderte er die Aufstellung: auf der rechten Flanke, die dem Feind am nächsten war, verstärkte er die Schlachtordnung mit drei Reihen; zwischen die Züge verteilt er Schleuderer und Bogenschützen, schickt die ganze Reiterei auf die Flügel, ermuntert, soweit es die Zeit erlaubt, die Soldaten mit einigen Worten und führt das Heer, so wie er es geordnet hatte, nach einer Schwenkung in die Ebene hinab.

50. Aber als er merkte, daß die Numider ruhig blieben und nicht vom Hügel herabkamen, fürchtete er wegen der Jahreszeit und des Wassermangels, daß das Heer dem Durst erliege, und sandte den General Rutilius mit leichtbewaffneten Kohorten und einem Teil der Reiterei zum Fluß voraus, damit er sofort den Ort fürs Lager besetze, in der Meinung, daß die Feinde durch häufige Gefechte und Flankenangriffe seinen Marsch verzögern und, da sie einer offenen Feldschlacht aus dem Weg zu gehen suchten, die Soldaten durch Müdigkeit und Durst aufreiben wollten. Darauf rückte er langsam, der Lage und dem Gelände entsprechend, so wie er vom Berg her-

abgestiegen war, vor, ließ Marius hinter dem ersten Treffen marschieren, war selbst bei der Reiterei des linken Flügels, die auf dem Marsch zur Spitze geworden war.

Aber als Iugurtha sieht, daß des Metellus Nachhut an seiner Spitze vorbeigezogen ist, besetzt er den Berg in der Gegend, wo Metellus herabgestiegen war, mit etwa zweitausend Mann Fußvolk, um zu verhindern, daß die Gegner dort im Falle einer Flucht Möglichkeit zum Rückzug und später zur Verschanzung fänden; darauf gibt er plötzlich das Zeichen und greift die Feinde an. Teils hieben die Numider auf die Nachhut ein, andere versuchten es von links und rechts, stürmten erbittert an und drängten nach, verwirrten überall die Reihen der Römer. Auch die, welche entschlossener den Feinden entgegengetreten waren, wurden durch die ungeordnete Kampfweise genarrt und hatten, immer nur aus der Ferne verwundet, selbst keine Möglichkeit, den Feind zu treffen oder mit ihm handgemein zu werden; sobald eine Schwadron der Römer die Verfolgung begann, zogen sich die von Iugurtha schon vorher instruierten Reiter nicht geschlossen und nicht an einen Ort zurück, sondern dahin und dorthin, soweit wie möglich auseinander. Hatten sie die Feinde von einer Verfolgung nicht abschrecken können, so fielen die nun an Zahl Überlegenen die Zersplitterten von hinten oder von den Seiten an; wenn aber für eine Flucht der Hügel günstiger schien als die offenen Felder, so konnten die darin geübten Pferde der Numider dort leicht zwischen den Gebüschen entkommen, unsere Leute hielt die Schwierigkeit und Ungewohntheit des Geländes zurück.

51. Im übrigen bot der ganze Kampf ein wechselndes, ungewisses, grausames und jammervolles Bild: abgeschnitten von den Ihren wichen einige zurück; ein Teil war auf der Verfolgung; weder Feldzeichen noch Reih und Glied beachteten sie; wo einen jeden die Gefahr überrascht hatte, da leistete er

Widerstand und wehrte sich; Waffen, Geschosse, Pferde, Männer, Feinde und Mitbürger – alles durcheinander; nichts geschah nach Plan oder Befehl, der Zufall lenkte alles. So war der Tag schon weit fortgeschritten und immer noch die Entscheidung ungewiß. Als schließlich alle vor Anstrengung und Hitze erschöpft sind und Metellus sieht, daß die Numider weniger nachdrängen, zieht er seine Soldaten allmählich an einen Ort zusammen, stellt die Ordnung wieder her und befiehlt vier reguläre Kohorten gegen das Fußvolk der Feinde – ein großer Teil von ihnen hatte sich ermattet auf den Anhöhen niedergelassen –, zugleich bittet und ermahnt er die Soldaten, nicht aufzugeben und nicht zuzulassen, daß fliehende Feinde siegen; auch hätten sie ja weder Lager noch Verschanzung, wohin sie sich, wenn sie wichen, begeben könnten; alles beruhe auf den Waffen. Aber auch Iugurtha blieb inzwischen nicht untätig: er geht umher, ermahnt, nimmt das Gefecht wieder auf und versucht persönlich mit einer ausgewählten Schar alles; er eilt seinen Leuten zu Hilfe, drängt nach, wenn die Feinde wanken; diejenigen, welche er standhalten sah, hält er, aus der Ferne
52. kämpfend, in Schranken. – Auf diese Weise fochten zwei Feldherrn miteinander, hervorragend tüchtige Männer, persönlich gleichwertig, aber mit nicht gleichwertigen Mitteln. Denn zu des Metellus Gunsten sprach die Tapferkeit seiner Soldaten, gegen ihn das Gelände, zu Iugurthas Gunsten alles außer seinen Soldaten. – Als die Römer schließlich merken, daß sie keinen Zufluchtsort haben und die Feinde sich nicht zum Kampf stellen – auch war es schon Abend geworden –, stürmen sie, wie geheißen, den Hügel hinan. Die Numider verloren diese Stellung, wurden zerstreut und in die Flucht geschlagen; wenige fielen, die meisten schützte ihre Schnelligkeit und das den Feinden unbekannte Gelände.

Unterdessen war Rutilius an Bomilkar, den, wie oben gesagt, Iugurtha zum Kommandanten über die Elefanten und

einen Teil der Fußtruppen bestimmt hatte, vorbeigezogen; während der römische General eilends zum Fluß marschiert, wohin er vorausgeschickt worden war, führt Bomilkar seine Leute allmählich in die Ebene hinab, stellt ruhig, wie es die Umstände erlaubten, die Schlachtordnung auf und läßt nicht nach, zu erkunden, was der Feind überall unternehme. Nachdem er erfahren hatte, daß Rutilius sich bereits eingerichtet und nun freie Hand habe, und zugleich vom Gefecht Iugurthas her der Lärm lauter wird, fürchtete er, daß der General die Lage erfasse und seinen Leuten in der Not zu Hilfe eilen werde, dehnt deshalb seine Front, die er, der Tapferkeit seiner Soldaten nicht trauend, eng zusammengezogen hatte, weiter aus, um den Marsch der Feinde zu behindern, und rückt so
53. gegen des Rutilius Lager vor. Die Römer gewahren unvermutet eine dichte Staubwolke – denn das mit Gebüsch bewachsene Land hinderte den Blick –; und zuerst glaubten sie, der trockene Boden werde vom Wind aufgewühlt; als sie dann sehen, daß die Wolke gleich bleibt und so, wie die Schlachtreihe sich bewegte, näher und näher heranrückt, erfassen sie die Lage, greifen schnell zu den Waffen und stellen sich, wie befohlen, vor dem Lager auf. Als man dann näher gekommen war, rennt man von beiden Seiten mit großem Geschrei aufeinander los. Die Numider halten nur so lange stand, als sie auf die Hilfe der Elefanten zählen; wie sie sehen, daß diese durch die Äste der Bäume behindert und so einzeln angefallen werden, ergreifen sie die Flucht; die meisten werfen die Waffen weg und entkommen unversehrt im Schutz des Hügels und der Nacht, die schon angebrochen war. Vier Elefanten wurden gefangen, alle übrigen, vierzig Stück, getötet. Aber obschon die Römer durch den Marsch und den Lagerbau sowie das Gefecht ermüdet und erschöpft waren, gehen sie doch Metellus, weil er länger als erwartet ausblieb, gerüstet und kampfbereit entgegen; denn die Hinterlist der Numider dul-

dete kein Ermatten oder Nachlassen. Und zuerst, in der dunkeln Nacht, nicht weit voneinander entfernt, mit einem Geräusch, das glauben machte, Feinde rückten heran, verbreiteten die einen bei den andern Schrecken zugleich und Unsicherheit, und beinahe wäre durch Unachtsamkeit ein jammervolles Unglück entstanden, hätten nicht die von beiden Seiten vorausgeschickten Reiter den Sachverhalt geklärt. So weicht die Furcht plötzlich der Freude: die Soldaten rufen einander fröhlich an, erzählen und hören, was geschehen, jeder hebt seine Heldentaten in den Himmel. Denn bei den Menschen ist es doch so: nach einem Sieg dürfen sich selbst Feige rühmen, Unglück setzt auch Tüchtige herab.

54. Metellus hält sich vier Tage im selben Lager auf, pflegt die Verwundeten sorgfältig, beschenkt die in den Gefechten Verdienten nach militärischem Brauch, lobt die Soldaten gesamthaft in der Versammlung, dankt ihnen und ermahnt sie: das, was noch zu tun bleibe, sei einfach und sie sollten es in gleicher Gesinnung bewältigen; für den Sieg habe man bereits genug gekämpft, die restlichen Mühen seien für die Beute. Inzwischen schickte er freilich Überläufer und andere geeignete Leute, um auszukundschaften, wo Iugurtha sich befinde oder was er tue, ob er mit wenigen sei oder ein Heer bei sich habe, wie er sich nach der Niederlage verhalte. Aber jener hatte sich in zerklüftetes und natürlich geschütztes Gelände zurückgezogen und sammelte dort ein zahlenmäßig größeres, aber stumpfes und schwaches Heer, mehr bewandert in Ackerbau und Viehzucht als im Krieg. Dies kam daher, daß außer den königlichen Reitern kein einziger Numider dem König auf der Flucht folgt: wohin jeden der Sinn treibt, dorthin gehen sie, und dies wird nicht als militärisches Vergehen betrachtet – so macht man es dort.

Wie also Metellus sieht, daß auch jetzt noch der Sinn des Königs ungebrochen sei, ein Krieg wieder aufgenommen werde, der nur nach dessen Laune geführt werden könne, er außerdem in einem ungleichen Kampf mit den Feinden stehe, jene mit geringerem Schaden besiegt würden, als seine Leute siegen könnten, beschließt er, nicht in Gefechten und nicht in offener Feldschlacht, sondern auf andere Weise den Krieg zu führen. Und so marschiert er in die reichsten Gegenden Numidiens, verwüstet die Felder, nimmt viele Burgen und Städte ein, die nachlässig befestigt oder ohne Besatzung waren, und brennt sie nieder, befiehlt, die Erwachsenen zu töten, und überläßt alles andere den Soldaten zum Plündern. Vor Schreck wurden den Römern viele Leute als Geiseln gegeben, Getreide und anderes Nützliches reichlich gewährt; wo immer die Lage es verlangte, wurde eine Besatzung auferlegt. Diese Maßnahmen, viel mehr als ein von seinen Leuten verlorenes Gefecht, jagten dem König Angst ein; ja er, dessen ganze Hoffnung in der Flucht lag, wurde zu verfolgen gezwungen, und er, der für ihn günstiges Gelände nicht hatte verteidigen können, mußte Krieg führen in ungünstigem. Doch faßt er den Entschluß, der ihm nach Stand der Dinge der beste schien: er läßt den größten Teil des Heeres am selben Ort warten, folgt selbst mit ausgewählten Reitern Metellus, marschiert unbemerkt bei Nacht und auf unwegsamen Pfaden, greift die umherschweifenden Römer plötzlich an. Die meisten von ihnen sind unbewaffnet und fallen, viele werden gefangen, keiner flieht unversehrt, und die Numider weichen, wie befohlen, auf die nächsten Hügel aus, bevor man aus dem Lager zu Hilfe kommen kann.

55. Unterdessen erhob sich in Rom ungeheurer Jubel, als man von des Metellus Erfolgen hörte: wie er und sein Heer sich nach Sitte der Vorfahren bewähre, trotz ungünstigem Gelände dank seiner Tapferkeit Sieger geworden sei, das Land der Feinde in seine Gewalt bringe, den nach der Unfähigkeit des Albinus hochmütigen Iugurtha gezwungen habe, Hoffnung

auf Rettung in der Wüste oder auf der Flucht zu suchen. Und so beschließt der Senat wegen dieser glücklichen Ereignisse für die unsterblichen Götter Dankopfer; die vorher ängstliche und über den Ausgang des Kriegs beunruhigte Bürgerschaft zeigt Freude; von Metellus sagt man nur das Beste. Deshalb beginnt er um so energischer auf den Sieg hinzuarbeiten, auf jede Art und Weise seine Anstrengungen zu beschleunigen und sich doch zu hüten, irgendwo dem Feind eine günstige Gelegenheit zu bieten; auch denkt er daran, daß auf Ruhm Neid folge. Und so war er, je berühmter er wurde, um so besorgter und ließ nach Iugurthas Überfall das Heer nicht mehr in aufgelöster Ordnung plündern; wenn Getreide oder Grünfutter nötig war, boten die Kohorten mit der ganzen Reiterei Schutz; einen Teil des Heeres führte er selbst, den Rest Marius. Aber mehr durch Brandschatzung als durch Plünderung wurde das Land verwüstet. An zwei Plätzen, nicht weit auseinander, errichteten sie ihr Lager; wo gewaltsames Handeln nötig war, waren sie gemeinsam zur Stelle; sonst gingen sie getrennt vor, damit Flucht und Schrecken sich weiter ausbreite. Während dieser Zeit folgte ihnen Iugurtha über die Hügel, suchte Zeit oder Ort für einen Kampf, zerstörte, wo er gehört hatte, daß der Feind hinkommen werde, Grünfutter und Wasserquellen, an denen Mangel herrschte, zeigte sich bald Metellus, bisweilen Marius, griff die Nachhut an und zog sich sofort wieder auf die Hügel zurück, drohte einmal diesen, dann wieder jenen, stellte sich weder zum Gefecht, noch blieb er ruhig, störte nur den Feind bei jedem Unternehmen.

56. Als der römische Feldherr sieht, daß er durch Listen mürbe gemacht werden sollte und vom Feind kein Kampf geliefert werde, beschließt er, die große, für jene Gegend, in der sie lag, als Stützpunkt des Königreichs dienende Stadt Zama zu belagern, in der Meinung, Iugurtha werde, wie es die Umstände ja auch verlangten, seinen Leuten in der Not zu Hilfe kommen

und dort werde dann das Gefecht stattfinden. Aber jener erfuhr durch Überläufer, was vorbereitet wurde, und kommt in Gewaltmärschen Metellus zuvor. Er fordert die Einwohner der Stadt auf, ihre Mauern zu verteidigen, und hilft ihnen mit Überläufern aus, die den sichersten Teil der königlichen Truppen bildeten, da sie die Treue nicht brechen konnten; außerdem verspricht er, selber mit dem Heer zur Zeit da zu sein. Nachdem dies so abgemacht war, zieht er sich in eine ganz versteckte Gegend zurück und erfährt wenig später, daß Marius vom Marsch weg mit wenigen Kohorten nach Sicca zum Getreideholen geschickt worden sei, der Stadt, welche als erste von allen nach dem unglücklichen Gefecht vom König abgefallen war. Dorthin eilt er bei Nacht mit ausgewählten Reitern und beginnt mit den bereits wieder herauskommenden Römern unter dem Tor ein Gefecht; zugleich fordert er mit lauter Stimme die Einwohner von Sicca auf, den Kohorten in den Rücken zu fallen: das Schicksal biete ihnen Gelegenheit zu einer Heldentat; wenn sie dies machen würden, könnten sie nachher ohne Furcht leben, er in seinem Königreich, sie in Freiheit. Und hätte sich Marius nicht beeilt, anzugreifen und die Stadt zu verlassen, wären gewiß alle oder ein großer Teil der Einwohner von Sicca wortbrüchig geworden: einen solchen Wankelmut zeigen die Numider. Aber Iugurthas Soldaten, vom König nur kurze Zeit unterstützt, weichen, als die Feinde mit größerer Wucht anstürmen, und fliehen unter geringen Verlusten.

57. Marius gelangte nach Zama. Diese Stadt lag in einer Ebene und war mehr durch Menschenhand als durch Natur befestigt, mit allem Nötigen versehen, reich an Männern und Waffen. Als daher Metellus der Zeit und dem Gelände entsprechend seine Vorbereitungen getroffen hatte, umgibt er die gesamte Mauer mit dem Heer, befiehlt den Offizieren, wo jeder für Ordnung sorgen solle. Darauf erhebt sich auf ein gege-

benes Zeichen von allen Seiten zugleich ein ungeheures Geschrei. Aber dies erschreckt die Numider nicht; drohend und gespannt, ohne Aufregung, warten sie. Das Gefecht beginnt. Die Römer, je nach Veranlagung, kämpfen teils aus Distanz mit Bleikugeln oder Steinen, andere rücken vor und untergraben entweder die Mauer oder suchen sie auf Leitern zu ersteigen, wünschen, das Gefecht im Nahkampf zu führen. Dagegen wälzen die Städter Felsen auf die nächsten Angreifer, werfen brennende Pfähle, Speere, außerdem mit Schwefel und Harz vermischtes Pech. Aber nicht einmal jene, die in der Ferne geblieben waren, hatte ihre Furcht genügend gesichert; denn die meisten wurden mit von Maschinen oder Hand geschleuderten Wurfgeschossen verwundet, und in gleicher Gefahr, aber von ungleichem Ruhm, waren Tüchtige und Feige.

58. Während bei Zama so gekämpft wird, stürmt Iugurtha unversehens das Lager der Feinde mit einer großen Schar; da die Wachen nachlässig waren und alles eher als Kampf erwarteten, dringt er durchs Tor ein. Aber unsere Soldaten, von plötzlicher Furcht befallen, sorgen, jeder auf seine Art, für sich: die einen fliehen, die andern greifen zu den Waffen; ein großer Teil wurde verwundet oder getötet. Aber unter so vielen waren nicht mehr als vierzig, die daran dachten, daß sie Römer seien, sich zusammenrotteten, eine etwas höher gelegene Stellung besetzten und sich von dort mit aller Gewalt nicht vertreiben ließen, sondern die von weither geworfenen Geschosse zurückwarfen – in der Minderzahl verfehlten sie gegen die zahlenmäßig Überlegenen seltener ihr Ziel; wenn aber die Numider jeweils näher heranrückten, dann freilich zeigten sie ihre Tapferkeit, töteten und verjagten sie und schlugen sie mit aller Gewalt in die Flucht. Während inzwischen Metellus aufs heftigste kämpfte, vernahm er im Rücken feindliches Geschrei, darauf wendete er sein Pferd und bemerkte, daß Flüchtende auf ihn zu kamen – ein Zeichen, daß es Landsleute seien.

Deshalb schickte er eilends die ganze Reiterei zum Lager und gleich darauf Gaius Marius mit den Kohorten der Bundesgenossen und beschwört ihn unter Tränen bei ihrer Freundschaft und bei ihrer Vaterlandsliebe, diesen Schimpf auf dem siegreichen Heer nicht sitzen und die Feinde nicht ungerächt abziehen zu lassen. Jener führt in kurzer Zeit die Aufträge aus. Aber Iugurtha wurde durch die Befestigung des Lagers behindert; während die einen seiner Leute sich über den Wall stürzten, die andern auf engem Raum einander vor Eile in die Quere kamen, zog er sich nach schweren Verlusten auf befestigte Stellungen zurück. Metellus kehrt, als es Nacht geworden war, mit dem Heer unverrichteter Dinge ins Lager zurück.

59. Deshalb befiehlt er am nächsten Tag, ehe er die Belagerung wieder aufnahm, der ganzen Reiterei, sich in der Gegend, wo die Ankunft des Königs zu erwarten war, vor dem Lager aufzuhalten; die Tore und die nächste Umgebung teilt er den Tribunen zu, darauf rückt er selbst zur Stadt und greift wie am vorhergehenden Tag die Mauer an. Unterdessen stürmt Iugurtha plötzlich aus einem Versteck gegen unsere Leute. Wer in der Nähe stand, wird für einen Augenblick erschreckt und verwirrt, die übrigen eilen rasch zu Hilfe. Und die Numider hätten nicht länger Widerstand leisten können, wenn nicht ihre unter die Reiter gemischten Infanteristen beim Zusammenprall uns schwer zugesetzt hätten. Die Reiter verließen sich nämlich auf diese und wichen nach dem Angriff nicht gleich wieder zurück, wie dies in einem Reitergefecht sonst zu geschehen pflegt, sondern sprengten mit ihren Pferden nach vorn in die Reihen hinein, verwirrten sie und brachten sie durcheinander: so vermochten sie beinahe, die Feinde nur mit leichtbewaffneter Infanterie zu besiegen.

60. Zu gleicher Zeit wurde bei Zama mit aller Kraft gekämpft. Wo jeder General oder Tribun für Ordnung sorgte, dort setzte

er sich aufs äußerste ein, und keiner verließ sich eher auf den andern als auf sich selbst; genauso machten es die Städter; überall griff man an oder traf Vorbereitungen, mehr darauf bedacht, den Gegner zu verwunden als sich selbst zu schützen; Geschrei vermischt mit Aufmunterung, Freudenausbrüchen, Seufzen; ebenso Waffenlärm, der bis zum Himmel dringt, Geschosse, die von beiden Seiten fliegen. Aber sobald die Feinde nur ein wenig im Kampf nachließen, betrachteten jene, welche die Mauern verteidigten, gespannt das Reitergefecht aus der Ferne. Man hätte sie, je nachdem es um Iugurtha stand, bald frohgemut, ängstlich bald, sehen können, und als ob es möglich wäre, daß sie von ihren Leuten gehört oder beobachtet würden, warnten die einen, die andern munterten auf oder gaben mit der Hand Zeichen oder bewegten und drehten sich dahin und dorthin, wie Geschossen ausweichend oder solche werfend. Als dies Marius merkte – denn er sorgte auf dieser Seite für Ordnung –, verringerte er absichtlich seine Anstrengungen etwas, tat, als ob er nicht an einen Erfolg glaube, und ließ die Numider ungestört dem Kampf des Königs zuschauen. Als jene so durch Teilnahme am Schicksal ihrer Leute gefesselt waren, stürmt er plötzlich mit aller Kraft gegen die Mauer an. Und schon hatten die Soldaten auf Leitern diese beinahe erstiegen, als die Städter zusammenlaufen, Steine, Feuerbrände, außerdem andere Geschosse werfen. Unsere Leute leisten zuerst Widerstand; als dann die eine und andere Leiter gebrochen war und die, welche darauf gestanden hatten, zu Boden stürzten, ziehen sich die übrigen, so gut sie konnten, zurück, wenige unverletzt, der Großteil verwundet und geschwächt. Schließlich unterbrach beidseits die Nacht den Kampf.

61. Als Metellus die Vergeblichkeit seines Unternehmens einsieht: daß die Stadt nicht genommen werden könne, Iugurtha nur aus einem Hinterhalt oder in für ihn günstigem Gelände

einen Kampf liefere, der Sommer ohnehin schon vorbei sei, zieht er sich von Zama zurück und legt in die Städte, die zu ihm abgefallen und durch ihre Lage oder ihre Mauern genügend geschützt waren, Besatzungen. Den Rest des Heeres läßt er in dem Teil der Provinz, der an Numidien grenzt, Winterquartier beziehen. Aber diese Zeit widmet er nicht, nach Art der andern, der Ruhe oder dem Wohlleben, sondern läßt, weil die Kriegführung mit Waffen zu wenig Fortschritt machte, gegen den König durch dessen Freunde intrigieren und deren Treulosigkeit anstatt Waffen nützen. Deshalb geht er Bomilkar an, der mit Iugurtha in Rom gewesen war und sich dort trotz Stellung von Bürgen unbemerkt der Untersuchung über Massivas Ermordung entzogen hatte; weil dieser mehr als alle des Königs Freund war, also auch mehr als alle ihn täuschen konnte, macht er ihm große Versprechungen. Und als erstes erreicht er, daß dieser insgeheim zu ihm zu einem Gespräch kommt; darauf gibt er sein Wort: wenn er ihm Iugurtha lebendig oder tot ausliefere, werde es geschehen, daß der Senat ihm Straflosigkeit und seinen ganzen Besitz zugestehe; er überredet den Numider leicht, der keine Treue kannte und vor allem fürchtete, daß bei einem Friedensschluß mit den Römern seine Auslieferung und Hinrichtung zu den Bedingungen gehöre.

62. Bomilkar macht sich bei erster bester Gelegenheit an Iugurtha heran, der ängstlich war und die Schicksalsschläge beklagte, ermahnt und beschwört ihn unter Tränen, daß er endlich für sich und seine Kinder und das so sehr um ihn verdiente Volk der Numider sorge: in allen Gefechten seien sie besiegt, das Land verwüstet, viele Menschen gefangen, getötet, die Kräfte des Reichs gebrochen; oft genug sei schon die Tapferkeit der Soldaten und das Schicksal versucht worden; er solle sich hüten, daß nicht die Numider, wenn er zaudere, selbst zum Rechten sähen. Mit solchen und ähnlichen

Worten treibt er den König zur Übergabe. Es werden Gesandte zum Feldherrn geschickt, die sagen sollten, daß Iugurtha die Befehle ausführen werde und bedingungslos sich und sein Reich in ihre Hände lege. Metellus läßt eilends alle Leute senatorischen Standes aus dem Winterquartier herbeirufen; mit ihnen und andern, die er für geeignet erachtete, hält er Kriegsrat. So fordert er nach Sitte der Vorfahren und auf Grund eines Beschlusses des Kriegsrats durch Gesandte von Iugurtha zweihunderttausend Pfund Silber, alle Elefanten, eine bestimmte Anzahl Pferde und Waffen. Nachdem dies ohne Verzug erfolgt war, heißt er ihn alle Überläufer gefesselt herbeischaffen. Ein großer Teil von ihnen wurde, wie geheißen, herbeigeschafft; wenige waren, sobald die Übergabe begann, zu König Bocchus nach Mauretanien gegangen. Iugurtha aber, seiner Waffen, Männer und des Geldes beraubt und selbst zum Befehlsempfang nach Tisidium beordert, beginnt wiederum, seinen Sinn zu ändern und aus schlechtem Gewissen die verdiente Strafe zu fürchten. Viele Tage waren mit Zögern vergangen: bald hielt er, des Mißgeschicks überdrüssig, alles für besser als den Krieg, bisweilen überlegte er bei sich, wie schwer der Sturz in Sklaverei nach der Königsherrschaft wäre; schließlich nimmt er, nach vielen großen, vergeblichen Opfern an Menschen und Mitteln, den Krieg von neuem wieder auf. – Und in Rom hatte der Senat nach Beratung über die Provinzen dem Metellus Numidien zugesprochen.

63. Zur gleichen Zeit hatte in Utica dem Gaius Marius, als er gerade den Göttern mit Opfertieren dankte, der Eingeweideschauer gesagt, daß ihm Großes und Wunderbares offenbart werde: deshalb solle er, was er sich vorgenommen habe, im Vertrauen auf die Götter ausführen, das Glück sooft wie möglich versuchen; alles werde gut herauskommen. Aber jenen trieb schon lange der leidenschaftliche Wunsch nach dem Konsulat um, zu dessen Erlangung – außer dem Alter seiner

Familie – alles andere reichlich vorhanden war: Energie, Redlichkeit, große Erfahrung im Militärwesen, eine im Krieg unbändige, im Frieden bescheidene Haltung, siegreich über Begierde und Reichtum, nur allein auf Ruhm bedacht.

Aber er war in Arpinum geboren und hatte dort seine ganze Kindheit verlebt; sowie er das militärpflichtige Alter erreichte, widmete er sich dem Kriegsdienst, nicht griechischer Beredsamkeit und städtischen Eitelkeiten: so bildete sich bei gesunden Beschäftigungen sein Geist, ohne verdorben zu werden, in kurzer Zeit heran. Als er das Militärtribunat vom Volk erbittet, wird er daher, obschon die meisten sein Gesicht noch nie gesehen hatten und er nur durch seine Taten bekannt war, in allen Stimmabteilungen anstandslos gewählt. Nach diesem Amt erwarb er sich dann ein anderes, später wieder ein anderes, und immer bewährte er sich in seinen Stellungen so, daß er einer einflußreicheren, als er innehatte, für würdig gehalten wurde. Dennoch wagte er, bis anhin ein Mann solcher Art – denn später stürzte ihn sein Ehrgeiz ins Verderben –, es nicht, sich um das Konsulat zu bewerben. Damals noch verlieh andere Ämter das Volk, das Konsulat gab der Adel unter sich von Hand zu Hand weiter; als Homo novus, mochte einer noch so berühmt sein und noch so hervorragende Taten aufweisen, wurde er jener Ehre für unwürdig und gleichsam für schmutzig gehalten.

64. Als daher Marius die Worte des Eingeweideschauers in gleicher Richtung zielen sieht wie sein leidenschaftliches Wünschen, verlangt er von Metellus Urlaub, um sich bewerben zu können. Obschon dieser Tapferkeit, Ruhm und anderes den Tüchtigen Erstrebenswertes mehr als genug besaß, war er doch voll Hochmut und Stolz – das gemeinsame Übel des Adels. Deshalb begann er, zuerst von der unerwarteten Neuigkeit beeindruckt, über seinen Plan zu staunen, und warnte ihn gleichsam aus Freundschaft, ein so unsinniges Unternehmen

anzufangen und sich über seinen Stand erheben zu wollen: nicht alles sei für alle wünschenswert; er könne mit seiner Stellung zufrieden genug sein; schließlich solle er sich hüten, etwas vom römischen Volk zu verlangen, was ihm mit Recht verweigert werden könnte. Nachdem er dies und anderes solches gesagt hatte, des Marius Meinung sich aber nicht ändert, antwortete er ihm, er werde, sobald es ihm seine öffentlichen Aufgaben erlaubten, seine Bitte erfüllen. Und dem später öfters dasselbe Fordernden soll er gesagt haben, er dürfe nicht überstürzt weggehen: früh genug werde er sich mit seinem Sohn zusammen um das Konsulat bewerben können – dieser leistete zu dieser Zeit im Stab seines Vaters am gleichen Ort Militärdienst und war ungefähr zwanzig Jahre alt. Dies entflammte Marius noch mehr für die Ehre, die er zu gewinnen suchte, brachte ihn aber gegen Metellus besonders heftig auf. So ließ er sich von Leidenschaft und Zorn, den schlechtesten Ratgebern, fortreißen, begann, sich keiner Handlung und keines Wortes zu enthalten, wenn es nur seinem Ehrgeiz diente, die Soldaten, die er im Winterquartier kommandierte, nachsichtiger zu befehligen als früher, vor den Kaufleuten, von denen eine große Zahl in Utica war, gehässig und zugleich prahlerisch über den Krieg zu sprechen: wenn ihm das halbe Heer überlassen würde, wäre in wenigen Tagen Iugurtha in Ketten gelegt; vom Feldherrn werde der Krieg absichtlich in die Länge gezogen, weil der eitle Mann, stolz wie ein König, sich an seiner Befehlsgewalt allzusehr freue. All dies schien ihnen um so begründeter, weil sie durch die Länge des Kriegs ihr Vermögen verloren hatten und einem begehrlichen Geist nichts schnell genug geht.

65. Außerdem war in unserem Heer ein Numider namens Gauda, Sohn Mastanabals, Enkel Masinissas, den Micipsa in seinem Testament als Nacherben eingesetzt hatte, von Krankheiten geschwächt und deshalb geistig ein wenig verwirrt.

Diesem hatte Metellus seine beiden Wünsche, daß er wie ein König den Sessel neben den seinen stellen dürfe und ferner als Wache eine Schwadron römischer Reiter bekomme, abgeschlagen: die Ehre, weil diese nur für diejenigen bestimmt sei, welche das römische Volk als Könige anerkannt habe, die Garde, weil es für römische Reiter schmählich wäre, wenn sie als Gefolgsleute einem Numider beigegeben würden. Diesen verbitterten Mann geht Marius an und fordert ihn auf, sich mit seiner Hilfe für die ihm angetane Schmach am Feldherrn zu rächen. Dem wegen seiner Krankheiten wenig gefestigten Menschen macht er mit schmeichlerischen Worten Mut: er sei ein König, ein mächtiger Mann, der Enkel Masinissas; wenn Iugurtha gefangen oder getötet wäre, werde er die Herrschaft über Numidien ohne Verzug erhalten; gerade dies könne bald geschehen, wenn er selbst als Konsul in diesen Krieg geschickt würde. Und so treibt er jenen und die römischen Ritter, Soldaten und Kaufleute, die einen persönlich, die meisten auf Grund ihrer Friedenshoffnung an, daß sie nach Rom an ihre Freunde ungünstig über Metellus und seine Kriegführung schrieben, Marius als Feldherrn forderten. Da wurde für ihn von vielen Leuten mit ehrenhaftester Empfehlung das Konsulat verlangt. Zugleich machte zu dieser Zeit das Volk, nachdem der Adel durch das Gesetz des Mamilius eingeschüchtert war, den Homines novi Mut. So ging für Marius alles gut voran.

66. Nachdem unterdessen Iugurtha die Übergabe abgebrochen und den Krieg wiederaufgenommen hatte, beginnt er mit großer Sorgfalt alles vorzubereiten, voranzutreiben: er sammelt ein Heer; die Städte, die von ihm abgefallen waren, sucht er durch Abschreckung oder Versprechung von Belohnungen zu gewinnen; für ihn günstiges Gelände befestigt er; Waffen, Geschosse und anderes, was er in seiner Friedenshoffnung weggegeben hatte, läßt er wieder herstellen oder zusammen-

kaufen; die Sklaven der Römer will er auf seine Seite bringen und sogar die Besatzungen bestechen; kurz, er läßt nichts unversucht und in Ruhe, alles unternimmt er. Da wurden die Führer der Stadt Vaga, wohin Metellus zu Beginn der Friedensverhandlungen mit Iugurtha eine Besatzung gelegt hatte, durch die Bitten des Königs mürbe gemacht, waren sie doch schon vorher nicht freiwillig untreu geworden, und verschwören sich – denn was das Volk betrifft, so war es, wie meistens und vor allem das der Numider, wankelmütig, aufrührerisch und zwieträchtig, zum Umsturz geneigt, abhold Ruhe und Frieden. Darauf machen sie alles ab und bestimmen den übernächsten Tag, weil dieser, in ganz Afrika als Festtag begangen, eher Spiel und Ausgelassenheit als Schrecken verhieß. Aber als die Zeit gekommen war, laden sie die Hauptleute, die Militärtribunen und selbst den Stadtkommandanten Titus Turpilius Silanus in ihre Häuser. Diese alle außer Turpilius machen sie beim Essen nieder, ferner greifen sie die an einem solchen Tag unbewaffnet und ohne Befehl umherstreifenden Soldaten an. Das gleiche tut das Volk, teils vom Adel ins Bild gesetzt, andere aus Lust an solchen Dingen, da ihnen, auch ohne die Bedeutung der Vorgänge und den Plan zu kennen, Aufruhr und Umsturz gerade recht waren.

67. Die römischen Soldaten, in der unvorhergesehenen Gefahr unsicher, wissen nicht, was sie am ehesten tun sollen, und sind unschlüssig: den Zugang zur Stadtburg, wo Fahnen und Schilde waren, verwehrte eine Mannschaft der Feinde, die schon vorher geschlossenen Stadttore verhinderten eine Flucht; dazu begannen Frauen und Kinder um die Wette von den Hausdächern Steine und anderes, was zur Hand war, zu werfen. So konnten sie sich vor dem von zwei Seiten drohenden Unheil nicht hüten und selbst die Tapfersten dem sonst so hilflosen Geschlecht nicht Widerstand leisten; ohne Unterschied wurden Tüchtige und Feige, Starke und Schwache un-

gerächt niedergemacht. Während in dieser so großen Bedrängnis die Numider wüteten und die Stadt ringsum geschlossen war, floh der Kommandant Turpilius als einziger von allen Italikern unverletzt. Ob dies aus Erbarmen seitens seines Gastgebers, dank einer Übereinkunft oder aus Zufall so geschehen konnte, ist uns zu wenig verbürgt; indes zeigt er sich, da ihm in solchem Unglück ein schimpfliches Leben wichtiger war als ein unbefleckter Ruf, feig und ehrlos.

68. Nachdem Metellus von den Vorgängen in Vaga erfahren hatte, entzog er sich für kurze Zeit traurig allen Blicken; als sich darauf Zorn unter den Kummer mischte, trifft er mit größter Sorgfalt Anstalten, das Unrecht rasch zu rächen. Die Legion, mit der er im Winterquartier lag, und möglichst viele numidische Reiter führt er gleich bei Sonnenuntergang ohne Gepäck aus dem Lager und gelangt am nächsten Tag, ungefähr um neun Uhr, in eine von mäßigen Höhen umschlossene Ebene. Dort erklärt er den von der Länge des Marsches ermüdeten Soldaten, die bereits von nichts mehr wissen wollten, daß die Stadt Vaga nicht weiter als eine Meile entfernt sei; es gehöre sich, daß sie die restliche Mühe mit Gleichmut auf sich nähmen, da sie ja für Mitbürger, tapferste, doch unglücklichste Männer, Vergeltung forderten. Außerdem verheißt er ihnen großzügig Plünderung. So stärkt er ihre Zuversicht und befiehlt den Reitern, an der Spitze in breitem Schwarm, den Infanteristen, so geschlossen wie möglich vorzurücken und die Fahnen zu verhüllen.

69. Als die Einwohner von Vaga merkten, daß ein Heer gegen sie marschiere, glaubten sie zuerst, was ja auch der Fall war, es sei Metellus, und schlossen die Tore; als sie darauf sehen, daß ihre Felder nicht verwüstet werden und die ersten, die herankamen, numidische Reiter sind, meinten sie wieder, es sei Iugurtha, und ziehen ihm mit großer Freude entgegen. Die Reiter und Infanteristen töten überraschend auf ein ge-

gebenes Zeichen teils das aus der Stadt strömende Volk, teils eilen sie zu den Toren, andere besetzen die Türme – Zorn und Hoffnung auf Plünderung vermögen mehr als Erschöpfung. So erfreuten sich die Einwohner von Vaga nur zwei Tage ihrer Untreue; die große, reiche Stadt fiel ganz der Strafe oder Plünderung anheim. Turpilius, von dem wir oben berichtet haben, daß er, der Stadtkommandant, als einziger von allen geflohen war, wurde von Metellus geheißen, sich zu verantworten; da er sich ungenügend rechtfertigt, wird er verurteilt, gepeitscht und büßt mit Enthauptung; denn er war ein Bürger aus Latium.

70. Zu gleicher Zeit begann Bomilkar, auf dessen Antrieb Iugurtha die später aus Angst fallengelassene Übergabe in die Wege geleitet hatte, dem König verdächtig zu werden und selber ihn zu verdächtigen, nach Verrat zu trachten, zu seinem Verderb eine List auszuhecken, Tag und Nacht nur an dies zu denken; um alles zu versuchen, nimmt er sich schließlich Nabdalsa zum Komplizen, einen vornehmen Mann, von großem Reichtum, berühmt und beliebt bei seinen Landsleuten, der, meist getrennt vom König, das Heer zu befehligen und alles auszuführen gewöhnt war, was die Kräfte des ermüdeten oder mit wichtigeren Aufgaben beschäftigten Iugurtha überstiegen hatte; daraus war ihm Ruhm und Reichtum erwachsen. Also wird nach beider Plan der Tag für den Anschlag festgelegt; alles weitere sollte, so beschloß man, je nach Lage, ohne vorherige Absprache geschehen. Nabdalsa zog zum Heer, das er auf Befehl zwischen den Winterquartieren der Römer stehen hatte, damit das Land nicht ungerächt von den Feinden verwüstet würde. Durch die Größe des Unternehmens schwankend geworden, kam dieser freilich nicht zur Zeit, und seine Angst verhinderte die Ausführung. Da schickt Bomilkar, zugleich begierig, das in die Wege Geleitete zu vollenden, und besorgt wegen der Furcht seines Komplizen, dieser könnte

den alten Plan aufgeben und einen neuen fassen, ihm durch seine Vertrauten einen Brief, in dem er die Unentschlossenheit und Fahrlässigkeit des Mannes anklagt, die Götter anruft, bei denen er geschworen, warnt, daß er des Metellus Belohnungen in Bestrafung verkehre: Iugurthas Untergang stehe bevor; im übrigen gehe es nur darum, ob er durch ihre oder des Metellus Tatkraft sein Ende finde; deshalb möge er bei sich überlegen, ob er lieber Belohnungen oder Folterung wolle.

71. Aber als dieser Brief gebracht wurde, ruhte Nabdalsa gerade, von körperlicher Anstrengung ermüdet, auf dem Bett, und nachdem er die Worte Bomilkars gelesen, übermannte ihn zuerst Sorge, dann, wie es in trüber Stimmung zu geschehen pflegt, Schlaf. Er hatte einen numidischen Geschäftsführer, treu, erprobt und in alle Pläne außer dem letzten eingeweiht. Als dieser gehört hatte, daß ein Brief gebracht worden sei, und wie gewöhnlich annahm, sein Dienst oder Ratschlag werde benötigt, betrat er das Zelt, nimmt, während jener noch schläft, das zu dessen Häupten auf dem Kissen unachtsam liegengelassene Schreiben und liest es durch; so erfährt er vom Anschlag und geht eilends zum König. Nabdalsa wachte wenig später auf, und wie er das Schreiben nicht fand und den Zusammenhang des ganzen Geschehens durchschaute, versuchte er zuerst, den Angeber zu verfolgen; als dies fehlschlug, geht er zu Iugurtha, um ihn zu beschwichtigen; er sagt, daß sein treuloser Diener ihm in seinem eigenen Vorhaben zuvorgekommen sei; weinend beschwört er ihn bei seiner Freundschaft und bei seinen früheren Treuebeweisen, ihn nicht eines solchen Verbrechens zu verdächtigen.

72. Darauf antwortete der König freundlich – anders als er eigentlich fühlte –, denn nach der Hinrichtung Bomilkars und vieler anderer, deren Teilnahme am Anschlag ihm bekanntgeworden war, hatte er seinen Zorn niedergehalten, damit kein Aufruhr entstehe. Doch danach hatte Iugurtha weder

einen ruhigen Tag noch eine ruhige Nacht mehr; er traute keinem Ort, keinem Menschen und keiner Zeit recht, ängstigte sich vor Mitbürgern und Feinden gleichermaßen, schaute nach allen Seiten um sich und zitterte bei jedem Geräusch, schlief nachts einmal da und einmal dort, oft ohne königliches Abzeichen, fuhr bisweilen aus dem Schlaf auf, griff zu den Waffen und schlug Lärm; so wurde er vor Schreck fast zum Wahnsinn getrieben.

73. Als Metellus aber von Überläufern das Geschick Bomilkars und die Entdeckung des Anschlags erfahren hatte, bereitet er mit großer Anstrengung nochmals alles wie zu einem neuen Krieg vor. Marius, der ihm wegen seiner Abreise in den Ohren liegt und ihm, da zugleich widerwillig und beleidigt, zu wenig vertrauenswürdig schien, entläßt er nach Hause. In Rom freilich hatte das Volk die Berichte, welche über beide, Metellus und Marius, geschickt worden waren, mit Genugtuung vernommen; dem Feldherrn brachte sein Adel, der früher eine Auszeichnung gewesen war, Mißgunst, aber jenem andern hatte seine niedrige Herkunft zusätzlich Beifall verschafft. Im übrigen gaben bei beiden mehr die Parteiinteressen als ihre Vorzüge oder Nachteile den Ausschlag. Ferner begannen hetzerische Beamte das Volk aufzuwiegeln, auf allen Versammlungen des Metellus Kopf zu fordern, die Tüchtigkeit des Marius übertrieben zu preisen. Schließlich war das Volk so erregt, daß alle Handwerker und Landarbeiter, deren Besitz und Kredit in ihrer Hände Arbeit lag, ihre Geschäfte vernachlässigten, sich Marius anschlossen und dessen Ehre ihren Bedürfnissen voranstellten. So war der Adel eingeschüchtert, und nach langer Zeit wird einem Homo novus das Konsulat übertragen. Und als nachher das Volk vom Volkstribun Titus Manlius Mancinus gefragt wurde, wer seiner Ansicht nach den Krieg mit Iugurtha führen solle, verlangte es mit großer Mehrheit Marius. Aber kurz zuvor hatte ⟨der Senat Metellus

Numidien als Provinz⟩ zugesprochen; doch dies war jetzt umsonst.

74. Zu derselben Zeit war Iugurtha schwankend und unsicher; die Freunde waren verloren – die meisten hatte er selbst getötet, die übrigen waren vor Schreck teils zu den Römern, andere zu König Bocchus geflohen; ohne Helfer konnte er aber keinen Krieg führen, und die Treue neuer Gehilfen nach solcher Untreue der alten zu erproben schien gefährlich. Auch war ihm keine Gelegenheit und kein Ratschlag oder einer seiner Leute gut genug; die Routen und Kommandanten wechselte er Tag für Tag, bald zog er gegen den Feind, bisweilen in die Wüste; oft setzte er seine Hoffnung auf die Flucht und wenig später auf die Waffen; er zweifelte, ob er der Tapferkeit oder der Treue seiner Landsleute weniger vertrauen solle: so hatte er in allem, was er auch unternahm, kein Glück. Aber während dieser Aufschübe zeigt sich plötzlich Metellus mit dem Heer. Die Numider wurden von Iugurtha den Umständen entsprechend vorbereitet und aufgestellt, dann beginnt das Gefecht. Wo der König an der Schlacht teilnahm, dort kämpfte man eine Weile, alle seine übrigen Soldaten wurden beim ersten Zusammentreffen geschlagen und in die Flucht gejagt. Die Römer brachten einige Fahnen und Waffen in ihre Gewalt, Feinde nur wenige; denn in der Regel verlassen sich die Numider bei Gefechten mehr auf die Füße als die Waffen.

75. Auf dieser Flucht gelangte Iugurtha, der an seinem Schicksal nur noch mehr verzweifelte, mit den Überläufern und einem Teil der Reiterei in die Wüste, dann nach Thala, einer großen, wohlhabenden Stadt, wo sehr viele Schätze waren und reichlich Ausstattung für die Hofhaltung seiner jungen Söhne. Davon erhielt Metellus Kunde; obschon sich, wie er erfahren hatte, zwischen Thala und dem nächsten Fluß auf einer Länge von fünfzig Meilen trockenes und ödes Land erstreckte, macht er sich, in der Hoffnung, nach der Einnahme dieser Stadt den

Krieg beenden zu können, doch daran, alle Schwierigkeiten zu überwinden und sogar die Natur zu besiegen. Deshalb nimmt er allen Lasttieren die Packung ab – außer dem Getreide für zehn Tage – und läßt sie im übrigen nur Schläuche und andere geeignete Wasserbehälter tragen. Außerdem sucht er auf dem Land so viel Haustiere zusammen, wie er kann; diese bepackt er mit Gefäßen jeder Art, vor allem freilich hölzernen, die er in den Hütten der Numider gesammelt hatte; dazu befiehlt er den Leuten aus der Umgebung, die sich nach des Königs Flucht Metellus übergeben hatten, so viel Wasser herbeizubringen, wie jeder könne; Zeit und Ort, wo sie zur Stelle sein sollten, läßt er im voraus melden; er selbst belädt die Lasttiere mit Wasser aus dem Fluß, von dem wir oben gesagt haben, er sei der Stadt am nächsten. Auf diese Weise ausgerüstet, marschiert er gegen Thala. Als er schließlich dort angekommen, wohin er die Numider befohlen hatte, und das Lager aufgeschlagen und befestigt war, soll plötzlich vom Himmel ein solcher Regenguß gefallen sein, daß nur schon dieser für das Heer mehr als genug gewesen wäre. Außerdem war der Nachschub reichlicher als erhofft, da die Numider, wie meist zu Beginn einer Übergabe, ihre Pflichten sehr genau genommen hatten. Allerdings brauchten die Soldaten in frommer Gesinnung eher das Regenwasser, und dies Ereignis trug viel zu ihrer Zuversicht bei; denn sie glaubten, die unsterblichen Götter kümmerten sich um sie. Darauf gelangen sie am nächsten Tag wider Iugurthas Erwarten nach Thala. Die Einwohner der Stadt, die sich durch natürliche Geländeschwierigkeiten geschützt geglaubt hatten und nun durch dies große, noch nie dagewesene Ereignis bestürzt waren, bereiten nichtsdesto weniger den Krieg vor; dasselbe machen unsere Leute.

76. Aber der König, der glaubte, für Metellus sei nichts mehr unausführbar, da er ja alles, Waffen, Geschosse, Gelände, Jahreszeiten, endlich die Natur selbst, die allem übrigen gebietet,

mit seiner Tatkraft besiegt hatte, floh mit seinen Kindern und einem großen Teil des Geldes nachts aus der Stadt. Und seitdem blieb er an keinem Ort länger als einen Tag oder eine Nacht und gab vor, wegen eines wichtigen Geschäfts in Eile zu sein; tatsächlich fürchtete er Verrat, den er durch Schnelligkeit vermeiden zu können glaubte: denn solche Pläne würden bei Muße und günstiger Gelegenheit gefaßt. Aber sowie Metellus die Einwohner kampfbereit und zugleich die Stadt künstlich und von Natur befestigt sieht, umgibt er die Mauern mit Wall und Graben. Darauf schiebt er an den zwei verhältnismäßig am besten geeigneten Stellen Schutzdächer vor, wirft einen Damm auf und schützt mit auf dem Damm errichteten Türmen Belagerungswerk und Helfer. Dagegen treffen die Einwohner der Stadt eilends Maßnahmen und Vorbereitungen; kurz, von beiden Seiten bleibt nichts ungetan. Schließlich konnten sich die Römer doch, obschon sie durch viel vorangegangene Mühsal und Gefechte ermattet waren, vierzig Tage nach ihrer Ankunft wenigstens der Stadt bemächtigen – alle Beute freilich war von den Überläufern vernichtet. Als diese sehen, daß die Mauer mit Rammböcken eingedrückt wird und ihre Aussichten zunichte sind, bringen sie Gold und Silber und anderes, was man für sehr wichtig hält, in das Königsschloß. Dort verbrennen sie nach ausgiebigem Trinken und Essen die Schätze, das Schloß und sich selbst und haben so die Strafen, die sie, als Besiegte, von den Feinden gefürchtet hatten, freiwillig bezahlt.

77. Aber gleichzeitig mit der Einnahme von Thala waren Gesandte aus der Stadt Leptis zu Metellus gekommen, mit der Bitte, daß er eine Besatzung und einen Kommandanten dorthin schicke: ein gewisser Hamilkar trachte nach Umsturz, ein vornehmer parteisüchtiger Mann, gegen den weder Befehle der Beamten noch Gesetze etwas ausrichten könnten; wenn er nicht schnell handle, werde ihr eigenes Leben, das

heißt das Leben römischer Bundesgenossen, in höchste Gefahr kommen. Denn die Einwohner von Leptis hatten schon gleich zu Beginn des Iugurthinischen Kriegs zum Konsul Bestia und später nach Rom geschickt, um Freundschaft und Bundesgenossenschaft zu erbitten. Darauf, als sie dies erlangt hatten, blieben sie immer fest und treu und hatten alle Befehle Bestias, des Albinus und Metellus eifrig ausgeführt. Und so erreichten sie vom Feldherrn leicht, was sie wünschten. Es wurden vier Kohorten Ligurer und als Kommandant Gaius Annius dorthin geschickt.

78. Diese Stadt ist von Sidoniern gegründet worden, von denen wir gehört haben, daß sie als Flüchtlinge wegen Zwistigkeiten unter den Bürgern zu Schiff in diese Gegend gekommen seien; gelegen ist sie übrigens zwischen den zwei Syrten, die ihren Namen nach ihrer Beschaffenheit führen. Denn es sind dies zwei Meerbusen fast am Ende Afrikas, ungleich in ihrer Größe, aber von gleicher Eigentümlichkeit: ihre dem Festland zunächst liegenden Teile sind sehr tief, der Rest, wie es der Zufall gefügt hat, tief beim einen Wetter, beim andern seicht. Denn wenn das Meer rauh und von Winden aufgewühlt zu werden beginnt, reißen die Wogen Schlamm und Sand und riesige Steine mit sich; so wechselt das Aussehen des Meeresgrundes zugleich mit den Winden. Von diesem Mit-sich-Reißen haben die Syrten ihren Namen. Nur die Sprache dieser Stadt änderte sich durch Heirat mit Numidern; Gesetze und Gebräuche sind größtenteils sidonisch. Diese behielten sie um so leichter, weil sie fern vom Regierungssitz des Königs lebten: zwischen ihnen und dem bewohnten Teil Numidiens waren weite öde Gegenden.

79. Aber da wir wegen der Ereignisse bei den Leptitanern auf diese Landschaft zu sprechen gekommen sind, scheint es nicht unpassend, der einzigartigen und wunderbaren Tat zweier Karthager zu gedenken; daran hat uns nämlich dieser Ort

erinnert. Zur Zeit, da die Karthager fast über ganz Afrika herrschten, waren auch die Kyrenenser mächtig und reich. Das Land zwischen beiden Städten war sandig, von gleichförmigem Aussehen; weder Fluß noch Berg war vorhanden, der ihre Gebiete hätte abtrennen können. Dieser Umstand verursachte einen großen und langwierigen Krieg unter ihnen. Nachdem auf beiden Seiten Legionen, ebenso Flotten häufig vernichtet und in die Flucht geschlagen waren und die einen die andern beinahe aufgerieben hatten, befürchteten sie, daß bald Besiegte und ermattete Sieger ein dritter angreifen könnte, und treffen bei einem Waffenstillstand ein Abkommen, daß an einem bestimmten Tag Gesandte von zu Hause aufbrechen sollten; wo sie einander begegneten, wäre die gemeinsame Grenze beider Völker. Also wurden von Karthago zwei Brüder geschickt, die Philaeni hießen; diese beeilten sich vorwärtszukommen. Die Kyrenenser gingen langsamer. Ob dies aus Trägheit oder durch Zufall geschah, konnte ich zu wenig genau erfahren. Übrigens pflegt in diesen Gegenden der Sturm nicht weniger hinderlich zu sein als auf dem Meer. Denn wenn über die ebenen und unbewachsenen Gegenden hin der aufkommende Wind den Sand vom Boden aufgewirbelt hat, pflegt dieser, mit großer Wucht getrieben, Mund und Augen zu füllen; so wird die Sicht behindert und der Weg verlangsamt. Als die Kyrenenser sehen, daß sie ziemlich verspätet sind, und wegen ihres Mißerfolgs zu Hause Strafe fürchten, beschuldigen sie die Karthager, vorzeitig von zu Hause weggegangen zu sein, stiften Verwirrung und wollen schließlich alles lieber als besiegt weggehen. Aber da die Punier einen andern Vorschlag, wenn er nur billig wäre, verlangen, lassen die Griechen den Karthagern die Wahl, entweder sich dort, wo sie die Grenze für ihr Volk verlangten, lebend begraben zu lassen oder sie selber dürften unter der gleichen Bedingung vorrücken, soweit sie wollten. Die Philaeni billigten den Vorschlag und opferten sich und ihr Leben dem Staat; so wurden sie lebend begraben. Die Karthager weihten an diesem Ort den Brüdern Philaeni Altäre, und zu Hause wurden ihnen weitere Ehren zugesprochen. – Jetzt kehre ich wieder zu meinem Gegenstand zurück.

80. Da Iugurtha nach dem Verlust Thalas nichts mehr vor Metellus für sicher genug hält, marschiert er mit wenigen Begleitern durch ausgedehnte Wüsten und gelangt zu den Gätulern, einem wilden, unzivilisierten Menschenschlag, der zu dieser Zeit die Römer nicht einmal dem Namen nach kannte. Eine große Menge von diesen sammelt er um sich und gewöhnt sie allmählich, in Reih und Glied zu kämpfen, den Fahnen zu folgen, auf Befehle zu achten, ebenso andere militärische Gewohnheiten anzunehmen. Außerdem zieht er Vertraute des Königs Bocchus mit großen Geschenken und noch größeren Versprechungen auf seine Seite, macht sich dank diesen Helfern an den König heran und bringt ihn dazu, gegen die Römer Krieg zu beginnen. Dies war deswegen um so leichter und müheloser zu erreichen, weil Bocchus am Anfang dieses Krieges Gesandte nach Rom geschickt hatte, mit der Bitte um Bündnis und Freundschaft, was, obschon für den begonnenen Krieg sehr günstig, einige wenige Leute hintertrieben hatten, die blind vor Habsucht waren und denen alles, Ehrenhaftes und Unehrenhaftes, verkäuflich war. – Auch hatte früher schon des Bocchus Tochter Iugurtha geheiratet. Doch eine solche Bindung wiegt bei Numidern und Mauren leicht, da die einzelnen, je nach ihrem Besitz, möglichst viele Frauen haben, zehn die einen, die andern mehr, aber die Könige entsprechend noch zahlreichere; so teilt sich ihre Zuneigung in der großen Zahl; keine behauptet sich als Lebensgefährtin, alle sind gleich wenig wert.

81. Die Heere kommen also an einem von beiden bestimmten Ort zusammen. Dort schwören sie einander Treue, und Iu-

gurtha weckt in Bocchus Begeisterung mit einer Rede: Die Römer seien ungerecht, von bodenloser Habgier, der gemeinsame Feind aller; ihr Krieg gegen Bocchus habe denselben Grund wie der gegen ihn und gegen die andern Völker: nämlich die Herrschsucht, die ihnen alle Königreiche verhaßt mache; jetzt sei gerade er der Feind der Römer, wenig vorher seien es die Karthager gewesen, ebenso König Perseus, später würden es der Reihe nach die sein, die ihnen am reichsten schienen. Auf solche und ähnliche Äußerungen hin beschließen sie, gegen die Stadt Cirta zu ziehen, weil dort Quintus Metellus Beute wie Gefangene und den Troß untergebracht hatte. Iugurtha meinte nämlich, daß entweder die Eroberung der Stadt die Mühe lohnen werde oder, sollte der römische Führer seinen Leuten zu Hilfe eilen, es zu einer Schlacht käme. Denn schlau wollte er nur das eine: des Bocchus Frieden mit den Römern stören, damit dieser nicht bei längerem Zuwarten eine andere Lösung dem Krieg vorzöge.

82. Nachdem der Feldherr von der Bundesgenossenschaft der Könige erfahren hatte, läßt er sich nicht unbedacht und nicht, wie er es sich nach den bereits zahlreichen Siegen über Iugurtha angewöhnt hatte, an jedem Ort auf einen Kampf ein; sondern er baut nicht weit von Cirta ein befestigtes Lager und erwartet die Könige, da er glaubt, es sei besser, zuerst die Mauren kennenzulernen – diese waren als neuer Feind dazugekommen –, um dann bei günstiger Gelegenheit den Kampf aufzunehmen. Unterdessen erfährt er durch einen Brief aus Rom, daß die Provinz Numidien Marius zugesprochen worden sei; denn daß jener Konsul geworden, hatte er schon vorher vernommen. Durch diese Neuigkeiten mehr als recht und billig erschüttert, kann er weder die Tränen zurückhalten noch seine Zunge mäßigen; der in anderer Beziehung so hervorragende Mann gibt sich allzu hemmungslos dem Kummer hin. Dies schrieben die einen seinem Stolz zu, andere sagten,

sein edler Sinn sei durch diese Schmach gekränkt worden, viele meinten, es komme daher, daß der schon errungene Sieg ihm aus den Händen gerissen würde. Uns ist zur Genüge bekannt, daß jener schwerer von der Ehrung des Marius als von dem ihm selbst zugefügten Unrecht getroffen wurde und nicht so verbittert gewesen wäre, hätte man die ihm entzogene Provinz einem andern als Marius gegeben.

83. Auf jeden Fall war er durch diesen Schmerz in seiner Entschlußkraft gehemmt, und weil es ihm töricht schien, eine fremde Aufgabe unter eigener Gefahr auf sich zu nehmen, schickt er Gesandte zu Bocchus mit der Forderung, er solle nicht grundlos Feind des römischen Volkes werden: jetzt sei eine gute Gelegenheit, um Bundesgenossenschaft und Freundschaft zu schließen; das sei besser als Krieg, und obschon er auf seine Macht vertrauen könne, dürfe er doch nicht Unsicherheit für Sicherheit eintauschen. Jeder Krieg werde leicht aufgenommen, aber nur sehr schwer aufgegeben; nicht in derselben Hand liege sein Beginn und sein Ende; anfangen könne ihn jeder, auch ein Feigling, beigelegt werde er, wenn die Sieger wollten. Kurz, er solle für sich und sein Reich sorgen und sich nicht, da er ja in glücklichen Verhältnissen lebe, mit Iugurtha, der in verzweifelter Lage sei, zusammentun. Darauf antwortet der König mit recht freundlichen Worten: Er wünsche den Frieden, habe aber Erbarmen mit Iugurthas Schicksal; wenn diesem dieselben Bedingungen gewährt würden, werde man sich über alles einigen können. Nochmals schickt der Feldherr Boten mit Gegenforderungen zu Bocchus; jener billigt sie teils, andere lehnt er ab. So werden von beiden Seiten oft Boten hin und her geschickt, die Zeit vergeht, und nach des Metellus Willen zieht sich der Krieg, ohne daß etwas geschieht, in die Länge.

84. Aber Marius war, wie wir oben gesagt haben, ganz nach Wunsch der Menge Konsul geworden, und nachdem ihm das

Volk die Provinz Numidien zugesprochen hatte, griff er, der vorher schon auf den Adel schlecht zu sprechen war, jetzt erst recht diesen oft und heftig an, beleidigte einzelne bald, bald alle zusammen, behauptete immer wieder, er habe das Konsulat nach ihrer Niederlage als Siegespreis bekommen, und anderes mehr, rühmlich für sich und für sie kränkend. Unterdessen förderte er in erster Linie, was für den Krieg notwendig war: er verlangte für die Legionen Ergänzung, Hilfstruppen ließ er von den (verbündeten) Völkern und Königen herbeiholen, außerdem rief er aus Latium und von den Bundesgenossen die Tapfersten zusammen, ihm in der Mehrzahl vom Militärdienst her, in der Minderzahl dem Namen nach bekannt, und reihum gehend, veranlaßte er die Leute, trotz erfüllter Dienstpflicht sich ihm anzuschließen. Und der Senat, obschon gegen ihn eingestellt, wagte es nicht, ihm irgend etwas zu verweigern; übrigens hatte er die Ergänzung sogar gern beschlossen, weil man glaubte, daß dem Volk der Militärdienst nicht willkommen sei und Marius entweder das für den Krieg Erforderliche oder die Sympathie der Bevölkerung verlieren werde. Aber das war eine vergebliche Hoffnung; eine solche Begeisterung, mit Marius zu ziehen, hatte die meisten ergriffen. Jeder werde reiche Beute gewinnen, als Sieger nach Hause kehren, und anderes derartiges stellten sie sich vor. Und Marius hatte sie mit seiner Rede nicht wenig zuversichtlich gestimmt. Denn nachdem alles, was er verlangt hatte, beschlossen war und er die Truppen ausheben will, berief er, um das Volk aufzumuntern und zugleich den Adel, wie er es gewohnt war, zu beunruhigen, eine Versammlung ein. Dort hielt er eine Ansprache folgender Art:

85. «Ich weiß, Bürger, daß die meisten nicht dieselben Eigenschaften zeigen, wenn sie sich bei euch um die Macht bewerben und wenn sie diese nach Erhalt ausüben; zuerst sind sie tatkräftig, demütig, bescheiden, dann leben sie in Untätigkeit

und Hochmut dahin. Aber ich habe eine gegenteilige Auffassung; denn wenn der Staat als ganzer wertvoller als das Konsulat oder die Prätur ist, so muß man ihn auch mit um so größerer Sorgfalt verwalten, als wenn man sich um diese bewirbt. Und ich bin mir wohl bewußt, was für eine Aufgabe ich dank eurem sehr großen Wohlwollen auf mich nehme. Den Krieg vorbereiten und zugleich die Staatskasse schonen, diejenigen zum Kriegsdienst zwingen, die man nicht gegen sich aufbringen will, zu Hause und auswärts alles erledigen und dies unter Neidern, Gegenspielern, Intriganten tun – das ist, Bürger, schwieriger, als man meint. Dazu kommt: wenn andere Fehler begangen haben, gewährt ihnen alles Schutz: ihr alter Adel, die Heldentaten ihrer Vorfahren, die Mittel ihrer Verwandten und Bekannten, ihre zahlreiche Anhängerschaft; bei mir beruhen alle Hoffnungen auf mir selbst, und sie muß ich mit meiner Tüchtigkeit und Unbestechlichkeit durchsetzen; denn alles andere ist ohne Verlaß. Auch das begreife ich, Bürger, daß aller Augen auf mich gerichtet sind, mir die Gerechten und Wohlmeinenden ihre Gunst zeigen – denn meine guten Dienste nützen dem Staat –, der Adel aber eine Gelegenheit zum Angriff sucht. Um so energischer muß ich mich einsetzen, daß ihr euch nicht täuschen laßt und jene sich vergeblich mühen. So lebte ich von Jugend auf bis heute, daß ich nur Anstrengungen und Gefahren kenne. Was ich vor dem Beweis eures Wohlwollens umsonst machte, das nach empfangenem Lohn nicht mehr zu tun, ist nicht meine Absicht, Bürger. Für diejenigen ist es schwierig, sich in der Ausübung der Macht zu mäßigen, die während ihrer Kandidatur die Anständigen nur gespielt haben; mir, der ich mein ganzes Leben die besten Eigenschaften pflegte, ist rechtes Handeln schon aus Gewohnheit zur Natur geworden.

Den Krieg mit Iugurtha führen habt ihr mich geheißen, was der Adel nur sehr ungern sah. Bitte, überlegt euch selbst, ob es besser sei, dies zu ändern, indem ihr einen aus jenem adligen Klüngel zu diesem oder einem andern ähnlichen Unternehmen schickt, einen Mann von altem Stamm und mit zahlreichen Ahnenbildern, doch keiner Kriegserfahrung, damit er dann – verständlicherweise bei einem solchen Geschäft, da bar jeden Wissens – unsicher wird, übereilt handelt, einen aus dem Volk als Ratgeber für seine Aufgabe nimmt. So kommt es meistens, daß der, den ihr befehlen hießet, sich einen andern als Befehlshaber suchen muß. Und ich kenne, Bürger, solche, die, nachdem sie zu Konsuln gewählt worden sind, die Geschichte unserer Vorfahren und der Griechen militärische Anweisungen zu lesen begannen: Leute, die immer zu spät kommen; denn handeln liegt zeitlich später als etwas werden, Erfahrung und Praxis sind aber Voraussetzung. Vergleicht nun, Bürger, mit deren Hochmut mich, den Homo novus. Was jene zu hören oder lesen pflegen, davon habe ich einen Teil gesehen, anderes selbst ausgeführt; was jene aus Büchern, das habe ich im Krieg gelernt. Jetzt ist es an euch, abzuschätzen, ob Taten oder Worte mehr wert sind. Sie verachten mich als Homo novus, ich ihre Untüchtigkeit; mir wird mein Stand, ihnen ihre Vergehen vorgeworfen. Ich freilich glaube, daß von Natur aus alle ein und dieselben seien, die Tapfersten aber die Edelsten. Und wenn man jetzt die Väter des Albinus oder Bestia fragen könnte, ob sie lieber mich oder jene gezeugt haben wollten, was glaubt ihr, würden sie antworten, als daß sie möglichst gute Kinder gewollt hätten. Wenn diese aber zu Recht mich verachten, so sollen sie das ebenfalls mit ihren Vorfahren tun, bei denen, wie bei mir, mit der Tüchtigkeit der Adel seinen Anfang nahm. Sie sind neidisch auf meine Ehre: also sollen sie neidisch sein auf Anstrengung, Unbestechlichkeit, auch auf meine Gefahren, da ich ja durch diese jene erhielt. Aber die in ihrem Hochmut verblendeten Menschen führen sich so auf, wie wenn sie eure Ehren verachteten; so bewerben sie sich darum, wie wenn sie ehrenhaft gelebt hätten. Wahrlich, jene täuschen sich, die ganz verschiedene Dinge gleichzeitig erwarten: Vergnügen aus Untätigkeit und für Tüchtigkeit Belohnungen. Und lassen sie sich vor euch oder im Senat vernehmen, preisen sie meist in ihrer Rede ihre Vorfahren und halten sich für glänzender, wenn sie deren Heldentaten ins Gedächtnis rufen. Ganz im Gegenteil! Denn je glanzvoller jener Leben, um so schimpflicher die Trägheit dieser. Tatsächlich ist es doch so: der Ruhm der Vorfahren ist für die Nachkommen wie ein Licht und duldet nicht, daß deren Vorzüge oder Fehler im Dunkel bleiben. In dieser Beziehung habe ich einen Mangel zuzugeben, Bürger – dafür darf ich, was viel glanzvoller ist, von eigenen Taten sprechen. Jetzt schaut, wie ungerecht sie sind: was sie sich auf Grund fremder Tüchtigkeit anmaßen, das gestehen sie mir auf Grund eigener nicht zu – wohl weil ich keine Ahnenbilder habe und weil mein Adel jung: wo es doch gewiß besser ist, solchen geschaffen als übernommenen vertan zu haben.

Ich freilich weiß genau: wenn sie mir jetzt antworten wollten, stünden ihnen Beredsamkeit und wohlgesetzte Worte mehr als genug zur Verfügung. Aber auf dem Höhepunkt eurer Wohltaten, wo sie bei jeder Gelegenheit mich und euch mit Schimpfworten herunterreißen, gefiel es mir nicht, zu schweigen, damit niemand Bescheidenheit als schlechtes Gewissen auslege. Allerdings vermag mir, das ist meine tiefste Überzeugung, keine Rede zu schaden, da ja die Wahrheit notwendigerweise mich lobpreisen muß, die Lüge von meinem Leben und meiner Art widerlegt wird. Aber da es eure Beschlüsse sind, die getadelt werden, die ihr mir die höchste Ehre und die schwerste Arbeit aufgeladen habt, überlegt euch immer und immer wieder, ob dies euch nicht reuen muß. Ich kann, um Vertrauen zu erwecken, weder Ahnenbilder noch Triumphe oder Konsulate meiner Vorfahren zeigen, aber wenn es die Sache verlangt, Lanzen, ein Feldzeichen, Orden, andere militärische Auszeichnungen, außerdem Narben auf der Brust. Dies sind meine Ahnenbilder, dies mein Adel, nicht durch Erbgang erhalten, wie jene ihren, sondern von mir durch zahlreiche eigene Anstrengungen und Gefahren erworben.

Meine Worte sind nicht wohlgesetzt – das gebe ich billig; Tüchtigkeit ist sich selbst genug. Jene aber brauchen einen Kunstgriff, um ihre Schandtaten mit ihrer Rede zu verdecken. Auch habe ich kein Griechisch gelernt; ich hatte zu wenig Lust, etwas zu lernen, das seine Lehrer nicht tüchtiger gemacht hat. Aber dafür bin ich in dem, was für den Staat das allerwichtigste ist, unterrichtet: den Feind schlagen, Schutz bieten, nichts fürchten außer schlechtem Ruf, Kälte wie Hitze erdulden, auf dem Boden schlafen, gleichzeitig Mangel und Anstrengung ertragen. Mit solchen Lehren werde ich die Soldaten begeistern, nicht sie knapp halten, selbst schwelgen und nicht den Ruhm mir, die Anstrengung ihnen überlassen. Das ist ein nützliches, das ein Bürgern würdiges Regiment; denn selbst in Üppigkeit dahinleben, das Heer aber mit Strafen in die Schranken weisen, das heißt Herr, nicht Feldherr sein. Dies und anderes Ähnliches taten eure Vorfahren und machten so sich und ihren Staat berühmt. Auf sie stützt sich der Adel, obwohl selbst in seiner Art ihnen ganz unähnlich; uns, deren Nacheiferer, verachtet er und fordert alle Ehren nicht nach Verdienst, sondern wie eine Schuld von euch zurück. Aber diese gar hochmütigen Leute irren sich sehr. Ihre Vorfahren hinterließen ihnen alles, was möglich war: Reichtum, Ahnenbilder, ihr glanzvolles Andenken; Tüchtigkeit hinterließen sie nicht, konnten es auch nicht: sie allein wird weder als Geschenk gegeben noch empfangen. Sie nennen mich geizig und von ungehobelter Art, weil ich zu wenig raffiniert ein Gastmahl ausrichte und keinen Schauspieler habe, auch keinen Koch, der mich mehr gekostet hat als mein Gutsverwalter. Das gebe ich gerne zu, Bürger; denn von meinem Vater und andern untadligen Männern habe ich folgendes gelernt: Eitelkeit zieme Weibern, Männern Anstrengung, und der Tapfere müsse mehr Ruhm als Reichtum haben; Waffen, nicht Tafelgeschirr seien sein Schmuck. – Wohlan denn, was ihnen gefällt, was sie wertschätzen, das sollen sie nur immer tun: lieben, trinken; wo sie ihre Jugend verlebten, dort sollen sie ihr Alter verbringen: bei Gastmählern, dem Bauch und dem schimpflichsten Körperteil ergeben; Schweiß, Staub und anderes der Art sollen sie uns überlassen, die dies höher schätzen als Essen. – Aber so ist es gar nicht: denn wenn diese schimpflichsten Männer sich mit Schandtaten entehrt haben, machen sie sich daran, den Tapferen die Belohnung zu entreißen. So erweisen sich auf ganz unbillige Weise Prasserei und Untätigkeit, die schlimmsten Eigenschaften, denen, die sie gepflegt haben, als keineswegs nachteilig, dem unschuldigen Staat bringen sie Verderben.

Nun, da ich jenen, soweit es meine Art, nicht ihre Schandtaten verlangten, geantwortet habe, möchte ich einiges Weniges über die Lage des Staates sagen. Vor allem seid wegen Numidien unbesorgt, Bürger. Denn was bis heute Iugurtha geschützt hat, habt ihr alles beiseite geräumt: Habgier, Unerfahrenheit und Hochmut. Ferner ist dort ein Heer, das die Gegend kennt, aber bei Gott eher mutig als vom Glück begünstigt war; denn ein großer Teil ist durch Habgier oder Unbesonnenheit seiner Führer aufgerieben. Deswegen bemüht euch mit mir zusammen, ihr, die ihr im militärpflichtigen Alter steht, ergreift die Macht im Staat, und niemand soll Angst haben wegen des Unglücks anderer oder der Feldherrn Hochmut. Ich persönlich werde auf dem Marsch wie im Gefecht bei euch sein, euch beraten und die Gefahr mit euch teilen und mich und euch in jeder Hinsicht gleichstellen. Und fürwahr, mit Hilfe der Götter liegt alles zum Greifen nahe:

Sieg, Beute, Ehre. Wenn diese auch zweifelhaft oder in weiter Ferne wären, müßten doch alle Wohlmeinenden dem Staat zu Hilfe kommen. Denn noch niemand wurde durch Untätigkeit unsterblich, und noch kein Vater wünschte seinen Kindern eher, daß sie ewig lebten, als daß sie gut und ehrenhaft ihr Leben verbrächten. Ich würde mehr sagen, Bürger, könnten Worte bei Furchtsamen Tapferkeit fördern; denn für Mutige glaube ich mehr als genug gesagt zu haben.»

86. Als Marius auf diese Art gesprochen hat und das Volk zuversichtlich sieht, belädt er eilends die Schiffe mit Vorrat, Kriegskasse, Waffen und anderen notwendigen Dingen; dann heißt er den General Aulus Manlius abfahren. Er selbst hebt unterdessen Soldaten aus, nicht nach altem Brauch und nicht in den Vermögensklassen, sondern wie jeder Lust hatte, meistens Leute ohne Besitz. Die einen sagten, der Konsul habe dies gemacht, da er keine besseren bekommen konnte, die andern, es sei aus Rücksichtnahme, da er von dieser Art Leute umjubelt und gefördert worden war und für einen Menschen, der Macht sucht, gerade die Ärmsten die Willkommensten sind, denen ihr Eigentum nicht lieb ist, weil sie keines haben, und alles, was mit Gewinn verbunden, ehrenhaft scheint. Also fährt Marius mit ziemlich größerer Truppenzahl, als beschlossen war, nach Afrika und landet nach wenigen Tagen in Utica. Das Heer wird ihm vom General Publius Rutilius übergeben; denn Metellus hatte den Anblick des Marius gemieden, damit er nicht sehen müsse, was er schon beim Hören nicht hatte ertragen können.

87. Der Konsul aber bricht mit den nunmehr vollzähligen Legionen und Kohorten der Hilfstruppen in eine fruchtbare und beuteversprechende Gegend auf, überläßt alles, was er dort erobert, den Soldaten, greift darauf Burgen und Städte an, die auf Grund ihrer Lage und Besatzung zu wenig geschützt waren, beginnt viele Gefechte, allerdings leichte, einmal da, ein-

mal dort; inzwischen nehmen die neuen Soldaten ohne Furcht am Kampfe teil, sehen, wie Fliehende entweder gefangen oder getötet werden, wie gerade die Tapfersten am sichersten sind, wie mit Waffen Freiheit, Vaterland und Vaterhaus und alles andere bewahrt, Ruhm und Reichtum erworben werden. So wuchsen in kurzer Zeit Neue und Alte zusammen, und die Tüchtigkeit glich sich bei allen aus. – Als die Könige aber von des Marius Ankunft erfuhren, trennen sie sich und ziehen in schwer zugängliches Gelände. So war es von Iugurtha geplant, der hoffte, bald einen weit zerstreuten Feind angreifen zu können, da die Römer, wie die meisten, fällt die Furcht einmal weg, weniger straff und streng sein würden.

88. Metellus war unterdessen nach Rom gefahren und wird gegen seine Erwartung sehr freundlich empfangen, gleich beliebt bei Volk und Senatoren, nachdem sich der Haß gelegt hatte. – Aber Marius richtet tatkräftig und klug seine Aufmerksamkeit ebenso auf seine Leute wie auf die Feinde, sucht zu erkennen, was für beide gut oder das Gegenteil sei, erkundet die Bewegungen der Könige, kommt ihren Plänen und Listen zuvor, duldet bei sich keine Nachlässigkeit und bei jenen keine Sicherheit. So hatte er die Gätuler und Iugurtha, die von unseren Bundesgenossen Beute wegtrieben, oft unterwegs angegriffen und in die Flucht geschlagen und den König selbst nicht weit von der Stadt Cirta der Waffen beraubt. Nachdem er aber erkannt hatte, daß ihm dies zwar Ruhm bringe, dem Krieg freilich kein Ende bereite, beschloß er, die Städte, die durch ihre Besatzung oder Lage für die Feinde sehr günstig und für ihn sehr ungünstig waren, eine nach der andern zu umzingeln: so würde Iugurtha, falls er dies geschehen ließe, entweder seiner Stützpunkte verlustig gehen, oder er müßte sich zum Kampf stellen. Denn Bocchus hatte oft Boten zu ihm geschickt: Er wolle die Freundschaft des römischen Volkes; man brauche von seiner Seite keine feindliche Handlung zu

fürchten. Ob er dies vortäuschte, damit er unversehens und mit stärkeren Kräften ihn überfallen könne, oder ob er in seinem Wankelmut Frieden und Krieg zu vertauschen gewohnt war, ist nicht ganz ausgemacht.

89. Aber der Konsul rückt, wie er beschlossen hatte, gegen befestigte Städte und Burgen vor, bringt sie teils mit Gewalt, andere durch Einschüchterung oder Versprechung von Belohnungen zum Abfall von den Feinden. Und zuerst blieb es bei bescheidenen Unternehmungen, im Glauben, Iugurtha werde es, um seine Leute zu schützen, zum Gefecht kommen lassen. Aber als er erfuhr, jener sei weit weg und mit anderen Aufgaben beschäftigt, schien es ihm an der Zeit, Größeres und Schwierigeres anzupacken.

Inmitten ungeheurer Wüsten lag eine große und blühende Stadt mit Namen Capsa, als deren Gründer der libysche Herkules betrachtet wurde. Ihre Bürger genossen bei Iugurtha Steuerfreiheit und eine milde Herrschaft und galten deshalb als sehr treu; gegen Feinde waren sie geschützt nicht nur durch Mauern und Waffen und Männer, sondern noch viel mehr durch die Schwierigkeit des Geländes. Denn außer der nächsten Umgebung der Stadt war alles andere öd, wild, wasserarm, von Schlangen verseucht, deren Angriffslust, wie die aller wilden Tiere, bei Nahrungsmangel heftiger ist; dazu werden die von Natur schon gefährlichen Schlangen durch Durst mehr als durch irgend etwas anderes gereizt. Sich dieser Stadt zu bemächtigen war des Marius größter Wunsch, einmal aus Gründen der Kriegführung, dann aber auch, weil die Aufgabe schwierig schien und Metellus die nicht unähnlich gelegene und geschützte Stadt Thala mit großem Ruhm eingenommen hatte – außer daß bei Thala nicht weit von den Mauern einige Quellen waren, den Bewohnern von Capsa aber nur ein einziger nie versiegender, auf Stadtboden befindlicher Brunnen zur Verfügung stand; sonst mußten sie Regenwasser benutzen. Wassermangel wurde hier und in ganz Afrika, soweit es fern vom Meer noch ziemlich wild war, um so leichter ertragen, weil die Numider sich meist von Milch und Wildbret nährten und weder Salz noch andere Reizmittel für den Gaumen begehrten; die Nahrung diente ihnen gegen Hunger und Durst, nicht zur Befriedigung von Lust und Laune und nicht zur Schwelgerei.

90. Nachdem der Konsul also alles ausgekundschaftet hatte, rüstet er sich, ich glaube im Vertrauen auf die Götter – denn bei solchen Schwierigkeiten konnte er sich mit eigener Klugheit nicht ausreichend vorsehen; ja es drohte sogar Getreidemangel, da die Numider sich mehr um Viehfutter als um Ackerland kümmern und alles, was gewachsen war, auf Geheiß des Königs an befestigte Plätze gebracht hatten, das Land aber zu dieser Jahreszeit, Ende des Sommers, trocken und leer von Früchten war –, er rüstet sich also trotzdem ausreichend und sieht sich nach Möglichkeit vor; alles Vieh, das er an den vorhergehenden Tagen erbeutet hatte, weist er den Reitern der Hilfstruppen zum Forttreiben zu, befiehlt dem General Aulus Manlius, mit leichtbewaffneten Kohorten zur Stadt Lares zu ziehen, wohin er die Kriegskasse und den Nachschub gelegt hatte, und sagt, er wolle auf Beute ausgehen und nach wenigen Tagen ebendorthin kommen. So verhüllt er sein Vor-
91. haben und gelangt zum Fluß Tanais. – Übrigens hatte er auf dem Marsch täglich dem Heer das Vieh, je Hundertschaft wie auch Schwadron, gleichmäßig zugeteilt und sorgte, daß aus den Häuten Schläuche gemacht würden; damit sucht er zugleich den Getreidemangel zu lindern und, ohne daß jemand etwas davon ahnte, vorzubereiten, was bald nützlich sein sollte. Schließlich war am sechsten Tag, als man zum Fluß kam, eine sehr große Zahl Schläuche fertig. – Dort errichtet er ein leicht befestigtes Lager, heißt die Soldaten sich verpflegen und gleich bei Sonnenuntergang zum Ausrücken bereit

sein und unter Zurücklassung allen Gepäcks sich und die Lasttiere nur mit Wasser beladen. Als es ihm darauf an der Zeit schien, rückt er aus dem Lager und läßt erst anhalten, als er die ganze Nacht marschiert war; das gleiche macht er in der nächsten; darauf kommt er in der dritten, lang vor Tag, in hügeliges Gelände, von Capsa nicht weiter als zwei Meilen entfernt, und wartet dort möglichst unbemerkt mit allen Truppen. Aber als der Tag anbrach und viele Numider, ohne vom Feind etwas zu fürchten, aus der Stadt kamen, befiehlt er plötzlich der ganzen Reiterei und mit ihnen den schnellsten Infanteristen, im Lauf nach Capsa zu eilen und die Tore zu besetzen. Darauf folgt er unverzüglich selber, zum Kampf bereit, und läßt die Soldaten keine Beute machen. Als dies die Städter merkten, zwangen sie Unsicherheit, grenzenlose Angst, die unvorhergesehene Gefahr, dazu der Umstand, daß ein Teil der Bürger außerhalb der Mauern in der Gewalt des Feindes war, zur Übergabe. Gleichwohl wurde die Stadt angezündet, die erwachsenen Numider getötet, alle andern in die Sklaverei verkauft, die Beute unter die Soldaten verteilt. Diese gegen das Kriegsrecht verstoßende Handlungsweise erklärte sich nicht aus Habgier, auch nicht aus verbrecherischer Gesinnung des Konsuls, sondern weil der Platz für Iugurtha günstig, für uns schwer zugänglich war, der Menschenschlag wankelmütig, treulos, schon vorher weder durch Wohltat noch Einschüchterung in Schranken zu halten war.

92. Nachdem Marius ein solches Unternehmen ohne Verlust eines seiner Leute durchgeführt hatte, begann man ihn, der schon vorher groß und berühmt gewesen war, für noch größer und berühmter zu halten. Alles, auch das nicht genügend Überdachte, wurde ihm als Verdienst ausgelegt; die Soldaten, nicht allzu streng gehalten, zugleich auch reich geworden, hoben ihn in den Himmel; die Numider fürchteten ihn mehr als einen Sterblichen; kurz, sämtliche Verbündete und Feinde

glaubten, er besitze entweder göttlichen Verstand oder es werde ihm alles durch Wink der Götter offenbart.

Wie dies Unternehmen also gut ausgegangen war, zieht der Konsul gegen andere Städte; einige wenige nimmt er unter Gegenwehr der Numider ein, die Mehrzahl, wegen des Unglücks von Capsa verlassen, wird in Brand gesteckt: von Trauer und Mord ist alles erfüllt. Nachdem er sich schließlich vieler Plätze bemächtigt, und zwar meist ohne Blutvergießen für das Heer, setzt er sich ein anderes Ziel, nicht von der gleichen Schwierigkeit wie Capsa, im ganzen aber nicht weniger anspruchsvoll. Denn nicht weit vom Fluß Muluccha, der das Reich des Iugurtha und des Bocchus trennte, war in einem sonst ebenen Gelände ein felsiger Berg, der für eine mäßig große Burg genug Platz bot, unermeßlich hoch aufragend, mit nur einem sehr engen Zugang; denn der ganze Berg war von Natur steil abfallend, als ob er künstlich und absichtlich so angelegt wäre. Diesen Platz wollte Marius, weil dort Schätze des Königs lagen, unter allen Umständen an sich bringen. Aber dies Unternehmen fand eher durch Zufall als Planung ein Ende. Denn in der Burg waren Männer und Waffen genug und eine große Menge Getreide und eine Wasserquelle; für Dämme, Türme und andere Bauten war der Platz ungeeignet, der Zugang für die Burgbewohner aber recht eng, auf beiden Seiten abschüssig. Dort wurden die Schutzdächer nur unter ungeheurer Gefahr vorgetragen, aber vergeblich; denn hatte man sie ein wenig vorgerückt, wurden sie durch Feuer oder Steine zerstört. Die Soldaten konnten weder vor dem Belagerungswerk Fuß fassen wegen der Unebenheit des Geländes noch unter den Schutzdächern ohne Gefahr ihre Arbeit verrichten. Gerade die Besten fielen oder wurden verwundet, bei den übrigen nahm die Angst zu.

93. Aber nach vielen verlorenen Tagen und Mühen überlegte Marius unruhig hin und her, ob er das Vorhaben, weil fehl-

geschlagen, aufgeben oder einen Glücksfall abwarten solle, wie er ihn oft zu seinen Gunsten genutzt hatte. Während er sich dies viele Tage und Nächte fieberhaft fragte, bemerkte zufällig ein Ligurer, ein gewöhnlicher Soldat aus den Hilfskohorten, der das Lager zum Wasserholen verlassen hatte, nicht weit von der Seite der Burg, die den Kämpfenden abgewandt war, zwischen den Felsen kriechende Schnecken; als er die eine und andere, dann immer mehr auflas, stieg er in seinem Sammeleifer allmählich bis nahe zum Gipfel des Berges. Wie er dort alles verlassen sah, lenkte, nach Menschenart, die Lust, ein Wagnis zu bestehen, seine Aufmerksamkeit in eine andere Richtung. Und zufällig war an diesem Ort eine mächtige Steineiche zwischen den Felsen emporgesproßt, die, zunächst ein wenig nach unten geneigt, sich dann bog und in die Höhe reckte, wohin die Natur alle Gewächse weist. Gestützt auf deren Zweige bald, bald auf herausragende Felsen, gelangte der Ligurer auf die Burgterrasse, denn alle Numider leisteten angespannt den Kämpfern Beistand. Er kundschaftet alles aus, was, wie er glaubte, bald nützlich sein könnte, klettert denselben Weg zurück, nicht aufs Geratewohl wie beim Aufstieg, sondern indem er alles untersucht und sich nach allen Seiten umschaut. Und so geht er eilends zu Marius, erklärt ihm, was geschehen, ermahnt ihn, er solle von der Seite, wo er selbst aufgestiegen, die Burg anzugreifen versuchen, empfiehlt sich als Führer für den Weg und in der Gefahr. Marius schickte mit dem Ligurer einige von den Anwesenden, um seine Versprechungen zu überprüfen; je nach Einstellung eines jeden bezeichneten sie das Unternehmen als schwierig oder leicht; die Zuversicht des Konsuls wurde dennoch ein wenig gehoben. Deshalb wählte er aus der Zahl der Trompeter und Hornisten die fünf Schnellsten aus und mit diesen vier Hauptleute zu ihrem Schutz, heißt alle dem Ligurer gehorchen und setzt für die Ausführung den nächsten Tag fest.

94. Doch als es gemäß der Anordnung an der Zeit schien und alles bereit und abgesprochen war, macht sich der Ligurer auf den Weg. Aber jene, die den Aufstieg unternehmen sollten, hatten nach vorheriger Weisung ihres Führers Waffen und Ausrüstung gewechselt: sie waren barhaupt und barfuß, um Blick und Tritt in den Felsen unbehinderter zu haben; auf dem Rücken Schwert und Schild, aber einen numidischen aus Leder, des Gewichts wegen und zugleich damit er beim Anstoßen weniger Lärm mache. Der Ligurer ging also voran, und wenn Felsen und alte Wurzeln vorstanden, band er Schlingen darum, um mit deren Hilfe die Soldaten leichter hinaufsteigen zu lassen; bisweilen reichte er den über den ungewohnten Weg Ängstlichen die Hand; war der Aufstieg ein wenig schwieriger, schickte er sie einzeln ohne Waffen voraus, folgte darauf selbst mit ihren Waffen; sah ein Tritt bedenklich aus, versuchte er ihn selbst zuallererst und stieg öfters an der gleichen Stelle hinauf und hinunter, dann trat er sogleich beiseite und machte den übrigen Mut. So kommen sie langsam und sehr müde schließlich in die auf dieser Seite verlassene Burg, weil alle, wie an den andern Tagen, gegen den Feind Beistand leisteten. Als Marius von Boten erfuhr, was dem Ligurer gelungen war, da ermunterte er erst recht seine Soldaten – er hatte freilich während des ganzen Tages die Numider angespannt ins Gefecht verwickelt –, trat selbst unter den Schutzdächern hervor, ließ ein Schilddach bilden und nahe heranrücken und zugleich den Feind mit Wurfmaschinen, Pfeilschützen und Schleuderern von ferne in Schach halten. Aber die Numider, die schon oft zuvor die Schutzdächer der Römer beschädigt und auch angezündet hatten, pflegten sich nicht hinter den Befestigungen der Burg zu sichern, sondern hielten sich Tag und Nacht vor der Mauer auf, schmähten die Römer und warfen Marius Wahnsinn vor, drohten unsern Soldaten die Knechtschaft Iugurthas an, zeigten sich im Erfolg maßlos.

Während unterdessen alle, Römer und Feinde, beidseits mit großem Einsatz im Gefecht kämpften: für Ruhm und Herrschaft jene, diese für ihr Leben, bliesen plötzlich im Rücken die Trompeten; und zuerst flohen Frauen und Kinder, die als Zuschauer herausgekommen waren, dann die, welche der Mauer am nächsten standen, zuletzt alle, Bewaffnete und Unbewaffnete. Sobald dies geschah, drängten die Römer um so heftiger nach, warfen sie in die Flucht, verwundeten aber die meisten nur, stiegen schließlich über die Leichen der Gefallenen, strebten ruhmgierig um die Wette zur Mauer, und nirgends hielt sich einer wegen Beute auf. So ward der durch einen Zufall wiedergutgemachten Verwegenheit des Marius Ruhm zuteil, selbst nach einem Fehler.

95. Während sich dies ereignet, kommt der Quästor Lucius Sulla mit einer großen Zahl Reiter ins Lager; um diese in Latium und bei den Bundesgenossen auszuheben, war er in Rom zurückgeblieben. Aber weil uns der Gang der Ereignisse an diesen großen Mann erinnert hat, scheint es passend, über dessen Charakter und Lebensführung ein paar Worte zu sagen. Wir haben nämlich nicht die Absicht, andernorts noch über Sullas Taten zu sprechen; und Lucius Sisenna, der am besten und genauesten von allen, welche diese Geschehnisse schilderten, berichtet hat, scheint mir zu wenig freimütig gesprochen zu haben.

Sulla war also ein Adliger aus patrizischem Geschlecht, von einem durch Unfähigkeit der Vorfahren schon beinah in Vergessenheit geratenen Zweig; in griechischer und lateinischer Literatur kannte er sich wie die gebildetsten Leute aus; er war von unbändigem Ehrgeiz, gierig nach Vergnügen, nach Ruhm freilich noch gieriger; er liebte Muße und Wohlleben, dennoch hielt ihn von Geschäften nie das Vergnügen ab; nur seinen Frauen gegenüber hätte er sich ehrenhafter benehmen dürfen; er war beredt, schlau und doch schnell zu Freundschaft bereit, von unglaublicher Verstellungsgabe und unergründlichem Wesen, Spender von vielen Dingen – vor allem von Geld. Und obgleich vor dem Sieg im Bürgerkrieg der glücklichste von allen, ist er dies doch stets weniger durch Zufall als aus eigenem Verdienst gewesen, und viele zweifelten, ob er tüchtiger oder glücklicher sei; was er später freilich machte, da weiß ich nicht recht, ob ich mich beim Erzählen mehr schämen oder grämen soll.

96. Nachdem also Sulla, wie oben gesagt, mit seinen Reitern nach Afrika und ins Lager des Marius gekommen war, bis jetzt noch unerfahren und kriegsungewohnt, wurde er in kurzer Zeit der geschickteste von allen. Dazu sprach er freundlich mit den Soldaten; vielen machte er auf ihre Bitten, andern von sich aus Geschenke, nahm selber ungern solche an, gab sie aber rascher als Schulden zurück, forderte sie von niemandem ein, war eher darauf bedacht, daß ihm möglichst viele verpflichtet seien; in Scherz und Ernst unterhielt er sich mit den einfachsten Leuten, nahm oft bei Schanzarbeiten, bei Märschen und auf Wache teil und schmälerte doch dabei, wie es verkehrter Ehrgeiz zu tun pflegt, nicht den Ruf des Konsuls oder sonst eines verdienten Mannes; nur duldete er nicht, daß ihm ein anderer mit Rat und Tat zuvorkomme, war aber auch den meisten überlegen. Durch diese Handlungs- und Denkweise wurde er in kurzer Zeit bei Marius und den Soldaten sehr beliebt.

97. Als aber Iugurtha die Stadt Capsa und andere befestigte und für ihn wichtige Plätze, zugleich auch viel Geld verloren hatte, schickt er zu Bocchus Boten: Er möge so rasch wie möglich mit Truppen nach Numidien kommen; die Zeit, eine Schlacht zu schlagen, sei da. Wie er hörte, daß dieser zaudere und zweifelnd die Vorteile von Krieg und Frieden abwäge, bestach er wiederum, wie früher, dessen Umgebung durch Geschenke und verspricht dem Mauren selbst ein Drittel von

Numidien, wenn entweder die Römer aus Afrika vertrieben oder unter Wahrung seines Gebietes der Krieg beigelegt werden könnte. Durch dieses Angebot verlockt, kommt Bocchus mit einer großen Schar zu Iugurtha.

Sie vereinigen nun ihre beiden Heere und dringen, obgleich kaum noch ein Zehntel des Tages übrig war, auf den schon ins Winterquartier marschierenden Marius ein, in der Meinung, die Nacht, die schon nahte, könnte ihnen, wenn sie besiegt würden, Schutz bieten und wäre, wenn sie gesiegt hätten, kein Hindernis, da sie die Örtlichkeiten kannten; dagegen werde den Römern in beiden Fällen die Dunkelheit Schwierigkeiten bereiten. Schließlich erfuhr der Konsul von vielen Seiten das Nahen der Feinde – und gleichzeitig waren die Feinde selbst auch schon da; und ehe das Heer sich ordnen oder das Gepäck ablegen, ja bevor es ein Zeichen oder irgendeinen Befehl erhalten konnte, stürmen die maurischen und gätulischen Reiter – nicht in Schlachtreihe und nach einer bestimmten Kampfart, sondern in Scharen, wie der Zufall sie zusammengewürfelt hatte – auf die unsern los. Diese alle, beunruhigt durch die unvorhergesehene Gefahr und doch ihrer Tapferkeit eingedenk, griffen entweder zu den Waffen oder schützten die andern, welche zu den Waffen greifen wollten, vor den Feinden; ein Teil schwang sich aufs Pferd und ritt den Feinden entgegen. Der Kampf wurde eher einem Überfall als einem Gefecht ähnlich: ohne Feldzeichen, nicht in Reih und Glied, Kavallerie und Infanterie durcheinander; der eine wich zurück, zusammengehauen wurde der andere; viele, die gegen ihre Gegner aufs heftigste kämpften, wurden im Rücken umgangen; weder Tapferkeit noch Waffen boten genügend Schutz, weil die Feinde an Zahl überlegen waren und von allen Seiten vordrangen; schließlich begannen die alten und deshalb kriegserfahrenen römischen Soldaten, wenn sie das Gelände oder irgendeine Gelegenheit zusammengeführt hatte, sich kreisförmig aufzustellen, und hielten so, rings geschützt und zugleich geordnet, den Angriff der Feinde auf.

98. Und auch in dieser so schwierigen Lage ließ sich Marius nicht einschüchtern und gab den Mut ebensowenig auf wie sonst, sondern begann mit seiner berittenen Leibgarde, die er eher aus den Reihen der Tapfersten als aus dem Kreis seiner Bekannten gebildet hatte, allenthalben aufzutauchen und bald seinen Leuten, die in Bedrängnis waren, zu Hilfe zu eilen, bald den Feind, wo er am geschlossensten auftrat, anzugreifen; mit persönlichem Einsatz stand er seinen Soldaten bei, da er im allgemeinen Durcheinander nicht befehlen konnte. Und schon war der Tag zu Ende; dennoch gaben die Barbaren keineswegs auf, und da sie nach Weisung ihrer Könige die Nacht als Vorteil für sich ansahen, widersetzten sie sich noch heftiger. Da zieht Marius nach Stand der Dinge seine Schlüsse und bringt, damit seine Leute eine Rückzugsmöglichkeit hätten, zwei nah beieinander liegende Hügel in seine Gewalt, auf deren einem – er war für ein Lager zu wenig ausgedehnt – eine starke Wasserquelle war; der andere war gut nutzbar, da er, großenteils hoch und steil, wenig Befestigungsarbeiten verlangte. Er befiehlt Sulla, mit den Reitern bei der Quelle die Nacht zu verbringen, selbst aber zieht er seine versprengten Soldaten – die Feinde waren freilich nicht weniger durcheinandergeraten – allmählich an einen Ort zusammen. Dann führt er alle im Schnellschritt auf den Hügel. So werden die Könige, durch die Schwierigkeit des Geländes genötigt, vom Gefecht abgeschreckt, lassen jedoch ihre Mannschaften sich nicht allzu weit entfernen, sondern umgeben beide Hügel mit einer großen Zahl Leute und lagern weit auseinandergezogen. Darauf zünden die Barbaren zahlreiche Feuer an und verbringen nach ihrer Sitte den größten Teil der Nacht fröhlich tanzend und laut schreiend; und selbst ihre Führer, hochgemut, weil sie nicht geflohen waren, führen sich wie Sieger auf. Aber all dies

war für die Römer, die aus dem Dunkel und von oben herab einen guten Überblick hatten, eine große Ermutigung.

99. Am meisten wurde Marius aber durch die Unbesonnenheit der Feinde bestärkt. Er heißt seine Soldaten so ruhig wie möglich sein; nicht einmal die Signale werden geblasen wie sonst bei Wachablösung. Als schließlich der Tag nahte – die Feinde waren erst kurz vorher ermattet in Schlaf gesunken –, blasen unversehens die Wachen, ebenso die Trompeter der Kohorten, Schwadronen und Legionen, wie befohlen, alle gleichzeitig ihre Signale, die Soldaten erheben ihr Kriegsgeschrei und stürmen aus den Toren. Die Mauren und Gätuler wachten bei dem unerwarteten und gräßlichen Getöse plötzlich auf, konnten aber weder fliehen noch zu den Waffen greifen und überhaupt nichts tun oder vorsehen; so hatte alle die Furcht wie Wahnsinn gepackt: wegen des Lärms, des Geschreis – niemand half, unsere Leute griffen an –, wegen der Verwirrung, des Schrecks. Zuletzt waren alle aus dem Feld geschlagen und in die Flucht gejagt, die meisten Waffen und Feldzeichen erbeutet, und es kamen mehr Feinde in diesem Gefecht um als in allen früheren. Denn durch den Schlaf und die ungewöhnliche Angst war die Flucht erschwert worden.

100. Darauf setzt Marius, wie begonnen, seinen Marsch ins Winterquartier fort; denn des Nachschubs wegen hatte er beschlossen, sich in den am Meer gelegenen Städten aufzuhalten; und doch wurde er durch den Sieg nicht nachlässig oder übermütig, sondern rückte gleich wie im Angesicht des Feindes in geschlossenem Viereck vor: Sulla mit den Reitern auf der rechten Flanke; auf der linken Aulus Manlius mit den Schleuderern und Bogenschützen, der außerdem bei den Kohorten der Ligurer für Ordnung sorgte; Spitze und Nachhut hielten Obersten mit leichtbewaffneten Truppen. Überläufer, die am wenigsten geachtet waren und die Gegend am besten kannten, erkundeten den Weg der Feinde. Zugleich küm-

merte sich der Konsul, wie wenn er keinen Helfer bestimmt hätte, um alles, war bei allen anzutreffen, lobte und schalt diejenigen, die es verdienten. Selbst immer bewaffnet und kampfbereit, forderte er auch von den Soldaten dasselbe. Und wie er marschierte, so befestigte er auch das Lager: die Kohorten der Legionen schickte er an die Tore auf Wache, die Hilfsreiterei vor das Lager, außerdem stellte er weitere Soldaten auf dem Wall innerhalb der Befestigungen aus, machte selbst bei den Posten die Runde, nicht so sehr aus Mißtrauen, daß nicht getan würde, was er befohlen, als daß die Soldaten willig die Mühsal auf sich nähmen, wenn der Feldherr sie mit ihnen teile. Und in der Tat hielt Marius damals wie auch zu anderen Zeiten des Iugurthinischen Kriegs das Heer mehr durch Pflichtgefühl als mit Strafen in Zucht. Viele sagten, er mache dies, um sich die Gunst der Soldaten zu erwerben, andere: Von Jugend auf sei er ein hartes Leben gewöhnt gewesen und manches, was man sonst als schlimm bezeichnet, habe ihm Vergnügen bereitet – indes, dem Staat war, gleich wie unter dem strengsten Regiment, gut und mit Auszeichnung gedient.

101. Am vierten Tag endlich werden nicht weit von der Stadt Cirta die von allen Seiten gleichzeitig herbeieilenden Kundschafter gesichtet, ein Zeichen, daß der Feind in der Nähe sei. Aber weil sie aus verschiedenen Richtungen zurückkamen und – der eine von da, der andere von dort – doch alle das gleiche meldeten, war der Konsul unschlüssig, welche Schlachtordnung er befehlen solle, ändert dann aber nichts an der Aufstellung und wartet, auf alles gefaßt, am gleichen Ort. So wurde Iugurtha um seine Hoffnung geprellt, der seine Truppen in vier Haufen geteilt und geglaubt hatte, daß von diesen allen wenigstens einer dem Feind in den Rücken fallen könnte. Unterdessen spricht Sulla, auf den die Feinde als ersten gestoßen waren, seinen Leuten zu, und schwadronsweise, die Pferde möglichst dicht gedrängt, greifen er selbst und die an-

dern die Mauren an; die restlichen bleiben an Ort und Stelle, schützen sich vor den aus der Ferne geschleuderten Geschossen und machen alle, die ihnen in die Hände fielen, nieder. Während die Reiterei so kämpft, greift Bocchus mit der Infanterie, die sein Sohn Volux herbeigeführt hatte – sie hatten an der ersten Schlacht, da auf dem Marsch aufgehalten, nicht teilgenommen –, die Nachhut der Römer an. Marius hielt sich gerade an der Spitze auf, weil dort Iugurtha mit der Hauptmacht war. Da erfährt der Numider die Ankunft des Bocchus und wendet sich unbemerkt mit einer kleinen Schar zur Infanterie. Dort ruft er auf lateinisch – denn bei Numantia hatte er es sprechen gelernt –, die unsern würden umsonst kämpfen; kurz zuvor habe er Marius mit eigener Hand getötet. Zugleich zeigt er sein vom Blut unserer Infanteristen gefärbtes Schwert; sie hatte er, ein recht tüchtiger Kämpfer, eben niedergemacht. Als dies die Soldaten hörten, werden sie eher durch die Gräßlichkeit des Gedankens als durch die Glaubwürdigkeit der Nachricht in Schrecken versetzt, und gleichzeitig fassen die Barbaren Mut und dringen heftiger auf die bestürzten Römer ein. Und schon fehlte nicht mehr viel zu einer Flucht, als Sulla zurückkam – er hatte die, gegen welche er vorgegangen war, vernichtet – und aus der Flanke gegen die Mauren anstürmte. Bocchus wendet sich sogleich zur Flucht. Aber während Iugurtha seine Leute unterstützen und den schon beinah errungenen Sieg behaupten will, wird er von der Reiterei umzingelt; links und rechts sind alle gefallen; allein schlägt er sich im Geschoßhagel der Feinde mit knapper Not durch. Und inzwischen hat Marius die Reiter in die Flucht geworfen und eilt seinen Leuten zu Hilfe, von denen er gehört hatte, daß sie schon zurückgedrängt würden. Zuletzt sind die Feinde schon überall zersprengt. Das war ein schreckliches Schauspiel auf dem offenen Feld: Verfolgung, Flucht, Tötung, Gefangennahme; gestürzte Pferde und Männer, und viele, die ihrer Wunden wegen weder fliehen noch sich ruhig verhalten konnten, die sich bald aufstemmten und gleich wieder zusammenbrachen; zuletzt war alles, soweit der Blick reichte, mit Geschossen, Waffen, Leichen bedeckt – und dazwischen blutgetränkter Boden.

102. Nach diesen Ereignissen gelangt der Konsul als bereits unangefochtener Sieger in die Stadt Cirta, die er sich zu Anfang des Marsches als Ziel gesetzt hatte. Dort erscheinen, fünf Tage nachdem die Barbaren zum zweiten Mal unglücklich gekämpft hatten, Gesandte von Bocchus, die Marius im Namen des Königs baten, daß er zwei seiner allertreusten Leute zu ihm schicke; er wolle mit ihnen seine Anliegen und die des römischen Volkes besprechen. Jener heißt auf der Stelle Lucius Sulla und Aulus Manlius gehen. Obschon diese auf Grund einer Einladung gingen, beschlossen sie doch, beim König gleich das Wort zu ergreifen, um entweder dessen feindliche Einstellung zu ändern oder dessen Friedensbereitschaft noch zu stärken. Und so sprach Sulla – Manlius gestand dies seiner Beredsamkeit, nicht seinem Alter zu – ein paar wenige Worte folgender Art:

«König Bocchus, es ist uns eine große Freude, daß die Götter dir, einem solchen Manne, eingaben, endlich lieber Frieden als Krieg zu wollen und dich Unbescholtenen nicht durch eine Verbindung mit dem Schlechtesten von allen, mit Iugurtha, zu beflecken und zugleich uns der bitteren Notwendigkeit zu entheben, dich Irregeleiteten auf gleiche Weise zu verfolgen wie jenen Schwerverbrecher. Auch schien es dem römischen Volk schon von Anfang seiner Herrschaft an besser, sich Freunde als sich Sklaven zu erwerben, im Glauben, es sei sicherer, über Willige als über Genötigte zu herrschen. Für dich aber ist keine Freundschaft günstiger als die unsere, erstens weil wir weit entfernt sind, was sehr wenig Anlaß zu Spannungen, aber gleichviel Vorteil, wie wenn wir nahe wären, bietet; zweitens weil wir Untertanen im Überfluß besitzen, Freunde aber, ebensowenig wie sonst jemand, nie genug haben. Wärest du doch von Anfang an dieser Auffassung gewesen: gewiß hättest du bis heute vom römischen Volk viel mehr Gutes empfangen, als du hast Übles erdulden müssen. Aber da über die Menschen vor allem das Glück regiert, dem es ja gefallen hat, daß du sowohl unsere Macht als auch unsere Gunst verspürest, so beeile dich, da es dir noch vergönnt ist, und fahre weiter, wie du begonnen. Du hast viele günstige Gelegenheiten, um durch Pflichterfüllung deine Irrtümer leicht wiedergutzumachen. Schließlich präge dir dies tief ins Herz ein, daß das römische Volk sich nie hat an Wohltaten übertreffen lassen; denn was es im Krieg vermag, das weißt du selbst.»

Darauf antwortet Bocchus freundlich und zuvorkommend – zugleich fügt er ein paar Worte zur Entschuldigung seines Vergehens bei: Er habe nicht in feindlicher Gesinnung, sondern um sein Reich zu schützen, zu den Waffen gegriffen. Denn der Teil Numidiens, aus dem er Iugurtha mit Gewalt vertrieben habe, sei nach Kriegsrecht sein Eigentum geworden; daß dieser von Marius verwüstet werde, habe er nicht dulden können. Außerdem habe er schon früher Gesandte nach Rom geschickt, doch sei ihm die Freundschaft verweigert worden. Aber er wolle das Alte ruhen lassen und jetzt, wenn Marius es erlaube, Gesandte an den Senat schicken. Dies bewilligte man ihm. Aber dann wurde der Barbar von seinen Freunden, die Iugurtha mit Geschenken bestochen hatte, wieder umgestimmt; denn dieser fürchtete, als er von der Gesandtschaft des Sulla und Manlius erfuhr, eben das, was vorbereitet wurde.

103. Unterdessen hat Marius das Heer in Winterquartieren untergebracht und marschiert mit leichtbewaffneten Kohorten und einem Teil der Reiterei in die Wüste, um eine Festung

des Königs zu belagern, wohin Iugurtha eine aus lauter Überläufern bestehende Besatzung gelegt hatte. Da suchte Bocchus, sei es, daß er sich wieder darauf besann, was ihm in zwei Gefechten zugestoßen war, sei es, daß er von jenen Freunden, die Iugurtha nicht hatte bestechen können, dazu veranlaßt wurde, aus all seinen vielen Vertrauten fünf aus, die sich als treu und sehr begabt erwiesen hatten. Diese heißt er als Gesandte zu Marius und dann, wenn es genehm wäre, nach Rom gehen; er überträgt ihnen die Vollmacht, die Verhandlungen selbständig zu führen und auf jede Art den Krieg beizulegen. Sie brechen unverzüglich zum Winterquartier der Römer auf, werden dann aber auf ihrer Reise von gätulischen Wegelagerern überfallen und ausgeraubt und flüchten ängstlich, ohne jedes Zeichen ihrer Würde, zu Sulla, den der Konsul beim Abmarsch zu seinem Kriegszug als Stellvertreter zurückgelassen hatte. Diese behandelte jener nicht als unzuverlässige Feinde, wie sie es verdient hatten, sondern zuvorkommend und großzügig. Daher hielten die Barbaren den Ruf der Römer, habgierig zu sein, für unbegründet und Sulla wegen seiner Freigebigkeit ihnen gegenüber für einen Freund – denn selbst damals noch waren Bestechungsversuche vielen Menschen unbekannt; freigebig war nach dieser Auffassung, wer gern gab; Geschenke wurden immer als Beweise für Güte angesehen. Deshalb geben sie dem Quästor die Aufträge des Bocchus bekannt; zugleich wünschen sie von ihm, daß er sie als Gönner und Berater unterstütze; den Reichtum, die Treue, die Größe ihres Königs und anderes, was ihrer Ansicht nach nützlich sein oder Wohlwollen erwecken könnte, preisen sie in ihrer Rede. Sulla verspricht alles und zeigt ihnen, wie sie vor Marius, dann vor dem Senat reden sollten, und sie warten etwa vierzig Tage dort.

104. Nachdem Marius die Aufgabe, die er sich vorgenommen, vollendet hatte, kehrt er nach Cirta zurück, erhält Nachricht

von der Ankunft der Gesandten und läßt diese zusammen mit Sulla kommen, ebenso von Utica den Prätor Lucius Bellienus, außerdem sämtliche Leute senatorischen Standes von überallher; mit diesen nimmt er Kenntnis von den Aufträgen des Bocchus. Den Gesandten wird die Erlaubnis, nach Rom zu gehen, erteilt, und der Konsul wurde für die Zwischenzeit um einen Waffenstillstand gebeten. Damit waren Sulla und die meisten einverstanden; einige wenige beantragen härtere Maßnahmen, wohl Leute, die das menschliche Schicksal nicht kennen, das, ungewiß und wankelmütig, immer ins Gegenteil umschlägt. Im übrigen erreichen die Mauren alles; drei von ihnen brechen unter Führung des Gnaeus Octavius Ruso, der als Quästor den Sold nach Afrika gebracht hatte, nach Rom auf; zwei kehren zum König zurück. Von ihnen erfuhr Bocchus mit Genugtuung nebst allem andern besonders auch von der Güte und freundschaftlichen Gesinnung Sullas; und nachdem in Rom seine Gesandten die Verirrung ihres Königs – er sei durch Iugurthas frevlerischen Einfluß verleitet worden – entschuldigt und um Freundschaft und Bündnis ersucht hatten, wird ihnen auf folgende Weise geantwortet: «Senat und römisches Volk pflegen einer Wohltat wie auch eines Unrechts eingedenk zu sein. Doch da Bocchus bereut, verzeihen sie ihm sein Vergehen: Bündnis und Freundschaft werden ihm gewährt, wenn er es verdient hat.»

105. Als Bocchus dies erfahren hatte, bat er Marius schriftlich, Sulla zu ihm zu schicken, damit man nach dessen Ermessen gemeinsame Fragen besprechen könne. Dieser wurde geschickt mit einer Bedeckung von Reitern und balearischen Schleuderern; außerdem begleiteten ihn Bogenschützen und eine pälignische Kohorte, die, um schneller marschieren zu können, nur leichtbewaffnet war – übrigens mit dieser Bewaffnung nicht weniger gut als mit einer anderen gegen die ja ebenfalls leichten Geschosse der Feinde geschützt. Aber plötz-

lich zeigte sich im offenen Feld – es war schon der fünfte Marschtag – Volux, der Sohn des Bocchus, mit höchstens tausend Reitern, die ohne Ordnung, aufgelöst vorrückten und bei Sulla und allen andern den Eindruck erweckten, viel zahlreicher zu sein, und daher auch Angst vor dem Feind hervorriefen. Also macht sich jeder kampffertig, prüft Waffen und Geschosse, hält sich bereit; es herrscht etwelche Furcht, aber doch mehr Hoffnung; denn sie waren ja die Sieger, und es ging gegen solche, die sie oft besiegt hatten. Unterdessen melden die zur Erkundung ausgeschickten Reiter, alles sei, wie es auch wirklich war, ruhig.

106. Volux kommt näher, begrüßt den Quästor und sagt, er sei von seinem Vater Bocchus zu ihrem Empfang und zugleich zu ihrer Bedeckung geschickt. Darauf ziehen sie diesen und den nächsten Tag ohne Angst miteinander weiter. Als dann das Lager aufgeschlagen und Abend war, eilt plötzlich der Maure mit verstörtem Gesicht zagend zu Sulla und sagt, er habe von Kundschaftern erfahren, daß Iugurtha nicht weit entfernt sei; zugleich bittet und mahnt er ihn, nachts heimlich mit ihm zu fliehen. Jener sagt mit trotziger Entschlossenheit, er fürchte den sooft geschlagenen Numider nicht; er vertraue ganz auf die Tapferkeit seiner Leute; auch wenn der Untergang gewiß wäre, werde er lieber bleiben als die verraten, die er führe, und auf schimpflicher Flucht ein ungewisses Leben schonen, das vielleicht wenig später einer Krankheit zum Opfer fiele. Sonst billigt er den Plan des Volux, der ihn gemahnt hatte, nachts zu marschieren, und heißt sogleich seine Soldaten sich verpflegt im Lager bereithalten, möglichst viele Feuer anzünden und dann zur ersten Nachtwache still aufbrechen. – Und als alle schon von diesem nächtlichen Marsch ermüdet waren und Sulla gleich bei Sonnenaufgang das Lager abstecken ließ, melden maurische Reiter, Iugurtha habe sich in etwa zwei Meilen Entfernung vor ihnen niedergelassen. Nachdem dies bekannt

geworden war, da erst ergreift eine ungeheure Angst unsere Leute; sie glauben, sie seien von Volux verraten und hinterlistig in eine Falle gelockt. Auch gab es solche, die sagten, er sei rücksichtslos zu bestrafen und man dürfe bei ihm einen solchen Frevel nicht ungerächt lassen.

107. Aber obwohl Sulla das gleiche dachte, schützt er doch den Mauren vor jeder Unbill. Er fordert seine Leute auf, mutig zu bleiben: oft sei früher von einer kleinen Zahl tüchtiger Männer gegen eine große Menge erfolgreich gefochten worden; je weniger sie sich in der Schlacht schonten, desto sicherer würden sie sein; und es zieme sich niemandem, der eine Wehr in Händen halte, bei seinen wehrlosen Füßen Hilfe zu suchen, in höchster Angst seine ungeschützte und blinde Körperhälfte dem Feind zuzukehren. Dann ruft er den höchsten Iuppiter an, er möge Zeuge des Frevels und der Treulosigkeit des Bocchus sein, und heißt Volux aus dem Lager gehen, denn er beweise feindliche Gesinnung. Dieser bittet unter Tränen, das nicht zu glauben: nichts sei mit Hinterlist geschehen, sondern eher der Schlauheit Iugurthas zuzuschreiben, dem gewiß durch Kundschafter ihr Zug bekannt geworden sei; da dieser im übrigen keine so riesige Menge Leute habe und dessen Hoffnungen und Mittel von seinem Vater Bocchus abhingen, glaube er nicht, daß er irgend etwas am hellen Tage wagen werde, wenn er, der Sohn, persönlich als Zeuge anwesend sei. Deshalb scheine es ihm am besten, am hellen Tage mitten durch dessen Lager hindurchzuziehen; er werde seine Mauren entweder vorausschicken oder hier zurücklassen und allein mit Sulla ziehen. Dieser Plan wurde, wie in solcher Lage verständlich, gebilligt. Und sie marschieren sogleich los; weil sie ganz unversehens aufgetaucht waren, wird Iugurtha unsicher und zögert, und sie ziehen unbehelligt durch. Darauf kam man in wenigen Tagen dort an, wohin sie hatten gelangen wollen.

108. Hier verkehrte rege und freundschaftlich ein Numider namens Aspar mit Bocchus, den Iugurtha auf die Nachricht, daß Sulla herbeigerufen worden sei, als Sprecher geschickt hatte und auch, um auf hinterhältige Weise des Bocchus Pläne auszukundschaften; außerdem war dort Dabar, ein Sohn Massugradas aus der Familie Masinissas – allerdings mütterlicherseits nicht ebenbürtig; denn sein Vater war Sohn einer Nebenfrau –, dem Mauren seiner vielen guten Eigenschaften wegen lieb und willkommen. Daß dieser den Römern treu sei, hatte Bocchus bei vielen früheren Gelegenheiten erfahren und schickt ihn auf der Stelle als Boten zu Sulla: er sei zu tun bereit, was das römische Volk wolle; er möge selbst für das Gespräch Tag, Ort und Stunde bestimmen und Iugurthas Gesandten nicht fürchten; absichtlich ändere er nichts an seinem Verhalten jenem gegenüber, damit er gemeinsame Fragen um so freier behandeln könne; anders habe er sich nämlich vor dessen Intrigen nicht zu hüten vermocht. – Aber wie ich erfahre, hat Bocchus mehr mit «punischer Treue» als aus den von ihm angeführten Gründen gleichzeitig die Römer und den Numider mit Friedenshoffnungen hingehalten und bei sich manche Überlegung angestellt, ob er Iugurtha den Römern oder jenem den Sulla ausliefern solle; sein Gefühl habe ihm gegen uns, seine Furcht für uns geraten. –

109. Sulla antwortete also, er werde in Aspars Anwesenheit wenig sagen, das übrige insgeheim, ohne Zeugen oder in Gegenwart möglichst weniger; zugleich gibt er bekannt, was man ihm antworten solle. Nachdem sie, wie er es vorgeschlagen hatte, zusammengetroffen waren, teilt er mit, er sei im Auftrag des Konsuls gekommen, um zu fragen, ob er Frieden oder Krieg wolle. Darauf verlangt der König, wie man ihn geheißen, er solle nach zehn Tagen zurückkehren: jetzt habe er noch nichts beschlossen, doch werde er an jenem Tag antworten. Darauf gingen beide wieder in ihr Lager. Aber als der

größte Teil der Nacht vorüber war, wird Sulla von Bocchus insgeheim herbeigerufen. Von beiden werden nur vertrauenswürdige Übersetzer zugezogen, außerdem als Vermittler Dabar, ein untadliger Mann und beiden genehm; und sogleich beginnt der König folgendermaßen:

110. «Niemals glaubte ich, es könnte geschehen, daß ich, der größte König in diesem Land und von allen, die ich kenne, einem Privatmann Dank schulden sollte. Und bei Gott, Sulla, bevor ich dich kennenlernte, brachte ich vielen auf ihre Bitte Hilfe, andern von mir aus und bedurfte selbst keiner. Dem ist nicht mehr so; aber was die übrigen zu bedauern pflegen, ich freue mich darüber. Einmal bedürftig gewesen zu sein ist mir deine Freundschaft wert, als die es in meinem Herzen nichts Teureres gibt. Gerade das darfst du erproben: Waffen, Leute, Geld, kurz, wonach du Lust hast, nimm es, brauche es, und solange du lebst, glaube nicht, daß dir je genug Dank abgestattet wurde; immer wird er von meiner Seite gleich groß sein; schließlich wirst du nichts vergeblich wünschen, falls ich es nur weiß. Denn, wie ich glaube, ist es weniger schimpflich, wenn ein König mit Waffen als in Großherzigkeit besiegt wird.

Vernimm ferner in kurzen Worten etwas über eure Politik, als deren Vertreter du hierher geschickt worden bist. Krieg mit dem römischen Volk habe ich weder je geführt noch je führen wollen; aber mein Gebiet habe ich gegen Bewaffnete mit Waffen geschützt. Dies unterlasse ich jetzt, da ihr es so wünscht. Macht nach Belieben mit Iugurtha euren Krieg. Ich werde den Fluß Muluccha, der die Grenze zwischen mir und Micipsa bildete, nicht überschreiten und auch Iugurtha nicht herüberkommen lassen. Wenn du außerdem etwas verlangst, das mit meiner und eurer Würde vereinbar ist, wirst du nicht ohne Absage von hier scheiden.»

111. Darauf sprach Sulla in eigener Sache kurz und bescheiden, über den Frieden und die gemeinsamen Fragen ausführlich.

Schließlich eröffnet er dem König, daß ihm für das, was er vorschlage, Senat und römisches Volk, die ja mit den Waffen ihre Überlegenheit bewiesen hätten, keinen Dank wissen würden; er müsse etwas tun, was sichtlich mehr in ihrem als in seinem Interesse liege. Gerade dies sei ihm leicht möglich, da er Iugurtha in seiner Macht habe. Wenn er diesen den Römern ausliefere, werde man ihm sehr verpflichtet sein; Freundschaft, ein Bündnis und der Teil Numidiens, den er jetzt wünsche, würden ihm dann von selbst zufallen. Der König lehnt zuerst beharrlich ab: gemeinsame Abstammung, Verschwägerung, ferner ein Bündnis beständen; dazu fürchte er, daß ihm, wenn er sein Wort bräche, die Gunst des Volkes verlorengehe, welchem Iugurtha lieb und die Römer verhaßt waren. Schließlich mürbe geworden, gibt er nach und verspricht, alles nach Sullas Willen zu tun. Im übrigen treffen sie Vorkehrungen, die geeignet schienen, die Möglichkeit eines Friedensschlusses, nach dem sich der kriegsmüde Numider so sehr sehnte, vorzuspiegeln. Als die List derart vorbereitet war, gehen sie auseinander.

112. Der König läßt also am nächsten Tag Aspar, Iugurthas Gesandten, kommen und sagt, ihm sei durch Dabar in Sullas Auftrag bekannt geworden, daß der Krieg unter gewissen Bedingungen beigelegt werden könne; deshalb solle er die Meinung seines Königs einholen. Jener begibt sich ganz glücklich in Iugurthas Lager. Darauf wird er von diesem über alles unterrichtet, kehrt eilig nach acht Tagen zu Bocchus zurück und meldet ihm, Iugurtha wünsche alles zu tun, was verlangt werde, aber traue Marius zu wenig; oft sei früher schon ein mit römischen Feldherren geschlossener Friede umsonst gewesen. Im übrigen solle Bocchus, wenn er einen für beide günstigen und sicheren Frieden wolle, dafür sorgen, daß alle miteinander unter dem Vorwand eines Friedensgesprächs zusammenträfen und ihm dort Sulla ausgeliefert werde. Wenn er einen solchen Mann in seiner Gewalt habe, dann werde auf

Befehl des Senats oder des Volkes ein Bündnis zustande kommen; es werde nämlich kein vornehmer Mann, der nicht aus eigener Untüchtigkeit, sondern im Dienst des Staates in die Gewalt der Feinde geraten sei, im Stich gelassen.

113. Dies überlegte der Maure lange bei sich hin und her und sagte endlich zu; ob er im übrigen aus List oder tatsächlich gezögert hat, ist uns zu wenig verbürgt. Aber sehr häufig sind Entschlüsse von Königen ebenso heftig wie wankelmütig, oft sich selbst widersprechend. Als nachher Zeit und Ort für ein Friedensgespräch festgesetzt waren, ruft Bocchus den Sulla bald, bald Iugurthas Gesandten, behandelt sie mit Wohlwollen, verspricht beiden dasselbe. Jene sind gleicherweise glücklich und voll guter Hoffnung.

Aber in der Nacht, welche die letzte war vor dem zum Gespräch bestimmten Tag, habe der Maure seine Freunde kommen lassen, doch sogleich wieder seinen Entschluß geändert, sie weggeschickt und sich selbst vielen Gedanken überlassen, in Gesichtsausdruck und Blick gleich wie im Geist unruhig, so daß sich trotz seinem Schweigen das Innere seines Herzens offenbarte. Dennoch befiehlt er zuletzt, Sulla herbeizuholen, und legt nach dessen Vorschlag dem Numider einen Hinterhalt. Als es darauf Tag wurde und man ihm meldete, daß Iugurtha nicht fern sei, geht er ihm mit wenigen Freunden und unserem Quästor gleichsam aus Ehrerbietung entgegen, und zwar auf einen Hügel, der für die im Hinterhalt Liegenden sehr leicht einzusehen war. Ebendorthin geht der Numider mit zahlreichen Begleitern, ohne Waffen, wie es abgemacht war, und sofort dringt man auf ein gegebenes Zeichen von allen Seiten zugleich aus dem Hinterhalt auf ihn ein. Alle andern werden niedergemacht, Iugurtha dem Sulla in Fesseln ausgeliefert und von ihm zu Marius gebracht.

114. Zu gleicher Zeit wurde mit den Galliern von unseren Feldherren Quintus Caepio und Gnaeus Manlius unglücklich ge-

fochten. Aus Angst davor erzitterte ganz Italien. Und von da an bis auf den heutigen Tag glaubten die Römer, alles andere beuge sich ihrer Tapferkeit, mit den Galliern jedoch würden sie ums Leben, nicht um den Ruhm kämpfen. Aber nachdem gemeldet worden war, daß der Krieg in Numidien beendet sei und man Iugurtha in Fesseln nach Rom bringe, wurde Marius trotz seiner Abwesenheit zum Konsul gewählt, Gallien ihm als Provinz zugesprochen; auch feierte er als Konsul am ersten Januar zu seinem großen Ruhm einen Triumph. Und zu dieser Zeit ruhten Hoffnung und Stärke des Staates auf ihm.

EINIGE BRUCHSTÜCKE DER «HISTORIEN»

(78–67 v. Chr.)

AUS DER VORREDE

Ich habe die Geschichte des römischen Volks im Konsulatsjahr des Marcus Lepidus und Quintus Catulus und was darauf in Krieg und Frieden geschah, zusammengestellt. (I 1 M)

Die ersten Zwistigkeiten für uns ergaben sich aus einem Fehler der menschlichen Natur, die sich, ruhelos und unbeherrscht, stets inmitten von Streitigkeiten um Freiheit oder Ruhm oder Herrschaft entfaltet. (I 7 M)

Roms Macht galt im Konsulatsjahr des Servius Sulpicius und Marcus Marcellus besonders viel, als ganz Gallien zwischen Rhein und Mittelmeer und Ozean, soweit es nicht durch Sümpfe unwegsam war, beherrscht wurde. In bester moralischer Verfassung und größter Eintracht aber lebte es zwischen dem zweiten und dem letzten Krieg gegen Karthago. (Und der Grund dazu war nicht Gerechtigkeitsliebe, sondern, solang Karthago noch stand, die Angst vor einem unsicheren Frieden.) Doch Zwietracht und Habsucht und Ehrgeiz und alle anderen Übel, die in glücklichen Zeiten zu entstehen pflegen, haben sich nach Karthagos Vernichtung aufs stärkste vermehrt. Denn die Ungerechtigkeit der Mächtigeren und deshalb die Trennung des Volks von den Adligen und andere Zwistigkeiten bestanden im Inneren schon von Anfang an; und nicht länger als bis, nach Vertreibung der Könige, die Angst vor Tarquinius und der schwere Krieg mit Etrurien beendigt war, lebte man nach Billigkeit und ausgewogenem Recht. Darauf regierten die Adligen das Volk, wie wenn es aus Sklaven bestände, faßten über Leib und Leben Beschluß, wie Könige es tun, vertrieben es von seinem Ackerland und lebten ohne Teilhabe der übrigen an Grund und Boden im Besitz der Regierungsgewalt. Durch solche Grausamkeiten und vor allem durch Zinslast wurde das Volk niedergehalten, und nachdem es in dauernden Kriegen Abgaben und Militärdienst zugleich auf sich genommen hatte, besetzte es bewaffnet den Heiligen Berg und den Aventin und schuf sich damals die Volkstribunen und weitere Rechte. Das Ende der Zwistigkeiten und des Streits auf beiden Seiten war der Zweite Punische Krieg. (I 11 M)

Als nach Beseitigung der Angst vor den Puniern wieder die Möglichkeit sich bot, Rivalitäten auszutragen, entstanden zahlreiche Unruhen, Aufstände und zuletzt Bürgerkriege, während wenige Mächtige, in deren Abhängigkeit die meisten geraten waren, unter dem ehrbaren Vorwand, der Sache des Adels oder des Volkes zu dienen, die Herrschaft erstrebten; Bürger wurden gut und schlecht genannt, nicht wegen ihrer Verdienste um den Staat, da alle gleichermaßen verdorben waren, sondern gerade die Wohlhabendsten und im Unrechttun Stärkeren hielt man, weil sie die gegenwärtige Politik verteidigten, für gut. (I 12 M)

Von diesem Zeitpunkt an ging es mit der moralischen Verfassung unserer Vorfahren nicht allmählich wie vorher, sondern in der Art eines Sturzbaches abwärts; so sehr war die Jugend durch Üppigkeit und Habgier verdorben, daß man mit Recht sagt, sie seien als Menschen geboren, die weder das Vermögen ihrer eigenen Familie behalten noch dulden können, daß andere das ihre behalten. (I 16 M)

REDEN UND BRIEFE

I
Rede des Konsuls Marcus Aemilius Lepidus an das römische Volk (78 v. Chr.)

Es handelt sich um den Vater des bekannten Triumvirn. 81 Prätor in Sizilien, beutete er die Provinz mehr als üblich aus; auch von den Proskriptionen profitierte er rücksichtslos. Dank Pompeius zum Konsul gewählt (78), überwarf er sich doch bald mit seinem Gönner. Die Rede hätte in der vorliegenden Form zu Lebzeiten Sullas (der 78 starb) kaum gehalten werden können.

«Eure Milde und Rechtschaffenheit, Bürger, durch die ihr bei den übrigen Völkern sehr angesehen und berühmt seid, bereiten mir im Hinblick auf die Gewaltherrschaft des Lucius Sulla die größte Furcht: daß ihr nämlich das, was ihr selbst als verwerflich betrachtet, bei andern für beinah unmöglich haltet und dadurch ins Unglück gestürzt werdet – besonders da die ganze Hoffnung dieses Mannes auf Verbrechen und Hinterlist ruht und er sich nur sicher glauben darf, wenn er sich gerade dank eurer Furcht noch schlechter und ehrloser zeigt; so werdet ihr getäuscht, und eure jämmerliche Lage soll euch die Sorge um die Freiheit vergessen lassen – oder aber, wenn ihr auf der Hut seid, daß ihr euch dann mehr damit befaßt, Gefahren abzuwehren als zu rächen. Über seine Gefolgsleute freilich, Leute von sehr großen Namen, mit beispielhaften Männern unter ihren Vorfahren, kann ich mich nicht genug wundern, da sie, um über euch zu herrschen, sich selbst in die Sklaverei verkaufen und beides unrechtmäßig lieber wollen, als unter Ausübung ihres guten Rechts in Freiheit zu leben: hochberühmte Nachkommen eines Brutus und Aemilius und Lutatius, gezeugt, um das, was die Vorfahren mit ihrer Tüchtigkeit schufen, zugrunde zu richten! Denn was anderes wurde gegen Pyrrhus, Hannibal, Philipp und Antiochus verteidigt als die Freiheit und die eigene Wohnstatt und daß wir nur den Gesetzen gehorchen müßten? Dies alles hält dieses Zerrbild eines Romulus fest in der Hand, wie wenn er es ausländischen Völkern entrissen hätte – durch das Verderben so vieler Heere, so vieler Konsuln[1] und anderer führender Männer, welche die Schicksalsschläge im Krieg getroffen hatten, nicht gesättigt, sondern nur um so grausamer, während sonst das Glück bei den meisten Menschen Wut in Erbarmen verkehrt. Ja er hat seit Menschengedenken als einziger von allen sogar für das kommende Geschlecht Strafen erdacht, damit diesem noch vor dem Leben Unrecht gewiß sei[2], und, was das Unglaublichste ist, er blieb infolge der Gräßlichkeit seines Verbrechens bis heute sicher, während ihr aus Furcht vor noch drückenderer Sklaverei davor zurückschreckt, euch eure Freiheit wieder zu verschaffen.

Handeln müßt ihr und euch entgegenstemmen, Bürger, damit die euch entrissenen Güter nicht Beute jener Leute bleiben; man darf nicht zuwarten und mit Gelübden Hilfe su-

[1] Den Bürgerkriegen fielen vier Konsuln zum Opfer (L. Cornelius Cinna 89, L. Valerius Flaccus 86, C. Marius der Jüngere 82, Cn. Papirius Carbo 82).

[2] Die Kinder der Geächteten kamen nicht nur um das Vermögen der Eltern, auch die Ämterlaufbahn war ihnen untersagt (diese Sullanischen Maßnahmen wurden erst 49 durch Caesar aufgehoben).

chen – außer ihr hofft vielleicht, Sulla empfinde bereits Ekel und Scham vor der Gewaltherrschaft und werde verbrecherisch Erworbenes unter größerer Gefahr wieder aufgeben. Aber er ist schon an einen Punkt gelangt, wo er nur für ruhmvoll hält, was sicher ist, und alles, was der Erhaltung seiner Herrschaft dient, für ehrenhaft. Deshalb gibt es jene Ruhe und jenen Frieden in Freiheit nicht, welche viele rechtschaffene Leute der Mühsal der Ehrenämter vorziehen wollten; heute muß man Sklave sein oder befehlen, Furcht haben oder Furcht einjagen, Bürger.

Denn was bleibt noch? Welche Gesetze der Menschen gelten, oder welche Gesetze der Götter sind nicht entweiht? Das römische Volk, vor kurzem Lenker der Nationen, nun entblößt der Herrschaft, des Ruhms, des Rechts, handlungsunfähig und verachtet, hat nicht einmal mehr so viel Nahrung, wie man sie Sklaven zugesteht[3]. Eine große Zahl von Bundesgenossen und Latinern, denen für ihre zahlreichen hervorragenden Leistungen von euch das Bürgerrecht verliehen wurde, wird von einem einzigen Mann an dessen Ausübung gehindert[4]; und wenige Gefolgsleute halten als Preis für ihre Verbrechen die väterlichen Wohnstätten des schuldlosen Volkes besetzt. Gesetzgebung, Gerichtswesen, Staatsgelder, Provinzen, Königreiche sind in der Hand eines einzigen Mannes, schließlich auch die willkürliche Entscheidung über Tod und Leben seiner Mitbürger. Zu gleicher Zeit habt ihr Menschenopfer gesehen und mit Bürgerblut getränkte Gräber. Bleibt für Männer etwas anderes, als dem Unrecht Einhalt zu gebieten oder in Tapferkeit zu sterben? Denn die Natur hat ja für alle ein und dasselbe Ziel gesetzt, sogar für hinter Eisen

[3] Die Entmachtung der Tribunen führte praktisch zur Handlungsunfähigkeit des Volkes. Die Abgabe verbilligten Getreides an die Armen hatte Sulla abgeschafft.

[4] Sulla hatte ganzen Gemeinden das Bürgerrecht abgesprochen.

Verschanzte, und niemand erwartet die letzte Notwendigkeit, ohne etwas zu wagen, außer er sei von weibischer Gesinnung.

Aber ich bin, wie Sulla sagt, ein Unruhestifter, der ich mich über die Belohnung von Gewalttätern beklage, und kriegslustig, der ich das im Frieden geltende Recht zurückfordere – wohl weil ihr nur ungestört und genügend sicher in der Ausübung eurer Herrschaft sein werdet, wenn Vettius aus Picenum und der Schreiber Cornelius fremdes, zu Recht erworbenes Gut verschleudern und wenn ihr alle einverstanden seid, daß Unschuldige ihres Reichtums wegen geächtet und bekannte Persönlichkeiten qualvoll hingerichtet werden, daß die Stadt durch Verbannung und Mord verödet, der Besitz bejammernswerter Bürger wie Beute aus dem Cimbernkrieg zum Verkauf gebracht oder verschenkt wird.

Doch er hält mir den Besitz von Gütern vor, die Geächteten gehörten. Das ist vielleicht das größte seiner Verbrechen, daß weder ich noch sonst jemand genügend sicher gewesen sind, wenn wir rechtschaffen handeln wollten. Und das, was ich damals im Schreck gekauft habe, erstatte ich, obschon ich den Preis bezahlt habe und Rechtens Besitzer bin, dennoch wieder zurück, und es ist nicht meine Absicht, zuzulassen, daß jemandem irgendwie Beute von Mitbürgern gehöre. An dem, was wir durch unser Rasen erdulden mußten, möge es genug sein: römische Heere, die miteinander handgemein wurden, und Waffen, die sich vom Ausland gegen uns selbst kehrten. Alle Verbrechen und alle Schmach müssen ein Ende finden, wenn es auch Sulla so wenig reut, daß er sich seine Taten zum Ruhm anrechnet und, wäre es möglich, mit noch mehr Eifer wiederholte.

Und bereits fürchte ich nicht mehr, was ihr von ihm haltet, sondern wie wenig ihr wagen wollt: daß ihr, einer auf den andern wartend, euch täuschen laßt, bevor ihr begonnen, zwar nicht durch seine Mittel, die schwach und unzulänglich sind, aber durch eure Trägheit, dank der man sich alles bei euch holen kann und dann ebenso glücklich[5] erscheint wie unverschämt. Denn wer, außer seinen blutbefleckten Gefolgsleuten, steht auf seiner Seite, oder wer will nicht alles anders haben, außer dem Sieg? Wohl die Soldaten, durch deren Blut einem Tarula und Scirtus, den schlimmsten aller Sklaven, Reichtum erworben wurde[6]? Oder diejenigen, denen ein Fufidius[7] bei der Ämterbesetzung vorgezogen wurde, diese schändliche Memme, diese Entehrung aller Ehren? Und so gibt mir das siegreiche Heer das größte Zutrauen, das nach soviel Wunden und Mühen nur einen Gewaltherrscher gewonnen hat – außer sie seien etwa aufgebrochen, um die von ihren Vorfahren mit Waffen erstrittene tribunizische Gewalt zu zerstören und sich selbst Recht und Rechtsprechung aus den Händen zu winden[8]: Freilich ein herrlicher Lohn, wenn sie, in Sümpfe und Wälder verbannt, Schmach und Haß bei sich, Gewinn bei ein paar wenigen sehen!

Warum geht er denn mit einer so großen Schar und so stolz einher? Weil Glück auf wunderbare Weise Laster verdeckt; bricht dies aber zusammen, dann wird er ebenso verachtet werden, wie er Schreck verbreitet hat – außer er zählt etwa auf Worte wie Eintracht und Friede, mit welchen Bezeichnungen er seine Verbrechen und Mordtaten umgeben hat. Auch sagt er, man könne nicht anders zu einem geordneten

[5] Anspielung auf den Beinamen Sullas (Felix = der Glückliche).

[6] Lepidus deutet an, allerlei Gesindel habe sich auf Kosten des Militärs und der Anhänger Sullas bereichert.

[7] Fufidius, 80 Proprätor von Spanien, kämpfte gegen Sertorius; mit der Bemerkung, einige müßten am Leben bleiben, damit man über jemanden herrschen könne, soll er Sulla zur Einstellung des wahllosen Mordens und zur Erstellung von Proskriptionslisten veranlaßt haben.

[8] Durch Sulla wurden die Volksrechte auch vor Gericht eingeschränkt; die Richter, die seit C. Gracchus unter den Rittern gewählt wurden, hatten wieder Senatoren zu sein.

Staatswesen und einem Ende des Kriegs kommen, als wenn das Volk vom Land vertrieben bleibe – für einen Bürger die schmerzlichste Beraubung – und Recht und Rechtsprechung in allen Dingen, die einmal das römische Volk besessen, in seinen Händen seien.

Wenn ihr das für Ruhe und Ordnung haltet, dann billigt die schlimmsten Wirren und Zerstörungen im Staat, stimmt den euch auferlegten Gesetzen zu, nehmt Friede in Sklaverei hin und gebt den Nachkommen das Beispiel, wie ein Staat um den Preis des eigenen Bluts ins Unglück gestürzt werden kann. Obschon ich mir mit diesem höchsten Amt, im Blick auf meine Vorfahren, genug Würde und auch Sicherheit gewonnen habe, war es doch nicht meine Absicht, mich persönlich zu bereichern, und eine gefahrvolle Freiheit erschien mir besser als eine ungestörte Sklaverei.

Wenn ihr damit einverstanden seid, helft mir, Bürger, und, mit dem glückhaften Beistand der Götter, folgt dem Konsul Marcus Aemilius, eurem Führer und Ratgeber, um die Freiheit wieder zu erlangen.» (I 55 M)

II
Rede des Lucius Marcius Philippus im Senat
(77 v. Chr.)

M. Aemilius Lepidus versuchte nach Sullas Tod, dessen Reformen gewaltsam rückgängig zu machen. Der Hauptharst der Unzufriedenen sammelte sich in Etrurien. Lepidus hielt sich dort auf, angeblich, um für Ruhe und Ordnung zu sorgen, in Wahrheit, um den Aufstand vorzubereiten. Sein Mitkonsul Q. Lutatius Catulus stellte den Antrag, gegen die Empörer bewaffnet einzuschreiten, doch kam es lediglich zu Truppenaushebungen: Lepidus weigerte sich, nach Rom zurückzukehren, um die Komitien zu leiten (was den Verlust seines militärischen Kommandos zur Folge gehabt hätte). Zu Beginn des Jahres 77 erhielt Lepidus endlich den klaren Befehl zur Rückkehr, den er mißachtete. Unter diesen Umständen stellte L. Marcius Philippus den Antrag, den Notstand auszurufen und Lepidus zum Staatsfeind zu erklären. In der beim Marsfeld ausgetragenen Schlacht erlitt Lepidus eine Niederlage; endgültig besiegt durch Pompeius und Catulus (bei Cosa), floh er nach Sardinien, wo er bald darauf starb.

«Am liebsten wollte ich, Senatoren, daß der Staat ruhig wäre oder, wenn in Gefahr, von den entschlossensten Männern verteidigt würde; endlich, daß verkehrte Unternehmen den Urhebern zum Schaden gereichten. Aber im Gegenteil, durch Wirren ist alles durcheinandergebracht, und zwar von denen, welche dies eher hätten verhindern sollen; zu guter Letzt: was die schlechtesten und dümmsten Leute beschlossen haben, das müssen dann die guten und klugen durchführen. Denn obschon der Krieg euch verhaßt ist, muß man doch, weil es dem Lepidus gefällt, zu den Waffen greifen – außer einer hat etwa die Absicht, für Frieden einzustehen und selbst Krieg zu erleiden. Gute Götter, ihr schützt immer noch diese Stadt, um die wir uns nicht kümmern! Marcus Aemilius, der letzte aller Übeltäter, bei dem nicht zu entscheiden ist, ob er böswilliger oder feiger sei, besitzt ein Heer, um die Freiheit zu ersticken, und hat sich aus einem verachteten Menschen zu einem gefürchteten entwickelt; ihr, murrend und euch sträubend, wünscht mehr mit Worten und Sehersprüchen den Frieden herbei, als daß ihr ihn verteidigt, und merkt nicht, daß durch die Schwäche eurer Beschlüsse euch die Würde, jenem die Angst genommen wird – und dies zu Recht, da er dank Raubzügen das Konsulat, infolge Wirren eine Provinz mitsamt einem Heer bekommen hat. Was hätte er erst bei guten Diensten erhalten, wenn ihr seinen Verbrechen schon solche Belohnungen zugesprochen habt? Freilich haben die, welche bis zuletzt für Gesandtschaften, Frieden, Eintracht und anderes derartiges gestimmt haben, seinen Dank gewonnen! Doch nein, verachtet und der Teilhabe am Staat für unwürdig erklärt, gelten sie ihm als leichte Beute, da sie aus Furcht den Frieden zurückerlangen wollten, wie sie auch aus Furcht den Frieden, den sie einmal besaßen, verloren hatten.

Ich allerdings glaubte schon von Anfang an, wie ich Etrurien sich verschwören, die Geächteten herbeigeholt und durch Bestechung den Staat zerrüttet sah, daß man sich beeilen müsse, und bin mit einigen wenigen den Vorschlägen des Catulus gefolgt. Aber jene, welche die Verdienste der Aemilischen Familie priesen und sagten, daß durch Milde das römische Volk an Größe gewonnen habe, dann beifügten, Lepidus habe sich ja bis jetzt auch noch nirgends bemerkbar gemacht, während er eigenmächtig bereits die Waffen ergriffen hatte, um die Freiheit zu ersticken, die haben, jeder für sich Mittel oder Protektion suchend, ein gemeinsames politisches Vorgehen verunmöglicht. Aber damals war Lepidus noch ein Wegelagerer mit Troßknechten und wenigen Mordgesellen, deren keiner für einen Taglohn sein Leben aufs Spiel setzen mochte; jetzt ist er Prokonsul mit Kommandogewalt, nicht einer gekauften, sondern einer von euch übertragenen, mit Generälen, die ihm bis heute zu Recht gehorchen; und bei ihm sammelten sich die übelsten Menschen jeden Standes, gequält von Not und Gier, vom Bewußtsein ihrer Verbrechen umgetrieben, Leute, welche ihre Ruhe in Wirren finden, im Frieden aber nur Unrast. Diese reihen Tumult an Tumult, Krieg an Krieg, einst Gefolgsleute des Saturninus, dann des Sulpicius, schließlich des Marius[1] und Damasippus, jetzt des Lepidus. Außerdem erheben sich Etrurien und alle noch übrig-

[1] An unserer Stelle handelt es sich um Marius den Jüngeren, den Sohn des großen Marius.

gebliebenen Kriegsgebiete, die beiden Spanien sind von Waffenlärm beunruhigt, Mithridates blickt sich an der Seite unserer Steuerzahler, dank denen wir uns noch aufrechthalten, nach einem günstigen Zeitpunkt für den Krieg um; ja, außer einem geeigneten Führer fehlt nichts, um das Reich in den Abgrund zu stürzen. Deshalb bitte und beschwöre ich euch, Senatoren, wachsam zu sein und nicht zuzulassen, daß die Willkür der Verbrechen wie ein Rasen bis zu denjenigen vordringt, die noch nicht angesteckt sind. Denn wo den Übeltaten Belohnungen folgen, ist nicht leicht jemand umsonst anständig.

Oder wartet ihr, bis er wieder ein Heer heranführt und mit Feuer und Schwert in die Stadt dringt? Dieser Schritt ist viel kleiner von da, wo er jetzt steht, als der von Friede und Eintracht zum Bürgerkrieg, den jener gegen alle göttliche und menschliche Ordnung begonnen hat, nicht des Unrechts wegen, das ihm oder – wie er vorgibt – andern zugefügt wurde, sondern um Gesetze und Freiheit zu zerstören. Er wird nämlich getrieben und zerrissen von Gier und Furcht vor Strafe, planlos, ohne Ruhe, dies und jenes versuchend; er fürchtet Ruhe, haßt Krieg; er sieht, daß er Wohlleben und Willkür entbehren müßte, und mißbraucht unterdessen eure Langmut. Und ich weiß nicht recht, ob ich dies Furcht oder Feigheit oder Verblendung nennen soll, wenn ihr, und zwar jeder für sich, zu wünschen scheint, daß solches Unheil euch, wie man es sich bei einem Blitz wünscht, nicht treffen möge, ihr aber nicht einmal versucht, es zu verhindern.

Und überlegt bitte, wie verkehrt doch die Welt ist. Früher wurde ein Anschlag gegen den Staat insgeheim vorbereitet, die Hilfeleistung aber offen, und deshalb konnten die guten Bürger den schlechten leicht zuvorkommen; heute werden Friede und Eintracht offen gestört, aber nur heimlich verteidigt. Wer für Unfrieden ist, steht in Waffen, ihr freilich lebt in Furcht. Worauf wartet ihr? – Außer ihr schämt euch oder es reut euch, geziemend zu handeln. Beeindruckten euch etwa die Vorschläge des Lepidus? Dieser sagt, er wünsche, jedem das Seine zurückzugeben, und hat fremdes Gut inne; das Kriegsrecht aufzuheben, während er selbst mit Waffen droht; das Bürgerrecht derer zu bestätigen, von welchen er sagt, es sei ihnen nie genommen worden; um der Eintracht willen dem Volk die tribunizische Gewalt wieder zurückzuerstatten, an der sich alle Zwietracht entzündete.

Du Schlechtester und Unverschämtester von allen, kümmerst du dich etwa um Armut und Trauer der Bürger, der du nichts zu Hause hast, außer was du den Waffen oder einem Unrecht verdankst? Du erstrebst ein zweites Konsulat, als ob du das erste zurückgegeben hättest; durch Krieg suchst du Eintracht, womit sie, kaum erworben, nur gestört wird. An uns bist du Verräter, gegen die Deinen untreu, Feind aller anständigen Leute. Wie, schämst du dich weder vor Menschen noch Göttern, die du durch Bruch der Treue oder des Gelübdes verletzt hast! Da du nun einmal so bist, halte an deinem Entschluß fest und bleibe unter Waffen: dazu fordere ich dich auf, und halte uns nicht – selbst ohne Ruhe – durch Hinausschieben des Aufruhrs in Atem. Weder Provinzen noch Gesetze noch Schutzgottheiten dulden dich als Bürger. Fahre fort, wie du begonnen, damit du so rasch wie möglich den verdienten Lohn findest!

Ihr aber, Senatoren, wie lange werdet ihr es zulassen, daß der Staat durch Zögern ungeschützt sei, und gegen Waffen mit Worten antreten? Aushebungen geschahen gegen euch, Gelder wurden öffentlich und privat erpreßt, Truppen abgezogen und wieder eingesetzt; nach Belieben werden Gesetze erlassen, während ihr unterdessen Gesandtschaften und Beschlüsse vorbereitet. Bei Gott, je begieriger ihr den Frieden wünscht, um so rücksichtsloser wird der Krieg sein, wenn

Lepidus merkt, daß er mehr aus Furcht als aus dem Gefühl für Recht und Billigkeit unterstützt wird. Denn wer behauptet, Unruhen und Mord an Mitbürgern zu hassen, und deswegen, während Lepidus bewaffnet ist, euch ohne Waffen läßt, der glaubt, ihr solltet eher das erleiden, was Besiegte erdulden müssen, obschon ihr selbst dies andern antun könntet. Ein solcher rät euch zum Frieden mit jenem, jenem aber zum Krieg mit euch. Wenn euch das gefällt, wenn ihr so abgestumpft seid, daß ihr Cinnas Verbrechen vergessen habt, durch dessen Rückkehr in die Stadt die Zierde dieses Standes zugrunde ging, und ihr nichtsdestoweniger euch und eure Frauen und Kinder Lepidus überlassen wollt, was braucht es dann noch Beschlüsse, was die Hilfe des Catulus? Ja, dann bemühen sich dieser und andere gute Bürger vergebens um den Staat.

Tut, wie euch beliebt, verschafft euch den Schutz des Cethegus[2] und anderer Verräter, die Raub und Brand aufleben zu lassen und sich neuerdings gegen die Schutzgottheiten zu bewaffnen wünschen. Wenn euch aber Freiheit und Wahrheit mehr gefallen, beschließt, was eures Namens würdig ist, und unterstützt den Mut der Tapferen! Es ist ein neues Heer bereit, dazu die Veteranensiedlungen, der ganze Adel, die besten Führer: Das Glück folgt den Besseren! Bald wird auseinanderfallen, was sich durch unsere Sorglosigkeit sammeln konnte.

Deshalb stelle ich folgenden Antrag: Da Marcus Lepidus eigenmächtig ein Heer ausgerüstet hat, das er zusammen mit Verbrechern und Staatsfeinden gegen den Willen dieses Standes zur Stadt hin führt, soll der Interrex Appius Claudius mit dem Prokonsul Quintus Catulus und den übrigen, die Kommandogewalt haben, die Stadt schützen und dafür Sorge tragen, daß dem Staat kein Schaden zustoße.» (I 77 M)

[2] P. Cornelius Cethegus, ursprünglich Anhänger des Marius, ging zu Sulla über und verfügte nach dessen Tod über bedeutenden Einfluß. Er ist nicht zu verwechseln mit dem Catilinarier C. Cornelius Cethegus.

III
Rede des Gaius Aurelius Cotta an das römische Volk (75 v.Chr.)

C. Aurelius Cotta trat 75 mit L. Octavius das Konsulat unter kritischen Umständen an (Kämpfe mit Sertorius und den letzten Marianern in Spanien, im Osten der Mithridatische Krieg, Seeräuberplage, Mißernten in Gallien, zunehmende Verarmung der Provinzen).

Nach wenigen Tagen sprach Cotta, anders gekleidet[1] und sehr betrübt, weil das Volk anstelle der erhofften Einstellung sich ganz verändert gezeigt hatte, in der Volksversammlung auf diese Weise:

«Bürger, viele Gefahren erlebte ich im Frieden und im Krieg, viele Widerwärtigkeiten, von denen ich die einen ertrug, einen Teil auch abwies mit der Götter Hilfe und mit meiner Tapferkeit; bei alldem fehlte niemals der Mut bei einer Aufgabe noch bei Beschlüssen die Entschiedenheit; Mißerfolg und Erfolg änderten meine Möglichkeiten, nicht meine Gesinnung. Aber im Gegensatz dazu hat mich in dieser mißlichen Lage alles samt dem Glück im Stich gelassen. Außerdem vermehrt das Alter[2], das an sich schon beschwerlich ist, die Sorge, daß ich Elender am Ende meines Lebens nicht einmal einen ehrenvollen Tod erhoffen darf. Denn wenn ich euer Mörder bin und, zweimal geboren[3], jetzt die Schutzgottheiten und mein Vaterland und die höchste Befehlsgewalt für

[1] Der Ausdruck «anders gekleidet» *(mutata veste)* bedeutet entweder «im Amtsgewand» oder «in Trauerkleidung».

[2] Cotta war damals etwa fünfzigjährig.

[3] Die «zweite Geburt» ist die Rückkehr aus der Verbannung (ähnlich Cicero «alterius vitae quoddam initium» an Att. IV 1, 8 und «illum diem natalem» post red. 27); Cotta, 91 verbannt, war 82 nach Sullas Sieg zurückgekehrt.

nichts achte, welche Folter ist dann für mich im Leben grausam genug oder im Tod welche Strafe? Ja alle Büßer der Unterwelt, von denen man erzählt, habe ich mit meinem Verbrechen überboten.

Von früher Jugend an habe ich vor euren Augen privat und als Amtsperson gelebt: wer meiner Redekunst, wer meines Rats, wer meines Gelds bedurfte, konnte sie gebrauchen. Aber nie habe ich die Gewandtheit meiner Rede oder meinen Verstand für schlechte Zwecke eingesetzt; wenn auch sehr begierig nach privater Gunst, habe ich mir doch um des Staates willen größte Feindschaften zugezogen; als ich dann mit diesem zusammen dem Untergang geweiht und fremder Hilfe bedürftig war und weitere Übel erwartete, da habt ihr mir, Bürger, mein Vaterland und die Schutzgottheiten zusammen mit außerordentlicher Würde wiedererstattet. Für diese Wohltaten könnte ich kaum dankbar genug scheinen, stürbe ich auch, was unmöglich ist, für jeden einzelnen von euch. Denn Leben und Tod sind in der Hand der Natur: daß man ohne Schande im Kreise seiner Mitbürger, unbeschadet an Ruf und Vermögen, lebt, das wird als Geschenk gegeben und empfangen.

Ihr habt uns zu Konsuln gemacht, Bürger, in einem Augenblick, da im Innern und nach außen der Staat sehr gefährdet ist. Denn die Feldherrn in Spanien verlangen Sold, Truppen, Waffen, Verpflegung, und die Lage zwingt dazu, weil nach Abfall der Bundesgenossen und des Sertorius Flucht über die Berge sie weder einen Kampf liefern noch sich das Erforderliche verschaffen können. Heere müssen in Asien und Kilikien wegen der übergroßen Macht des Mithridates unterhalten werden, Makedonien ist voll von Feinden und nicht weniger die Küstengebiete Italiens und der Provinzen, während unterdessen die geringen und durch Kriege unsicheren Steuereinkünfte kaum einen Teil der Ausgaben decken: so befahren wir heute auch das Meer mit einer kleineren Flotte, als sie früher die Zufuhr sicherte. Wenn dies durch Hinterlist oder unsere Nachlässigkeit geschah, handelt, wie euch der Zorn rät, verurteilt mich zum Tode; wenn aber unser gemeinsames Schicksal uns übelwill, warum beginnt ihr dann etwas, das euer, unser und des Staates unwürdig ist?

Und ich, dem bei seinem Alter der Tod schon ziemlich nahe ist, möchte ihn nicht durch Bitten abwenden, wenn euch damit etwas von eurem Ungemach genommen wird; auch dürfte ich meinem körperlichen Zustand entsprechend wohl bald weniger ehrenhaft ein Ende finden als jetzt für eure Rettung. Hier bin ich, der Konsul Gaius Cotta, ich mache, was die Vorfahren oft in verzweifelten Kriegen gemacht haben: ich weihe und opfere mich für den Staat[4]. Wem ihr dann diesen anvertraut, danach schaut euch um; denn eine solche Ehre wird kein Rechtschaffener wollen, wenn er über das Glück auf dem Meer und einen von andern geführten Krieg Rechenschaft ablegen oder schimpflich sterben muß. Denkt aber wenigstens daran, daß ich nicht wegen eines Verbrechens oder wegen Habsucht getötet wurde, sondern freiwillig als Dank für größte Wohltaten mein Leben zum Geschenk dargebracht habe.

Euch, Bürger, rufe ich an und den Ruhm der Vorfahren: nehmt die Widerwärtigkeiten auf euch und denkt an den Staat! Viel Sorge bringt der Oberbefehl mit sich, viel ungeheure Aufgaben; diese weist ihr vergeblich von euch und wünscht dafür die Üppigkeit des Friedens, wo doch alle Provinzen, Königreiche, Meere und Länder verzweifelt oder durch Kriege erschöpft sind.» (II 47 M)

[4] Anspielung auf die *devotio,* durch die römische Feldherren sich und ihre Truppen in aussichtsloser Lage den Unterirdischen weihten.

IV
Brief des Gnaeus Pompeius an den Senat
(75 v. Chr.)

Bereits 83 hatte Pompeius, erst dreiundzwanzigjährig, gegen die Marianer gekämpft. Es folgten die Siege gegen Carbo (Sizilien), Domitius und Hiarbas (Afrika, 79 Triumph); den Aufstand des Lepidus liquidierte er endgültig. Ende 77 beantragte L. Marcius Philippus (vgl. dessen Rede gegen Lepidus) für Pompeius das Kommando gegen Sertorius in Spanien. Unser Brief fällt in das Ende des Jahres 75 und wurde anfangs 74 im Senat behandelt; er umreißt die kritische Situation von Staat und Heer (vgl. Rede des Cotta). Hinter der Bitte um Hilfe steht die latente Drohung der Machtübernahme aus eigenen Mitteln.

«Wenn ich gegen Euch und das Vaterland und die Schutzgottheiten so viel Mühen und Gefahren auf mich genommen hätte, wie ich von früher Jugend an als Feldherr die verruchtesten Feinde geschlagen und Euch Rettung verschafft habe, hättet Ihr nichts Ärgeres gegen mich in meiner Abwesenheit beschließen können, als Ihr jetzt tut, Senatoren, die Ihr mich ungeachtet meines jugendlichen Alters in den schrecklichsten Krieg gestürzt und, soweit es an Euch liegt, zusammen mit einem hochverdienten Heer dem Hunger, der jämmerlichsten Todesart von allen, habt erliegen lassen. Hat in dieser Hoffnung das römische Volk seine Söhne in den Krieg geschickt? Sind das die Belohnungen für Wunden und das so oft um des Staates willen vergossene Blut? Erschöpft vom Schreiben und Entsenden von Boten habe ich all meine Mittel und persönlichen Hoffnungen aufgezehrt, während mir unterdessen von Euch während drei Jahren kaum der Bedarf eines Jahres gewährt wurde. Bei den unsterblichen Göttern, glaubt Ihr, daß ich an die Stelle der Staatskasse treten oder ein Heer ohne Verpflegung und Sold unterhalten könne?

Ich freilich gestehe, daß ich zu diesem Krieg mit mehr Begeisterung als Überlegung aufgebrochen bin, der ich, von Euch nur gerade zum Kommandanten ernannt, in vierzig Tagen ein Heer ausrüstete und die Feinde, die bereits Italien im Nacken saßen, von den Alpen nach Spanien zurückdrängte. Durch dieses Gebirge öffnete ich einen andern Weg als Hannibal, einen für uns günstigeren[1]. Ich gewann Gallien, die Pyrenäen, Laketanien und das Land der Indigeter zurück und hielt dem ersten Angriff des siegreichen Sertorius mit jungen und dazu noch weit weniger Soldaten stand und verbrachte den Winter im Lager mitten unter den schrecklichsten Feinden – nicht in Städten und nicht im Buhlen um Sympathie[2]. Was soll ich weiter die Gefechte oder winterlichen Kriegszüge, die zerstörten oder wiedergewonnenen Städte aufzählen, wenn doch Tatsachen mehr gelten als Worte? Das am Sucro eroberte feindliche Lager[3] und das Gefecht am Turia und die Vernichtung des feindlichen Führers Gaius Herennius samt der Stadt Valentia und seinem Heer sind Euch hinreichend bekannt: Dies, Ihr dankbaren Senatoren, vergeltet Ihr mit Not und Hunger. Und so sind für mein und der Feinde Heer die Bedingungen gleich; denn beiden wird kein Sold bezahlt, beide können als Sieger nach Italien kommen.

Deshalb mahne und bitte ich Euch, acht zu haben und mich nicht in meiner Notlage zu zwingen, auf eigene Faust für mich zu sorgen. Das diesseitige Spanien[4], soweit es nicht

[1] Der günstigere Weg führt von Turin über Segusio (Susa) und den Mt. Genèvre an die Durance.

[2] Wäre es Pompeius um Popularität bei den Truppen zu tun gewesen, hätte er 76/75 in Stadtquartieren überwintert (zugleich ein Hieb gegen den für seine Weichlichkeit bekannten Metellus, den andern gegen Sertorius eingesetzten Feldherrn).

[3] In Wirklichkeit war Pompeius am Sucro von Sertorius geschlagen worden; die Besetzung des Lagers war dem Legaten L. Afranius zu verdanken.

[4] Diesseitiges Spanien: nordöstlich des Ebro.

vom Feind besetzt ist, haben wir oder Sertorius vollständig verwüstet – außer den Stadtgebieten am Meer: sie bringen uns freilich zusätzlich Kosten und Bürde. Gallien unterhielt im letzten Jahr noch das Heer des Metellus mit Sold und Verpflegung und hat jetzt durch Mißernten selbst kaum genug zu leben. Ich habe nicht nur meinen Besitz, sondern auch meinen Kredit aufgebraucht. Ihr seid noch übrig: Wenn Ihr nicht Hilfe leistet, werden gegen meinen Willen, aber gemäß meiner Voraussage, das Heer und mit ihm der ganze Krieg in Spanien von hier nach Italien hinübergehen.»

Dieser Brief wurde zu Beginn des nächsten Jahres im Senat verlesen. Die Konsuln aber trafen über die von den Senatoren bestimmten Provinzen untereinander ihre Abmachungen: Cotta übernahm das diesseitige Gallien, Kilikien Octavius. Darauf stellten die nächsten Konsuln Lucius Lucullus und Marcus Cotta, da sie von dem Brief und den Botschaften des Pompeius sehr beeindruckt waren, mit allen Mitteln Sold und Verstärkungen bereit, einmal um des Staates willen, dann aber auch, weil das nach Italien herübergeführte Heer weder ihrem Ruhm noch ihrer Würde dienlich wäre; dabei unterstützte sie der Adel sehr, dessen Mehrheit schon damals mit der Zunge ihrer Entschlossenheit und ihren Worten mit Taten Ausdruck verlieh. (II 98 M)

V

Rede des Volkstribunen Gaius Licinius Macer an das Volk (73 v. Chr.)

Sulla hatte das Volkstribunat entmachtet; 73 versuchte der Tribun C. Licinius Macer erfolglos, Sullas Bestimmungen zu ändern. Seine Rede charakterisiert die Stimmung in der Stadt.

«Wenn ihr, Bürger, nicht genau wüßtet, welch ein Unterschied zwischen dem euch von den Vorfahren hinterlassenen Recht und dieser von Sulla geschaffenen Knechtschaft besteht, hätte ich viele Worte machen und euch belehren müssen, welcher Ungerechtigkeiten wegen und wie oft das Volk sich bewaffnete und von den Senatoren trennte und wie es sich die Volkstribunen als Schützer all seines Rechts schuf. Jetzt brauche ich bloß daran zu erinnern und den Weg voranzugehen, auf dem, wie ich glaube, die Freiheit errungen werden kann. Und es ist mir klar, daß ich mich als einzelner, mittellos, nur mit dem leeren Schein eines Amtes bekleidet, anschicke, mächtige Adlige aus ihrer Alleinherrschaft zu verjagen, und daß eine Gruppe von Schuldigen viel sicherer auftreten kann als unschuldige Einzelgänger. Aber außer der berechtigten Hoffnung, die ihr mir einflößt und die meine Angst besiegt hat, bin ich der Meinung, daß Unannehmlichkeiten im Kampf um die Freiheit für einen tapferen Mann ruhmreicher seien, als überhaupt nicht gekämpft zu haben.

Dennoch haben alle andern, die zur Wahrung eures Rechts gewählt sind, ihre ganze Macht und Amtsgewalt aus Gefälligkeit oder Hoffnung oder für Belohnungen gegen euch gerichtet und halten es für besser, um Bezahlung Verbrechen zu begehen, als ohne Entgelt das Rechte zu tun. Deshalb haben sich alle bereits der Alleinherrschaft der wenigen gebeugt, die sich unter dem Vorwand eines Kriegs der Staatskasse, der Heere, Königreiche, Provinzen bemächtigt und eine Festung errichtet haben aus den euch entrissenen Gütern, während ihr, die ihr in der Überzahl seid, unterdessen wie das Vieh euch einzelnen zu Besitz und Ausbeutung darbietet, all dessen beraubt, was die Vorfahren hinterlassen haben – außer daß ihr euch selbst mittels Abstimmungen, statt wie einst Verteidiger, jetzt Herren gebt. Und so haben sich alle ihnen gebeugt; aber bald, wenn ihr euer Recht wiedergewonnen habt, beugt sich die Mehrheit euch. Nur wenige nämlich haben den

Mut, das, wofür sie sich entscheiden, zu verteidigen, der Rest ist auf der Seite der Stärkeren.

Oder zieht ihr in Zweifel, ob sich euch, die ihr trotz eurer Schlaffheit und Trägheit sehr gefürchtet wart, etwas entgegenstellen könnte, wenn ihr einträchtig vorgeht? – Außer der fest in seiner Partei stehende Konsul Gaius Cotta hätte etwa aus anderen Gründen als aus Furcht den Volkstribunen gewisse Rechte zurückgegeben. Und obschon Lucius Sicinius, der es als erster wagte, über die Macht der Volkstribunen zu sprechen[1], trotz eurem Murren überwältigt worden war, so fürchteten dennoch jene euren Haß, bevor ihr des Unrechts überdrüssig geworden seid. Darüber kann ich mich nicht genug wundern, Bürger; denn ihr mußtet doch einsehen, daß euer Hoffen umsonst war. Nach dem Tode Sullas, der euch die verbrecherische Knechtschaft auferlegt hatte, glaubtet ihr das Ende des Übels gekommen: es erschien der noch viel schrecklichere Catulus. Es gab Unruhen unter dem Konsulat des Brutus und Mamercus. Darauf war Gaius Curio Gewaltherrscher bis zum Untergang eines unschuldigen Tribunen[2]. Mit welchem Stolz letztes Jahr Lucullus gegen Lucius Quintius vorgegangen ist, habt ihr gesehen. Welche Ungelegenheiten schließlich werden jetzt mir bereitet! Diese wären allerdings zum Mißerfolg verurteilt, wenn jene die Absicht hätten, früher der Alleinherrschaft ein Ende zu machen als ihr ein Ende eurer Knechtschaft; vor allem da in diesen Bürgerkriegen, wenn auch unter anderem Namen, eben doch von beiden Seiten um die Alleinherrschaft über euch gekämpft wurde. Es entfachten freilich die übrigen Zwistigkeiten, entstanden aus Willkür oder Haß oder Habsucht, nur einen Brand auf Zeit; dauernd blieb allein das eine, was von beiden Seiten umstritten und euch für die Zukunft entrissen wurde: die

[1] Sicinius versuchte 76, die tribunizische Gewalt zu stärken.

[2] Der «unschuldige Tribun» ist Sicinius, Curio war 76 Konsul.

tribunizische Gewalt, eine Waffe, von den Vorfahren für die Freiheit geschaffen.

Deshalb mahne und bitte ich euch, daß ihr aufpaßt und nicht die Namen der Dinge aus Feigheit ändert und, was Knechtschaft ist, Frieden nennt. Eben ihn zu genießen, wenn Verbrechen über Recht und Ehre die Oberhand gewonnen hat, besteht keine Möglichkeit mehr: sie hätte bestanden, wäret ihr überhaupt still geblieben. Jetzt aber haben sie aufgepaßt, und wenn ihr nicht siegt, werden sie euch noch kürzer halten, da jede Unterdrückung, je schwerer sie ist, desto mehr Sicherheit bietet.

‹Was beantragst du also?› wird einer von euch einwerfen. – Zuallererst müßt ihr die von euch gepflegte Sitte einer fleißigen Zunge, aber eines feigen Herzens aufgeben, die ihr über den Versammlungsort hinaus nicht weiter an Freiheit denkt. Und dann – um euch nicht zu jenem mannhaften Tun aufzurufen, mit dem eure Vorfahren Tribunen für das Volk, Zugang zu den patrizischen Ämtern[3], von den Patriziern unbeeinflußte Abstimmungen schufen –, was wartet ihr, Bürger, obgleich alle Macht bei euch liegt und ihr gewiß die Befehle, die ihr jetzt zum Nutzen anderer empfangen müßt, für euch ausführen oder nicht ausführen könntet, auf Iuppiter oder irgendeinen andern Gott, der euch berät? Jene anmaßende Amtsgewalt der Konsuln und jene Senatsbeschlüsse macht ihr durch euren Vollzug wirksam, Bürger, und von euch aus eilt ihr, die Willkür gegen euch zu vergrößern und zu stützen.

Und ich heiße euch nicht die Ungerechtigkeiten rächen, vielmehr, daß ihr Ruhe verlangt; und da ich nicht Zwietracht will, wie jene mich beschuldigen, sondern deren Ende, fordere ich gemäß Völkerrecht euer Eigentum zurück, und wenn sie es hartnäckig zurückhalten, werde ich nicht Waffen und Tren-

[3] Konsulat, Zensur, Prätur, Ädilität und Quästur waren ursprünglich der Nobilität vorbehalten.

nung beantragen, sondern nur, daß ihr nicht weiter euer Blut opfert. Mögen sie auf ihre Weise ihre Amtsgewalt ausüben und festhalten, nach Triumphen streben, Mithridates, Sertorius und die Reste der Verbannten verfolgen – aber in Begleitung ihrer Ahnenbilder! Von Gefahr und Anstrengung möge hingegen frei sein, wer keinen Anteil am Gewinn hat – außer es wird vielleicht durch dies überraschende Getreidegesetz eure Leistung aufgewogen. Doch dabei haben sie ja die Freiheit aller auf je fünf Scheffel geschätzt, was wahrlich nicht mehr darstellt als Gefangenenkost. Denn wie bei dieser durch Schmalheit der Verpflegung der Tod zwar verhindert wird, die Kräfte aber doch nachlassen, so befreit eine so geringe Unterstützung nicht von der Sorge um die Familie, hält aber die Feigheit bei allen durch spärlichste Hoffnungen hin. Auch noch so bedeutende Hilfe erwiese sich doch nur als Preis für die Knechtschaft; von welchem Stumpfsinn wäre es da, euch täuschen zu lassen und euch für euren Besitz bei denen, die euch Unrecht tun, auch noch bedanken zu wollen? Man muß sich vor ihrer Hinterlist hüten. Denn sie setzen sich gegen alle zusammen auf andere Weise nicht durch und werden es auch nicht versuchen. Deshalb beschaffen sie Linderungsmittel und vertrösten euch zugleich auf die Ankunft des Gnaeus Pompeius, den sie selbst, solange sie ihn fürchteten, auf ihre Schultern hoben und jetzt, da ihnen die Furcht genommen ist, zerzausen. Und sie, die sich als Schützer der Freiheit aufspielen, schämen sich nicht, daß so viele Männer ohne diesen einen nicht wagen, das Unrecht zu beendigen, oder das Recht nicht verteidigen können. Mir ist es freilich ganz klar, daß ein junger Mann von solchem Ruhm wie Pompeius[4] lieber mit eurem Einverständnis der Erste sein will als mit jenen zusammen

[4] Damals war Pompeius 33 Jahre alt. Ohne die niederen Ämter bekleidet zu haben, wurde er 70 Konsul; unter ihm wurde die tribunizische Gewalt wiederhergestellt.

Teilhaber der Alleinherrschaft und daß er vor allem Erneuerer der tribunizischen Gewalt werden möchte. Aber, Bürger, früher fand jeder einzelne von euch bei der Mehrheit Schutz, nicht (wie jetzt) bei einem einzigen alle miteinander, und kein Sterblicher konnte für sich allein so etwas geben oder nehmen.

Doch nun genug der Worte! Denn nicht Unwissen ist es, an dem ihr krankt, sondern es hat euch irgendeine Stumpfheit gepackt, in der ihr euch weder durch Ruhm noch Schande beeindrucken laßt, und ihr habt alles für eure gegenwärtige Tatenlosigkeit aufs Spiel gesetzt, indem ihr als vollständige Freiheit ansaht, daß man euch nicht auf den Rücken schlägt[5] und ihr dahin und dorthin gehen dürft – Gefälligkeiten eurer reichen Herren. Aber den Landbewohnern ist nicht einmal dies erlaubt, sondern sie werden hingeschlachtet in den Fehden der Mächtigen, (ausgehoben) und in die Provinzen den Beamten als Geschenk mitgegeben. So wird für nur wenige gekämpft und gesiegt: das Volk, was auch immer geschieht, ist gleichsam der Besiegte und wird es von Tag zu Tag mehr sein, wenn jene nämlich mit größerem Eifer ihre Alleinherrschaft für sich behalten, als ihr die Freiheit für euch verlangt.» (III 48 M)

VI
Brief des Mithridates
(69/68 v. Chr.)

Lucullus hat Pontus, das Reich des Mithridates, besetzt; dieser flieht zu seinem Schwiegersohn Tigranes nach Armenien. Im Jahre 69 besiegt Lucullus Tigranes bei Tigranokerta. Nun versucht Mithridates, den Partherkönig Phraates III. (= Arsakes XII.) als Verbündeten

[5] Gegen römische Bürger durfte die Prügelstrafe nicht angewendet werden (lex Porcia de tergo civium).

zu gewinnen. Obwohl sich die Parther, durch frühere Übergriffe des Tigranes verstimmt, neutral verhalten, wird Lucullus durch eine Meuterei des Heeres am weiteren Vordringen gehindert. 66 ersetzt ihn Pompeius, dem die endgültige Besiegung des Mithridates gelingt.

«König Mithridates grüßt König Arsakes. – Wer um ein Kriegsbündnis gebeten wird, wenn es ihm gut geht, muß überlegen, ob es dann noch möglich ist, Frieden zu bewahren, und ferner, ob das, was gewünscht wird, zur Genüge rechtmäßig, sicher und ruhmreich oder aber unehrenhaft sei. Wenn Du dauernden Frieden genießen könntest, wenn Deine Feinde nicht leicht zu schlagen und sehr ruchlos wären, wenn nicht ein glänzender Ruf entstände, falls Du die Römer niedergeworfen hättest, würde ich es nicht wagen, um ein Bündnis nachzusuchen, und vergeblich hoffen, mein Unglück mit Deinem Glück zu verbinden. Und das, was Dich anscheinend zögern lassen könnte: der Zorn auf Tigranes wegen des kürzlichen Kriegs und meine wenig günstige Lage, das wird Dich, wenn Du es in seiner wahren Bedeutung einschätzen willst, besonders ermuntern. Jener hat nämlich die Hände nicht frei und wird ein Bündnis nach Deinem Willen annehmen müssen; mir hat das Schicksal vieles entrissen, aber dafür Erfahrung geschenkt, die mich gute Ratschläge erteilen läßt, und – was bei Deinen blühenden Verhältnissen erwünscht ist – ich, der ich nicht mehr der Mächtigste bin, biete ein Beispiel, wie Du Dich richtiger verhalten könntest.

Denn für die Römer besteht ein einziger, dazu noch alter Grund, mit allen Stämmen, Völkern, Königen Krieg zu führen: ihre bodenlose Gier nach Herrschaft und Reichtum. Deshalb suchten sie zuerst mit dem Makedonenkönig Philipp Krieg, heuchelten aber, solange sie von den Karthagern bedrängt wurden, Freundschaft. Den ihm zu Hilfe eilenden Antiochus machten sie mit List abspenstig und überließen ihm dafür Asien; und als darauf Philipp überwältigt war, wurde Antiochus des ganzen Landes diesseits des Taurus und einer Summe von zehntausend Talenten beraubt[1]. Dann nahmen sie nach vielen wechselvollen Kämpfen Philipps Sohn Perseus vor den Göttern von Samothrake unter ihren Schutz – doch diese schlauen Erfinder jeglicher Gemeinheit töteten ihn, da sie ihm ja vertraglich das Leben geschenkt hatten, durch Schlaflosigkeit[2]! Den Eumenes, mit dessen Freundschaft sie sich großartig brüsten, verrieten sie zuerst, als Preis für den Frieden, an Antiochus; später verwendeten sie ihn als Wächter des eroberten Lands und machten durch Ausbeutung und Demütigungen aus einem König den jämmerlichsten Sklaven, unterschoben schamlos ein gefälschtes Testament und führten seinen Sohn Aristonikos, weil er das Reich seines Vaters begehrt hatte, wie einen Feind im Triumphzug mit[3] – Asien wurde von ihnen selbst besetzt! Zuletzt raubten sie nach dem Tod des Nikomedes Bithynien, obschon kein Zweifel bestand,

[1] Der Krieg gegen Philipp V. (200–197) wurde durch den Sieg bei Kynoskephalai (Thessalien) entschieden; der Kampf gegen Antiochus III. fällt in die Jahre 191/90; die Entscheidungsschlacht fand bei Magnesia am Hermus statt (erste Schlacht der Römer in Asien).

[2] Perseus von Makedonien, Philipps Sohn, wurde 168 bei Pydna besiegt und floh nach Samothrake ins Kabirenheiligtum; über seinen Tod existieren verschiedene Versionen (Selbstmord durch Hunger, Tod durch Schlafentzug u.a.).

[3] Ein eigentlicher römischer Verrat an Eumenes II. von Pergamon liegt nicht vor, obwohl die Römer mit dessen Feind Antiochus vorläufig eine friedliche Lösung suchten. Eumenes erhielt später für seine Loyalität das ganze Gebiet diesseits des Taurus (mit Ausnahme der griechischen Städte); Attalos III., ein natürlicher Sohn des Eumenes, setzte 133 Rom testamentarisch zum Erben seines Reiches ein: dieses Testament wird hier von Mithridates als gefälscht bezeichnet. Aristonikos, der durch das Testament ausgeschlossene Bruder des Attalos, wurde von den Römern 130 besiegt.

daß Nysa, die von ihm als Königin anerkannt worden war, einen Sohn geboren hatte[4].

Was soll ich mich überhaupt erwähnen? Ich war von allen Seiten durch Königreiche und Fürstentümer von ihrem Reich getrennt, aber da das Gerücht ging, ich sei reich und wolle niemandes Sklave sein, haben sie mich durch Nikomedes zum Krieg gereizt; ich war mir freilich ihrer Ruchlosigkeit wohl bewußt und hatte vorher das, was dann auch eintraf, den Kretern, den einzigen von allen, die zu dieser Zeit noch frei waren, wie auch dem König Ptolemaeus vorausgesagt. Und ich rächte das Unrecht, verjagte Nikomedes aus Bithynien, übernahm Asien, ein dem König Antiochus weggenommenes Beutestück, und befreite Griechenland von schwerer Sklaverei. Mein Vorhaben behinderte der letzte der Sklaven, Archelaus, indem er mein Heer verriet; und jene, welche Feigheit oder verkehrte Schlauheit von den Waffen fernhielt – sie meinten, auf meine Kosten Sicherheit gewinnen zu können –, werden jetzt aufs bitterste bestraft: Ptolemaeus vermag durch Bezahlung den Krieg von Tag zu Tag hinauszuschieben; die Kreter wurden schon einmal angegriffen und werden nur mit ihrer Vernichtung ein Ende des Ringens erkaufen.

Da ich freilich einsah, daß für mich ihrer eigenen inneren Schwierigkeiten wegen der Kampf eher aufgeschoben als daß mir Friede geschenkt sei, habe ich trotz des Tigranes Weigerung, der die Richtigkeit meiner Worte nur zu spät begreift, und trotzdem Du weit entfernt warst und allen andern die Hände gebunden waren, doch den Krieg wieder aufgenommen und den römischen Führer Marcus Cotta bei Kalchedon zu Lande geschlagen, auf dem Meer seiner herrlichen Flotte beraubt. Bei Kyzikus ging mir, als ich mit meinem großen Heer durch die Belagerung aufgehalten wurde, die Verpflegung aus,

[4] Auch Nikomedes IV. vermachte sein Reich testamentarisch den Römern (74).

da mich ringsum niemand unterstützte; zugleich war mir auf dem Meer die schlechte Witterung hinderlich. Unter solchen Umständen und nicht unter Gewaltanwendung seitens der Feinde versuchte ich in mein väterliches Reich zurückzukehren und verlor durch Schiffbruch bei Parium und Heraklea die besten Soldaten mitsamt den Flotten. Als darauf bei Kabera wieder ein Heer bereit war und wechselvolle Kämpfe zwischen mir und Lucullus stattfanden, bedrohte Mangel aufs neue beide. Ihm blieb noch das von Krieg unberührte Reich des Ariobarzanes, ich zog mich, da alles rings verwüstet war, nach Armenien zurück. Und die Römer folgten nicht mir, sondern eher ihrem Brauch, alle Königreiche zu stürzen; und weil sie in der Enge der örtlichen Verhältnisse die Masse der gegnerischen Soldaten vom Kampf fernzuhalten vermochten, brüsten sie sich mit des Tigranes Unklugheit[5] wie mit einem Sieg.

Nun überlege Dir bitte, ob Du, sind wir einmal unterdrückt, Dich für stärker zum Widerstand oder das Ende des Kriegs für gekommen hältst. Ich freilich weiß, daß Du eine große Menge Leute, Waffen und Gold besitzest; und deswegen wirst Du von uns als Bundesgenosse, von jenen als Beute begehrt. Aber da das Reich des Tigranes noch unversehrt ist und meine Soldaten kriegserfahren sind, besteht der Plan, fern der Heimat, bei nur kleiner Anstrengung Deinerseits, hingegen durch unseren persönlichen Einsatz den Krieg zu beenden, wobei wir weder siegen noch besiegt werden können, ohne daß auch Du Gefahr läufst. Oder weißt Du nicht, daß die Römer, als ihnen auf ihrem Marsch nach Westen der Ozean eine Grenze setzte, ihre Waffen hierher gewendet haben? Und daß sie von Anfang an nur Gestohlenes besitzen: Heimat, Frauen, Land und Reich? Daß sie einst zusammengelaufen kamen ohne Vaterland und Väter, zum Verderben des Erdkreises geschaffen;

[5] Mithridates hatte den Tigranes vor einer Feldschlacht gewarnt. Bei Tigranokerta war er nicht anwesend.

daß sie weder Mensch noch Gott hindern kann, Bundesgenossen, Freunde, fern und nah Wohnende, Arme und Reiche zu berauben, zu vernichten und alles, was ihnen nicht dienen will, vor allem die Königreiche, als feindselig zu betrachten? Denn wenige wollen die Freiheit, ein Großteil will gerechte Herren; wir sind verdächtig, Nebenbuhler zu sein und zu gegebener Zeit als Rächer aufzutreten. Du aber, dem Seleukeia, die größte aller Städte, und das Perserreich mit seinen weitberühmten Schätzen gehören, was erwartest Du von ihnen außer List im jetzigen Zeitpunkt und für später Krieg? Die Römer haben Waffen gegen alle, die schärfsten gegen die, welche nach ihrer Besiegung die größte Beute liefern; durch Kühnheit und Täuschung und dadurch, daß sie Krieg an Krieg reihten, sind sie groß geworden; auf diese Weise werden sie alles auslöschen oder selbst zugrunde gehen – was nicht schwierig ist, wenn Du von Mesopotamien, wir von Armenien aus ihr Heer einschließen, das, ohne Verpflegung, ohne Hilfstruppen, durch Schicksal oder unsere Fehler bis jetzt noch unversehrt ist. Dir wird aber der Ruhm folgen, daß Du großen Königen zu Hilfe geeilt bist und die Ausplünderer der Völker vernichtet hast. Daß Du dazu Hand bieten mögest, mahne und bitte ich Dich, und daß Du nicht lieber durch unser Verderben Dein eigenes hinauszögern als durch ein Bündnis mit uns Sieger werden wollest.» (IV 69 M)

ANHANG

REGISTER

der Namen und Begriffe

Das Register wurde erstellt von Georg Schoeck unter Mitwirkung von Elisabeth Schoeck.

Die Einordnung ins Register richtet sich bei den Personen nach derjenigen Namensform, die Sallust überlicherweise verwendet (zum Beispiel ist Lucius Calpurnius Bestia unter Bestia zu finden). Ebenso erscheinen die Namen bekannter Persönlichkeiten unter der gebräuchlichsten Form, also Marcus Tullius Cicero unter Cicero. In allen übrigen Fällen wird vom Familiennamen ausgegangen. Vor- und Familien- beziehungsweise Beinamen sind in Klammern beigefügt.

Abkürzungen

C = Catilina, J = Iugurtha, H = Historien (VH: Vorrede; H I: Rede des Lepidus; H II: Rede des Philippus; H III: Rede des Cotta; H IV: Brief des Pompeius; H V: Rede des Macer; H VI: Brief des Mithridates).

AUFBAUSCHEMATA UND ZEITTAFELN

Catilina

Inhaltsübersicht

Einleitung 1–4
Themastellung 4
Vorgeschichte der Verschwörung 5–16
  Catilinas Charakter 5
  Rückblick auf Roms allmählichen Verfall 5–13
    Exkurs über die Bedeutung der Geschichtschreibung 8
  Vorleben Catilinas 14–16
Die Verschwörung bis zum Aufstand 17–36
  Erste Versammlung 17–22
    Exkurs über die erste Verschwörung 18–19
  Verrat des Curius, Wahlniederlage Catilinas für 63 23–25
    Exkurs über Sempronia 25
  Wahlniederlage für 62, Entschluß zum Umsturz 26–36
Betrachtungen über die Zerrüttung Roms 36–39
Die Verschwörung bis zur Niederwerfung in Rom 39–55
  Bis zur Aufdeckung durch die Allobroger 39–45
  Untersuchungen 46–49
  Verhandlungen und Hinrichtung 50–55
    Rede Cäsars 51
    Rede Catos 52
    Beschluß, Vergleich der Redner 53–54
    Vollstreckung des Urteils 55
Der Endkampf 56–61

Zeittafel

um 108		Catilina geboren
89		Mitglied des Stabes des Konsuls Cn. Pompeius Strabo
83		6. VII. 83 Brand des Jupitertempels auf dem Kapitol (47) – Werkzeug Sullas im Bürgerkrieg (5)
73		Anklage und Freispruch Catilinas und der Vestalin Fabia (15)
70		Konsulat des Gn. Pompeius und M. Crassus (38)
68		Catilinas Prätur
67/6		Catilina als Proprätor in Afrika (18)
66		Konsulat des L. Tullus und M'. Lepidus – Erste Verschwörung am 5. XII. 66 (18)
65		Konsulat des L. Cotta und L. Torquatus – Freispruch des Catilina im Erpressungsprozeß (18)
64		Konsulat des L. Cäsar und C. Figulus (17) – Heirat des Catilina und der Aurelia Orestilla (15) – Piso in Spanien ermordet (19)
63		Konsulat des M. Cicero und C. Antonius (24)
	21. X.	Bericht Ciceros an den Senat; consultum ultimum (29)
	27. X.	Aufstand des Manlius in Etrurien (30)
	6. XI.	Versammlung bei Laeca (27)
	7. XI.	Attentat auf Cicero (28)
	8. XI.	Senatssitzung im Tempel des Juppiter Stator, Ciceros 1. cat. Rede (31)
	8./9. XI.	Catilina verläßt Rom (32)
	9. XI.	Ciceros 2. cat. Rede an das Volk
	2./3. XII.	Verhaftung der Allobroger (45)
	3. XII.	Senatssitzung im Tempel der Concordia; Catilinarier zu Staatsfeinden erklärt (46, 50)
		Abend: Ciceros 3. cat. Rede an das Volk (48)
	4. XII.	Senatssitzung: Aussagen des L. Tarquinius (48)
	4. XII.	Senatssitzung im Tempel der Concordia (50) Reden Cäsars und Catos; Ciceros 4. cat. Rede
62		Frühjahr: Endkampf bei Pistoria, Tod Catilinas

Iugurtha

Inhaltsübersicht

Zeittafel

um 160	Iugurtha geboren
134	Iugurtha vor Numantia (7)
120	Adoption durch Mikipsa (5)
118	Mikipsas Tod (11), Hiempsals Ermordung (12)
117	Teilung des Reiches zwischen Adherbal und Iugurtha (16)
112	Einnahme von Cirta (21), Adherbals Ermordung (26)
111	Konsulat des P. Scipio Nasica und L. Calpurnius Bestia (27), Beginn des Krieges
	Iugurtha in Rom (33), Massivas Tod (35)
110	Konsulat des Sp. Postumius Albinus und Q. Minucius Rufus (35)
109	Konsulat des Q. Caecilius Metellus und M. Iunius Silanus (43), Kampf um Suthul (37)
108	Doppelschlacht am Muthul (48), vergebliche Belagerung von Zama (56), Abfall Vagas (66)
107	Konsulat des C. Marius; Mordversuch des Bomilkar (70); Kampf um Thala (75) und Cirta (81); Bündnis des Iugurtha mit Bocchus und den Gätulern (80), Kampf um Kapsa (84)
106	Kampf um Muluccha (92)

105 Auslieferung des Iugurtha an den Quästor L. Cornelius Sulla (113)

104 Triumph des Marius (1. Jan., 114), Hinrichtung Iugurthas

Stammbaum des numidischen Königshauses

Masinissa († 149 v. Chr.)

Micipsa – Gulussa – Mastanabal – Massugrada

Adherbal-Hiempsal Massiva Gauda-*Iugurtha* Dabar

Hiempsal II

LITERATURHINWEISE

Ausgaben

C. Sallustius Crispus, Catalina – Iugurtha – Fragmenta ampliora, hrsg. von A. Kurfess, Leipzig 1957[3].
C. Sallusti Crispi Historiarum reliquiae, hrsg. von B. Maurenbrecher, 2 Bde., Leipzig 1891–93.

Ausgabe mit deutscher Übersetzung

Sallust, Werke und Schriften, hrsg. und übersetzt von W. Eisenhut – J. Lindauer, München 1985.

Kommentare

C. Sallustius Crispus, De Catilinae coniuratione, kommentiert von K. Vretska, 2 Bde., Heidelberg 1976.
C. Sallustius Crispus, Bellum Iurgurthinum, erläutert von E. Koestermann, Heidelberg 1971.

Monographien

K. Büchner, Sallust, Heidelberg 1960.
A. La Penna, Sallustio e la «rivoluzione» romana, Mailand 1968.
K. Latte, Sallust, Leipzig 1935.
P. Perrochat, Les modèles grecs de Salluste, Paris 1949.
Sallust, hrsg. von V. Pöschl (Wege der Forschung 94), Darmstadt 1981[2].

W. Schur, Sallust als Historiker, Stuttgart 1934.
W. Steidle, Sallusts historische Monographien – Themenwahl und Geschichtsbild, Wiesbaden 1958.
R. Syme, Sallust, Berkeley – Los Angeles 1964 (deutsch: Sallust, Darmstadt 1975).

INHALT

Anhang

Robert von Ranke Graves: Ich, Claudius, Kaiser und Gott

Claudius, jener Kaiser wider Willen, der im Herzen ein überzeugter Demokrat geblieben ist, der Gatte der berühmten Messalina, die er wegen Teilnahme an einer gegen ihn gerichteten Verschwörung hinrichten ließ, der schließlich – von seiner vierten Frau, Agrippinilla, der Mutter Neros, vergiftet – seinem Schicksal nicht entging: dieser Herrscher ist im Urteil der Zeitgenossen wie der Geschichtsforscher meist schlecht weggekommen. Robert von Ranke Graves unternimmt mit seiner Chronique scandaleuse der Claudier, in der die ganze bunte und abenteuerliche Welt des römischen Imperiums lebendig wird, eine Art historischer Ehrenrettung. Er würdigt Claudius als den besonnenen, klugen Monarchen, der, aus einer Laune heraus auf den Thron gesetzt, regieren mußte und konnte. (dtv 1300)

Marguerite Yourcenar: Ich zähmte die Wölfin

Die Erinnerungen des Kaisers Hadrian

Fasziniert von der Persönlichkeit des römischen Kaisers Hadrian faßte Marguerite Yourcenar bereits als Zwanzigjährige den Plan, eine Biographie dieses Mannes zu schreiben. Sie verlor ihr Ziel nie aus den Augen, studierte jahrelang historische Quellen, fuhr den Reiserouten nach, die Hadrian einst kreuz und quer durch sein Imperium geführt hatten; doch erst in den Jahren 1948 bis 1950 sollte in Amerika die endgültige Fassung der Lebensgeschichte dieses Mannes entstehen, der, in Spanien 76 nach Christus geboren, als Statthalter von Syrien 117 zum Kaiser proklamiert wurde, dessen ganze Liebe Griechenland galt und der sich neben den Staatsgeschäften mit allen Erkenntnissen, Kulturen und Kulten des Abendlandes und des angrenzenden Orients auseinandersetzte. (dtv 1394 / dtv großdruck 25017)